梁柯———著

暗夜之奔

北京联合出版公司
Beijing United Publishing Co.,Ltd

一未文化　　非同凡响

北京一未文化传媒有限公司
www.bjyiwei.com
出品

献给　生命里的　每一次　相识与别离

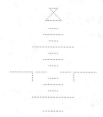

目录

C O N T E N T S

; —————— 楔子

001 ——— 第一章 **八小时**
"飞机上有炸弹！别慌，我一定会救你！"

033 ——— 第二章 **消失的航班**
一个事实带着尖啸，无可抗拒地坠落下来，在她的脑海里带着巨响，摔得粉身碎骨。

063 ——— 第三章 **内奸与杀手**
李若颜顿时觉得头皮发麻。她用余光小心地扫视着四周。一双熟悉的皮鞋出现在视野里。

085 ——— 第四章 **劫机**
"我们输了，飞机被劫持了！"

105 .... 第五章　**寒酸的杜老板**

房间里什么都没看清，但是额头的触觉告诉他，枪口正顶在上面。

141 .... 第六章　**玉石俱焚**

"必须动手了！"卢立兴气喘吁吁，"我看到，炸弹被拿出来了！还在倒计时！"

159 .... 第七章　**复仇**

没有了她，他根本不知道自己还能去哪里，还能干什么。他曾以为自己是不死的，这时候他才发现自己错了。

175 .... 第八章　**凡帝国际**

徐猛还是掏出了刀子。石兵岩看了一眼刀刃，认命地闭上眼睛。

193 .... 第九章　**暗室**

徐猛没有说话。他蹲在地上，捡起一根空心钢管，手指一探，就摸到了里面的膛线。
"他在造枪！"

209 —————— 第十章　**你到底是谁**

心跳得急促，他稳了一会儿神才又再次上前。火光下，他的猜想被证实了——墙里面，竖着一具尸体。

235 —————— 第十一章　**Q 先生和 007**

有我的财力和技术支持，你可以成为美国电影里的超级英雄！我给你提供钱，给你提供装备。你当007，我当你的 Q 先生！

259 —————— 第十二章　**冰释前嫌的女人**

雨滴落在枪口，被高温蒸发，霎时化为一股烟雾，向上，向上。徐猛怒目圆睁，低头看着胸口的血洞，难以置信地抬起头。

279 —————— 第十三章　**赤子之心**

"准备！"他喊着，"真正的好戏要开场了！"

298 —————— **尾声**

299 —————— **后记**

楔子

你可能会觉得我这人有点怪。其实我也有同感。

在某些方面，我的确有点异于常人：我很久没做过梦了——准确地说，是两年四个月零二十二天。

每次入睡对我来说都是一次生命的终结：漆黑、虚无、死寂。然后，不管我愿不愿意，新的生命都会像滚烫的开水一样迎面泼来。我感觉不到停歇，也没有时间喘息。每一夜对我来说就像只有一秒。

我以前并不喜欢做梦——我觉得这跟我那时候的工作有关。白天经历的一切，都会在梦境里扭曲、夸张，变得可怕十倍。但我现在却无比怀念它，怀念那些浓缩变形的鲜血、尖叫、恐惧和痛苦，怀念那些令人放松的荒诞不经、光怪陆离。然而就算我还能做梦，我也绝不会想到，今天我睁开眼会看到什么。

昏暗的灯光射进我的瞳孔，一切像旧时暗房里的底片，渐渐被勾勒出轮廓。那是一些货架，上面堆着好多旅行箱。

仓库？

一种尖细的呼啸声渐渐变大，沿着耳道不停地朝我的大脑里钻，使我意识到自己不是身处一般的仓库中。身体和四周的一切都在不停晃动，一片树叶似的东西随着节奏不停抽打着我的脸。抓过来一看，那是旁边旅行箱上的挂牌，上面有个鸟一样的标志，写着"麒麟航空"。

飞机？我在飞机上？

可我不记得哪个身份在机场干活……

就在这时，那个玩意儿跳进了我的视野。它是个半尺见方的扁盒子。正对着我的那一面有一个小屏幕，发出墨绿色的淡光，照得屏幕下方的商标清晰可见：BAOYI。

屏幕上有几个数字，方方正正，红得刺眼，正在以每秒十次的速度欢快地变换。

07：59：55……

好像是怕我还不够确定，跟它捆在一起的雷管也渐渐从黑暗中显露出来。

炸弹！

飞机上有定时炸弹！！

我的头发霎时间全竖了起来，手像弹簧刀一样朝着它弹了出去。手腕上的痛感突如其来，一只手像钳子一样把我的胳膊攥住。我被吓得魂飞天外——左边的黑影里，居然还坐着一个人！

"你想干什么？"灯光被货架遮挡得严严实实，我只能勉强看清说话人的轮廓，以及他手腕上那块硕大的多功能手表。

表盘上的夜光显示屏告诉我，现在的时间是 2016 年 1 月 23 日凌晨 5 点整。

"不干什么……看看……"我知道这个回答很蠢，但我实在是想不出别的答案。

大脑现在没法思考，所有的思维空间都被一个问题完完全全占据：这他妈到底是怎么回事？！

"在九安还没看够？！"那人的身子微微前倾，我终于看到了他的样子——一身迷彩，平头，蒙着脸，额头上有道很长的疤。

"老板再三强调，"他拍着腰间别着的一支硕大的电话，"卫星电话不响，谁也不能动炸弹。只有他亲口命令，才能切换成遥控模式。你忘了？"

老板……遥控……

我一个字也没说，只是连连点头。抓着左腕的手松开了，我朝他一笑，同时右手已经抓住了一只旅行箱的把手。风声乍起，金属旅行箱被抡在空中。我瞄准了他的头，用上了全身的力气，毫无保留。

不管这是个怎样的阴谋，要阻止它，我必须先解决掉这个人！

突如其来的剧痛从肋骨传来，身体像是空中被击中的飞鸟一样骤然停住、收紧、下坠。旅行箱掉在地上，什么也没击中。我呻吟着低头，才发现自己被一根绳索拦腰捆着，固定在舱壁格栅的螺丝孔上。我拼命扭动身体，拉、拽，然而绳子却无法挣脱、无法破坏。

是钢丝绳！

巨大噪声也挡不住的冷笑声让我停止了挣扎。慢慢抬起头，我看到那人的手从黑影里伸了出来。他拿着一个车钥匙似的东西。

"大伙在九安准备的时候，老板就跟我说，"晃动越来越剧烈，噪声也越来越大，但他说的每一个字都清楚地传到我耳朵里，"除了看守炸弹，我还有一个任务，那就是留心你。关键时刻，你果然顶不上去……"

他的手指在钥匙上一按，"咔嚓"一声，钢丝绳一端的锁打开了。意外恢复了自由的我猛地抬头看着他，不明白他为什么要放开我。

片刻之后，答案迎头袭来。

耳边的噪声骤然变成了尖锐的呼啸，地板猛抬起来。

我像是被一只巨手抓起，又狠狠一扔，飞快朝着机尾滑过去。

飞机起飞了！

机舱地板的角度越来越大，我飞速下坠着，好不容易才抓住货架的一角，停在空中。

接近三百公里的时速带来的巨大力量拉扯着我的手臂，像是要把它们扯断。

朝上看，刚才坐的地方已经高高在上，难以企及；朝下看，我的脚离机尾足有二十米，摔下去必死无疑。我只能用大声叫喊来对抗痛苦和恐惧。就在这时，我的目光停留在一个红色旅行箱上。

熟悉的外形和上面的贴纸清楚无误地告诉我这是哪趟航班。

QA931！

李若颜在这架飞机上！

呼啸声从头顶逼近。我猛地抬头，一个四方形的黑影泰山压顶般袭来，已经近在咫尺。

我知道，片刻之后，我将哼都不哼一声，脱线木偶一般掉下去。我还知道，那个人会因为我的死而松一口气。他以为这样一来，就没有人可以阻止他把这架飞机连同她一起炸成碎片。

他错了。

不管他的计划是什么，他都漏算了我这个因素。

我不是一个普通人。

我是一个每次醒来都会拥有一副新的躯体的游荡者，一个无法定位也无法捕捉的意识！

而我游荡在这世间的唯一目的，就是保护她！

第 一 章

八小时

「飞机上有炸弹！
别慌，我一定会救你！」

徐猛和李若颜第一次见面是在 2012 年。

在此之前，他们都不知道彼此的人生有那么多相似的节点。

二十多年前，一个男孩号哭着被亲生母亲卖掉，换来的两千块钱被迅速买成毒品，吸了个够。这个男孩就是徐猛。他几次被转卖，饱受虐待，最后终于从买家手里逃脱，开始在街头流浪。他靠捡垃圾为生，为了争一块烧饼、一个桥洞跟人动手。有一次被十几个地头蛇围住，他挨了一拳就掏出刀子，捅了一个，划伤三个。对手作鸟兽散，他看着手中的刀，忽然意识到，从今往后，自己的生存就靠这东西了。

那一年，他十一岁。

李若颜始终不知道，母亲是死于自杀还是疾病，因为没人肯告诉她。她只知道母亲手握药瓶死在卧室地板上之后，自己就被送到了父亲李长生那里。没过多久，她又被送到奶奶家，因为父亲再婚了。父亲每周都来看她，可总是待不长。每次见面的结尾，他都会伸出双臂。她想投入那个怀抱，可是又有一种神秘的力量拉住她，让她无法上前。

"唉，跟她妈一个样……"走的时候，他小声跟奶奶抱怨着。

她就这样，长到十一岁。

徐猛永远不会忘记十二岁时遇到杨叔的那天。他手持匕首面对着二十几个对手，双眼通红、口吐白沫、声嘶力竭，就像一条悬崖边的野狗。杨叔冒着被当场捅死的危险，独自一人走到他面前，像是驯兽师慢慢接近自己心仪的猛兽。他脱下自己的大衣给徐猛披上，请他吃饭，询问他的来历，又安排房间给他住下。第二天继续请他白吃白喝，还问他以后的打算，给他出路费。徐猛拿着钱，眼泪大滴地掉下来。他留了下来。

　　李若颜永远不会忘记十二岁的那个下午。穿堂风冷得刺骨，把发着高烧的她吹得摇摇晃晃，却死活吹不开父亲新家的防盗门。父亲和后妈都通过猫眼看到了她，他们不肯开门，也不肯假装家里没人，他们大声争吵，一字一句外面听得都很清楚。

　　"你当年跟我说过，她不会来咱们家掺和的……她还抱着老太太的骨灰盒！丧不丧气！"

　　在杨叔手下，徐猛第一次体会到了家的感觉。杨叔不光管他吃喝，还教他做人，给他讲各种道理和规矩。他第一次知道，原来冥冥之中有那么多禁忌，不管是"欺师灭祖""出卖朋友"还是"伤害妇孺"，每一条都有对应的报应，就算兄弟不收拾你，老天也会降下惩罚。杨叔说的，当然全都对。于是徐猛变成了一个特别忠诚也特别迷信的人。他总是拿着一枚硬币来占卜运气，用香烟来祈祷，换来好运。除此之外，杨叔还把一身功夫倾囊相授，从空手格斗到使用各种刀具、枪械，无所不包。每天晚上想到杨叔为自己做的一切，徐猛都感动得想哭。

　　在新家里，李若颜每天脸上都挂着笑容。她用笑容面对继母的白眼和弟弟的霸道。爸爸有时候会问她过得怎么样，她总是说很开心，然后把继母夸一通。在学校里，她的生存之道也差不多。作为一个乡下来的转校生，她没少受人排挤和嘲笑。她寡不敌众，她手无寸铁，唯一的武器就是天生的机灵和无师自通的八面玲珑。唯有深夜里独自一人的时候，她才有机会让真实的自己出来放放风。她会低声咒骂折辱自己的人，会藏在被子底下偷偷地哭。这种时候，她总是把所有的被褥都裹在身上，因为不论冬夏，她都觉得有种渗入骨髓的寒冷如影随形。

十三岁那年，徐猛第一次庆祝生日。杨叔亲自下厨，还送给他一件礼物。那是一把刀，日本产，精钢打造，指甲一弹，脆声不绝。徐猛当场大哭起来——这是他这辈子收到的第一件生日礼物。杨叔笑眯眯地摸着他的头发，等他哭完，然后说:"我要你去帮我做一件事。"

徐猛不知道杨叔老家在哪里、做什么生意、道上一共有多少兄弟——除了他在缅甸待过好多年之外，一概不知。杨叔有很多竞争对手或者仇人需要自己这样的人去跟他们谈一谈，于是他的生活变成了跟踪、潜入、伏击、撤离，然后，就是漫长的任务间歇期。他只能在一间偏僻的小屋里躲风头，不能打电话，不能出门，唯一能做的就是看那台只能收到几个购物频道的破电视。这就是他全部的生活。所有这一切，就是为了杨叔能拍着自己的肩膀说一句:"猛子，干得好! "

十三岁那年，李若颜发现父亲的财运到头了。股灾和赌瘾像台风一样把家底席卷一空，他只好逃之夭夭。李若颜还发现，自己居然和继母成了一条战线的人。客厅里几乎每天都会出现一个奇特的场景: 一个瘦高的半大女孩面对十几个文身光头的社会人侃侃而谈，她的身后是负责装可怜的抱着孩子的继母。李若颜要么摆事实讲道理，劝他们不要在孤儿寡母身上浪费时间; 要么装傻，拼命论证全家都不知道李长生跑到哪里去了。

后来李长生的躲债技术"突飞猛进"，有时候甚至敢偷偷溜回来，吃顿晚饭再走。吃饭的时候，就成了父女俩难得的交谈时间。他们很有默契地从来不提跟债务有关的事——因为提了也解决不了。相反，他们像参加相声比赛一样互相贫嘴，争着把对方逗笑，似乎这是生活中仅有的允许笑的时间。李长生走的时候，李若颜总是问他什么时候再回来，而他却从来不回答，只是告诉李若颜一定要好好学习。

李若颜升入初二、初三，考上高中，不管什么年级，她都是各科老师的宠儿。英语竞赛全省拿过名次，物理、化学竞赛全国拿过名次。很多老师都说，多少年没见过这么聪明的学生了。他们不知道，她并不是单纯靠智商。她熬夜学习熬到掉头发，为的只是心里一个跟她的智商很不相符的愿望：也许，只要我的成绩够好，爸爸就会回来，再也不离开。

　　徐猛第一次见到李若颜，是 2012 年春夏之交的傍晚。当时徐猛刚顺利地把刀子捅进某个黑道大哥的大腿，开车在解放路上飞驰；当时李若颜刚结束酒吧六个小时的兼职，正拖着疲惫的步子快步往街对面的公交车站奔去。

　　徐猛发誓，他只回头看了一眼后面追杀自己的人，前后不到半秒，可是再回过头来，眼前就多了个人。

　　急刹车声中，一个正在过马路的女孩被撞得横飞出去。

　　严格地说，这次相遇其实很难算成相见——即便两人当时真的看到彼此，时间应该也短得微不足道，谁也没看清对方。

　　相比之下，代价却相当昂贵：徐猛被判刑一年，李若颜成了植物人。

　　那年她十六岁。

2

　　徐猛最近一次见到李若颜，是 2016 年的 1 月 23 日——也就是他在飞机货舱里醒来之前的几个小时。此时距离他们相识已经过去了三年七个月又二十二天。那天徐猛到达机场时，时间还早。他点燃香烟，在 2 号航站楼门口抽了好久。吞云吐雾中，硬币一次次被抛起，又落回掌心。跟以往一样，徐猛下意识地计算着正反面出现的次数以及它们代表的吉凶。这个迷信的习惯大概一辈子都改不了了，就像抽烟。凌晨清冽的空气混着烟雾呼出来，在寒冷的漆黑夜空里凝结，变成一片白气，如同失了形状的灯光打在幕布上。亦幻亦真的布景里，徐猛的思绪渐渐乱了，脑子里的数字不知何时统统不知去向。剩下的，只有难忘的往昔电影胶片一样在眼前放映。

　　徐猛想起刚出狱的时候，自己就是这样在李若颜住的医院门口徘徊。一年的时间，世界改变了很多。杨叔神秘失踪，他再次沦落到几乎衣食无着的地步。即便这样，他还是每天坚持到医院去转几圈。他从李若颜的病房前一次次路过，为了掩人耳目还冒充志愿者献血，却始终没有勇气看她一眼。在他的价值体系中——也就是在那些"忠孝仁义"之类的江湖道义里——伤害无辜妇孺是最下三滥的行为。每次想到自己居然做出这种事，他就失魂落魄，觉得杨叔在谴责地看着自己。内疚令他魂不守舍，以至于没有觉察到一直有人在暗中跟踪自己。

　　终于，在某一夜，他的人生发生了逆转。有人趁他酒醉，把他弄到手术台上，锯开了他的头骨，取出大脑，然后用血淋淋的双手把他的器官慢慢掏空。这些人把手术搞得那么麻烦也不是闲的——他们当时正在非法研制新型病毒，而徐猛就是他们第一个人体试验的牺牲品。娇贵的病原体在徐猛脑髓里贪婪地吸收着营养，发育、成熟，然后被取出，种到器官里，移植到另外几个试验对象身上。

　　徐猛死了。

　　这件事不需要医学常识也能猜出来——都被掏成一个空壳了，不出意外自然活不了。

　　然而，意外居然就真的发生了。

　　这些恐怖分子万万没想到，自己胡乱培育的病毒进化出了一个神奇的副作用——非法试验的记录不会太详细，所以他们到死也不知道，到底是哪一次培育、哪一步出了问题——病毒失去了杀伤力，但是却能随着血液进入大脑，以一种现代生物科学还无法解释的原理使神经元发生变异，拥有了一个新功能：当大脑进入睡眠状态时，病毒会把初始宿主的记忆以脑波的形式传播出去，被其他感染的大脑接收、读取。这样一来，徐猛的意识便会在新的躯体里存活。

乍一看这种现象简直是匪夷所思，其实从专业角度来看，它并不神秘，本质无非是增强了神经元对阿尔法和德尔塔脑波的发射与接收能力——两者属于基本脑波，前者频率为 8~13 赫兹，一般只在人初睡或者初醒状态时出现；后者频率为 0.1~3 赫兹，只在深度睡眠或昏迷时出现。另外考虑到被感染的大脑的发射和接收范围比正常大脑高千万倍，可以推断，病毒使神经元的接收区和输出区发生了某种畸变……

当然，跟原理相比，后果就简单明了多了：徐猛的意识被保留下来，在所有接受过他的器官和血液的躯体间游荡。

对于发生在自己身上的一切，徐猛醒来时一无所知。他只是被镜子里陌生的脸吓得魂不附体、手足无措。与此同时，一条神秘短信把他搞得更加糊涂：短信里有一个地址，让他去杀掉一个人。他去了一看，发现那个人就是刚刚从昏迷中醒来不久的李若颜！

谜底令徐猛一直到今天还战栗不已：杨叔还活着！他的团伙被警方剿灭了。他跟信奉恐怖主义的疯子合作研制病毒，要杀死百万、甚至千万人，来给自己死在警察包围圈里的老婆孩子殉葬。因此，当病毒实验需要一个身体健壮、血型特殊、消失了谁也不会注意的人体试验对象时，他毫不犹豫地选择了徐猛，而当杨叔的合作伙伴因为绝症需要器官移植时，他在深度昏迷的病人中间选择了恰好与受体匹配的李若颜……

一辆福特私家车停在不远处的马路边上，李若颜从车里下来。不出所料，她不再听徐猛的那些关于"危险"的教诲，找了网约车。想到她从今往后要以这种危险的方式出行——深更半夜随便在手机上找个陌生人——他就觉得心惊肉跳。可是他也知道，自己的话李若颜听不进去了。她不再需要自己。可他还是想不通：一个人怎么可能在经历了那一切之后，依然不肯相信这个世界是个暗藏着无数危险的地方。

　　他想起当年带着李若颜逃出医院的事。那是他第一次在城市里自由地游走，也是第一次接触杨叔以外的聪明人，于是他就被李若颜耍得团团转。她利用他去报复自己往日的仇人，利用他带着自己吃喝玩乐。对徐猛来说，这些经历不啻于一次重生。在李若颜的教诲下，他才知道，原来正常的人类是这么生活的，原来生活中有那么多消遣的途径和享受的方式。真正的危险降临时，徐猛使出浑身解数，化解了一次次追杀。他赢得了她的信任，两人开始并肩作战……

　　徐猛由衷地怀念那段日子。那时候，两人只有彼此。她机灵、狡黠、心机很重，却肯无条件地相信他。他暴躁、偏激、敏感，面对她时却没有脾气。她让他有生以来第一次明白，原来世上对自己好的，并不只有杨叔一人，还有另一个同病相怜的、更加美好的灵魂肯与自己为伴。

　　他忘不了在那列高铁上，自己面对杨叔，两个昔日情同父子的人展开殊死搏斗的场景。他更加不会忘记，最后时刻，他跟李若颜生离死别时两人眼里的泪水。他把李若颜推下车，引燃炸药，借杨叔的身体和所有恐怖分子一起被炸得粉身碎骨……

　　李若颜拖着箱子走到航站楼门口，抬头看到徐猛，愣了一下，可表情又说明这事在她的意料之中。她知道，他不会放弃的。徐猛走到她面前，笑了笑，想接过她的箱子。李若颜冲他挤出一个笑容，执拗地把箱子拎在自己手里。徐猛只好抄着手跟在她身后，走进候机大厅。

　　输过徐猛血的倒霉蛋一共有十个，但不管以哪个人的身份醒来，徐猛每天过的日子都差不多：醒来去李若颜家看看有没有事发生，没有的话就找个地方晃荡几个小时，然后吃片安眠药，沉沉睡去。除了李若颜，他对生活里的其他部分没有丝毫兴趣。

　　徐猛也说不清自己为什么要这样做——对她不利的人早就死得一干二净了

啊！经过手术，她彻底痊愈，走路也不成问题。寒假过后，她重返校园，又成了尖子生，老师的宠儿，而且校园里乱七八糟的人际关系也不再是问题——作为一个 19 岁才上高二的插班生，几乎没有人主动招惹她，也没有她搞不定的关系，一切都顺风顺水。旧日的生活一去不复返，人生的新篇章终于要掀开。李若颜似乎再没有危险。

然而徐猛却不能放松心里的这根弦，他不想冒任何风险——李若颜太重要了。她是唯一的朋友，唯一的知己，更是唯一知道并且肯相信意识转移的人。

换句话说，她是世界上唯一认识他的人。

李若颜一路没回头，徐猛没有机会搭茬，只好盯着她的旅行箱。箱子是红色的，上面贴着很多贴纸。徐猛不明白她为什么要把好好的新箱子弄得跟中了霰弹似的，但是李若颜说这样才酷。

"这是金门大桥，这是泰姬陵，这是埃菲尔铁塔……"徐猛还记得，那天两个人一起贴贴纸的时候，她是多么神采飞扬，"这些啊，都是我以后要去的地方。我都快 20 岁了，30 岁之前，我一定要把这些地方都走一遍……"

说起这些的时候，李若颜抬起头，闭上眼睛，好像头顶的灯泡就是巴黎的太阳。徐猛看着她陶醉的表情，愣愣地说不出话来。他早就发现，跟她在一起时，心跳得总是那么快；有她在旁的房间，空气里也好像充满了甜味；远远看到她时，无论天气如何，眼前总是金光万丈。

他发现自己面对她的时候就像面对太阳。虽然太阳不需要赞美，可看到它时，自己总是会情不自禁地赞叹一声。她那么年轻、那么聪明，她能上大学、能出国。有这样的前途在等着她，的确值得高兴。可是随即就有一种感觉像污水里的蚂蟥一样蹿出来，猛地叮了他一口，他忽然意识到，自己是无法永远陪伴她的……

"你好，这是我的护照……"

李若颜这次坐飞机，是要去参加一个学校组织的短期游学项目。趁她交护照的空当，徐猛眼疾手快地帮了把手，把箱子放在传送带上。结果，电子秤显示，行李超重了。

"就三公斤，多大事儿啊……"徐猛不以为然地朝工作人员嚷嚷着，然后他就发现大家都像看傻子一样看着自己。

"不好意思啊，我整理一下……"李若颜尴尬地把箱子拎下来，放在地上打开。徐猛想帮她整理，可是蹲下来又发现自己也不知道她需要什么不需要什么，只好又站了起来。

是啊，我不知道……

他站在那里，感觉自己是多余的。

两人是几个月前开始争吵的，起因就是徐猛脑子里有个固执的怪念头，觉得随时有人想要李若颜的命。他总是在暗中保护，告诫李若颜什么东西都是危险的，总是审查出现在她生活里的每一张新面孔，每一个新事物。这种感觉一开始还不错，可是时间长了，李若颜觉得自己平白多了个亲爹。

"你能不能一边儿整理去……"后边一个五十多岁的大叔不耐烦地叫起来，"这么多人等着呢……"

话音未落，李若颜未卜先知地一伸手，果然扯住了徐猛的裤腿。站起来，他脸上的凶悍表情还没来得及卸掉，看样子，一句"你他妈再说一遍"眼看就要破口而出。

李若颜冲后边的人抬手致歉，然后把徐猛和箱子一起拖到一边。

"我这不是……"徐猛讪笑着解释，"我啥都没说啊……"

李若颜看着他，沉默不语。

这个话题两人已经吵过好多次了。徐猛对暴力的痴迷令李若颜难以忍受，她尤其不能容忍那些无辜的陌生人被徐猛的意识操控着，为了自己陷入一次次冲突。每次出这种事，她情绪都不好。对李若颜的这种反应，徐猛也不太理解。

他从来没考虑过被他占据的躯体是什么感受。杨叔已经死了，对他来说，活着的目的就只剩下李若颜一个人。

"那些人受伤我也不是故意的，"终于，徐猛退让了，他再次无奈地为自己辩解，"为了保护你，我实在没别的办法……"

李若颜摇了摇头。

"那天晚上，"说出这话，徐猛似乎用尽了浑身的力气，脸憋得通红，"我……我真不是有意……你别误会……"

他愤恨地抬手要打自己耳光，李若颜一把抓住他的手腕。

她依然在摇头。

"难道……"徐猛的嘴唇颤抖着，提起了最不愿提起的人，"李经武……你怨我当时没能救他？"

这个名字一出口，徐猛就意识到自己闯祸了。李经武已经死了。四个月前，他在一次抓捕连环杀人犯的过程中以身殉职。

果然，李若颜抬起头，双眼通红地看着他。

"我发誓，我要是知道他有危险，拼了命我也……"徐猛以为自己猜对了，顿时心如刀割，"可我真的不知道啊……"

"别说了……"李若颜流着泪不停地摇头，痛苦的神情让徐猛想起李经武葬礼结束后的那段时间。

看到徐猛走上前来，李若颜带着莫名的惊恐往后退，就如那天晚上。脚步声停了下来，喘气声清晰可辨。李若颜知道，他在怔怔地看着自己。

"忘了我吧……"她深吸一口气，似乎是鼓起了莫大的勇气才抬起头，"有我在，你根本不是在生活，我也不是……我不是你活着的目的……你也不是我活着的目的……"

说实话，这些话徐猛没有完全听懂，但是李若颜那双大得吓人的眼睛让他知道，她在求自己离开。徐猛抿着嘴，不停地点头。他想说点什么，却知道自己不能开口。嘴角有点不听使唤了。他不能确定，一旦开口，它将向哪个方向撇。

　　李若颜收拾好了箱子，把一些不重要的东西扔进垃圾桶。她办好托运，离开等候区，看到徐猛依然在等着自己。他犹犹豫豫地走到她面前，长出一口气，从口袋里掏出一个小盒子，递给李若颜。李若颜狐疑地接过来，目光反复在他的脸和盒子上打量。

　　良久，她吹动自己的刘海，打开了盒子，然后整个人僵住了：盒子里装着一条项链。

　　这恐怕是徐猛这辈子买过的第一件礼物。

　　项链是银色的，挂着一颗红色的心……

　　"我不能要！"视线开始模糊的瞬间，李若颜猛地醒过来，把盒子扣上，还给了徐猛。

　　"可是……"

　　"我们以后……"李若颜紧咬着嘴唇打断了他，"不要见面了……"

　　她逼着自己转身，捂着嘴走向登机口。

　　徐猛看着她的背影，怅然若失地站了好久好久。直觉告诉他，这可能是最后一次见到她了……

　　徐猛失魂落魄地走出候机大厅，在马路上走了好久，直到差点被车撞了才被骂醒。

　　他打车来到火车站，乘车回九安。

　　在火车上，他没有心情等车到站，想直接睡过去拉倒，可是闭上眼，两人在一起的分分秒秒，躲避追杀时曾待过的每一个地方，她跟自己说过的每一句话都像篝火里跳出的灼人火星，把他烫得痛不欲生。胸口疼得像是被插进一把电锯。撕心裂肺中，他突然很想做梦。他敢打赌，自己一定会梦到李若颜。在梦里，她不会离开自己……

　　徐猛不知道自己是什么时候睡着的，也不知道自己为什么会在机舱里醒来，会看到那颗……

3

"炸弹！"

徐猛大喊着睁开眼睛。他顾不上搞清目前这具躯体是谁、自己身在何处、四周有什么人，心里像有团火在熊熊燃烧，所有的冷静都蒸发得无影无踪：

李若颜乘坐的飞机上有颗炸弹！

八小时倒计时结束炸弹会爆炸！

更要命的是，不知道现在是几点！

经过一年多的实践，徐猛基本适应了每睡一觉就变一个身份的生活，并且掌握了一些规律：假如一个躯体失去意识的时候，同时只有一个人在睡觉，那就很可控——他的意识会从那个睡觉的人身上苏醒；假如那时候不止一个人在睡觉，事情就要复杂一点——他的意识会选择那个即将自然醒来的人，并且马上睁开眼睛。但是假如那时候没人在睡觉，或者每个人都在熟睡，谁也没有要醒的意思，醒来的时间就难说了——短了几秒钟，长了的话，一睁眼发现过了好几个钟头也是很正常的事。

手腕上没有表，口袋里没有手机，必须找个时钟看看。徐猛急切地扫视四周，然而跟以往一样，苏醒后的几十秒，眼前是一片血红，什么都看不见。

还来不来得及通知飞机？

飞机还有没有足够的时间返航、迫降？

就算来得及，机舱里还有个人在守着，该怎么办？

"炸弹！"熔岩般炽热的焦虑使徐猛的五脏六腑都不堪忍受，吼声再次喷涌而出，"有炸弹！"

啪！

轻微的声响传来，强烈的白光刺得徐猛双眼生疼。双手把眼睛紧紧捂住，各种感觉随着神经的复苏从四肢百骸纷至沓来：

我在躺着……左侧的身体冰凉……应该是侧躺在水泥地上……头好疼，胃里又很难受……我病了？

我今天到底是谁？

搞清楚自己是谁，是徐猛每天醒来后的第一个任务。输过他血的人虽然都在九安，但身份千差万别，有心理医生、辅警、快递员、清洁工、会计，甚至还有一位仁兄是劳改犯……不难看出，这里边大部分人的日子过得都不那么顺心。为此，徐猛十天里有九天都烦得要命，唯有一天例外——那就是他的意识转移到那个学生陈贺身上的那天：他跟李若颜一个学校。在那一天，他可以正大光明地在课间去找她聊天，放学跟她一起回家，以请她帮自己补习功课的名义在她家赖一阵子。

说实话，之前两人虽然一起出生入死几回，但互相间的了解其实并不多。徐猛真正地认识她，靠的还是这一年多的相处。他发现她自称天才真不是吹牛，她太聪明了，昏迷两年耽误的功课，居然几个月就补完了。她的交际能力也很强，在新的班级两星期就朋友成群，跟谁都能谈笑风生。他还发现她这人特爱欺负别人。

比如说发现高一学弟是徐猛之后，每次见了面第一件事就是笑嘻嘻地来一句"叫姐姐!";再比如说在她家灯下补习的时候,徐猛掰着手指头数完自己的身份,她非但毫无同情心,还捂着嘴笑个不停。

"你有十条命啊……比猫还多一条!"

从那以后,她就喜欢在大庭广众之下叫他"猫弟弟",弄得他面红耳赤,每次见面都恨不得先伸手捂住她的嘴。

可是,在不肯承认的内心深处,徐猛却发现这个称呼总能激起一种奇特的感觉。如同第一次尝到糖块,如同闻着刚晒好的被子,如同小时候赖床时母亲的手抚过额发。令他汗毛竖起,令他骨骼融化,整个人都浸在一种温暖里……

"哈哈哈哈哈……"

四周一阵哄堂大笑。徐猛的眼睛终于适应了强光,被迫回到这个残酷的世界。他慢慢地把手拿开,眼前出现的是几张陌生的脸。这些人或站或坐、凶神恶煞、衣冠不整,唯一一致的是都在指着徐猛喜笑颜开。

"我 ×,这孙子喝了多少啊?"

"炸弹?我还俩王呢!"

一根根锃亮的不锈钢栏杆映入眼帘。徐猛终于看清,自己似乎置身于一个巨大的铁笼之中。笼子一面靠墙,两侧各有一排蓝色塑料座椅。正对面的栏杆外,一个身穿深蓝色羽绒服的人坐在一张办公桌前。办公桌后边的墙上挂着一个硕大的警徽。

谜底无可奈何地揭开了。

这是派出所的拘留房。

"怎么是那个酒鬼?!"徐猛暗自骂着,"怎么又进来了!怎么偏偏是今天!"

这个叫孟平的人本来在鱼市上摆摊,那天由于切伤了自己,进了医院,结果输了徐猛的血。徐猛在他身体里苏醒了两回就明白了他为什么会差点儿把自己的胳膊切掉——此人没有一天不醉,每次喝醉了不是打架就是闹事,最后进派出所醒酒——所以他很烦这人,每次发现是他,直接灌两口酒睡过去换人。

然而事到如今，也容不得挑三拣四。警徽下方的挂钟告诉他，还有 7 个多小时！

徐猛站起来，三步并作两步跑过去抓住栏杆。

"飞机上……有炸弹！快……快打电话！"

"孟平，意思意思行了。"铁笼子外边，值班的民警小秦头也不抬，专心致志地剪着指甲，"胡话说了一晚上了，还没完了……"

"真……真的！还有 7……7 个小时，就炸了！"

徐猛也意识到自己的可信度有点问题，于是决定提供一点详细信息，然而不管他多么努力，都无法克服被酒精泡出来的大舌头和结巴。连他自己都觉得听起来像是醉话。

果然，这话引起了拘留室新一轮的哄笑。

"刚才不是说奥巴马请他坐飞机去美国吗？"

"还说马云要借给他一千万是吧？"

小秦倒是没笑。

"先不提你今年酒后打了多少回架，砸了多少饭店的东西，"他站起身来，端着茶缸子慢慢走到铁栏杆前，"就说说你丫喝醉了之后爱给 110 打电话的那点儿小爱好：今儿你拜把子兄弟马化腾欠了你一个亿，明儿你老丈人王健林骗走了你四十套房产；这礼拜你前妻纵火要烧死你，下礼拜你前小舅子家里有女尸——不是我说你，四十多的人了，因为这些事儿被拘了多少回了？要点儿脸，有点长进行不行？"

号子里又是一阵笑声。关在里边的哥们儿都向徐猛投来敬佩的目光。在这个无聊的地方，不是每个人都有牺牲自己给大伙提供娱乐的觉悟。

徐猛有点蒙。他想了好久才有了证明自己清醒的法子。

"民警同志，我……我没醉……不信你……你出个数学题……考……考考我……"

然而这话只能使联欢晚会般的气氛更浓烈。

"不用警察了，我来：树上一个猴……"

"我真没醉！"徐猛两眼通红，激动得把栏杆摇得微微作响，"我求……求你，你……打个电话！QA931 航班，有……有炸弹！就在货舱里！我亲眼看到的！"

此言一出，混混们又想笑，却被小秦一抬手制止了。

徐猛看到了希望。

"我警告你，这可不是闹着玩儿的！"小秦的脸色渐渐变得严肃，踅回到笼子前，压低了声音，"你说，QA931 航班？"

徐猛赶紧点头。

然而下个问题他就犯难了。

"你是怎么知道的？"

徐猛说不出话来。

"你装的？"

他赶紧摇头。

"你同伙装的？"

他还是摇头。

"那你到底是怎么知道的？！"

徐猛心烦意乱，一阵头疼袭来，难受得龇牙咧嘴。

小秦看着他的样子，觉得自己又被戏弄了，顿时气不打一处来。

"我看这拘留室真是容不下您这尊大神了……"他勾勾手指头，叫来同事小马。两人拿起警棍指了指，拘留室的房客们都熟练地抱着脑袋蹲下，带着幸灾乐祸的眼神用余光瞥着徐猛。

"走，给您准备了个单间……"两人走了进来，准备拽徐猛。徐猛暗叫不好。他知道，这是要把自己铐在暖气片上醒酒。那样蹲不下去站不起来，根本别想睡着，只能眼睁睁等着炸弹爆炸。

"是我装的！"徐猛一咬牙，"我亲手放上去的！"

屋子里顿时静了下来。所有人的眼神都变了。

"……我……看了一眼，还有8个小时。然后，我亲眼看着飞机起飞了……"

看着两个警察脸上的表情，徐猛知道，自己成功了。事情闹大了。有航班号，有细节，有自首的肇事者。作为一个警察，他不可能不上报。小秦和小马退出拘留室，锁上门商量了一会儿。徐猛焦急地看着他们，直到小秦拿起了电话。

"怎么了这是？"门忽然被推开，副所长杨其昌是被吵醒的，不太高兴。

"那什么，杨所，这不孟平吗，又撒酒疯呢……"小秦放下电话，把事情解释了一下。

杨其昌面无表情地听完，不时抬头端详着徐猛。等小秦讲完，他胸有成竹地点了点头。

"你说，QA931航班有炸弹？"他走到徐猛面前，和蔼地问。

徐猛意外地看着他，点了点头。

"你好好考虑一下再跟我说一遍，"杨其昌扶了扶眼镜，"你说飞机上有炸弹，到底是不是认真的？"

"真的，千……千真万确……"徐猛激动地点头，"就在货舱里……"

"你们啊，"杨其昌回头朝着小秦和小马招招手，"这么大的事，怎么不走程序呢？走，到审讯室做笔录。"

"炸弹就在货舱里，六根雷管绑在一起，上边有个计时器，是'宝仪'牌的，我看清了。有个人在那儿看着，穿着迷彩服，看不清脸，但是额头上有个疤……"

审讯室里，徐猛竹筒倒豆子一般，把所有知道的情况全抖了出来。杨其昌边抽烟边看电脑，小秦则飞快地做笔录。小马偶尔会提个问题，大部分时间不言语。

"就这些了，你们赶紧给航空公司打电话吧……"

徐猛说得口干舌燥，杨其昌递给他一瓶矿泉水。

"行，你先在笔录上签个字……"

徐猛接过笔，迫不及待地走到办公桌旁。就在这时，他发现事情有些不对。虽然表格的抬头被小秦盖住了，但格式是瞒不过他的。那是拘留的笔录表格。

"你们……你们搞错了吧……"他带着一丝侥幸问道。

"错不了，查过了：QA931航班昨天晚上十二点降落，凌晨五点起飞，"杨其昌戴上老花镜，读着屏幕上的资料，"你他妈昨天晚上十一点就进来了，你是怎么装炸弹的？又是怎么看着它起飞的？！"

徐猛脑子里"嗡"的一声，转身就要跑，人却被重新摁了回去。他知道自己上当了。眼下的形势简直无处可逃：他坐在审讯椅上——这东西别号"铁王座"，实际上就是个钢管焊成的架子，坐在上面手脚都被铐住，站不起来也跑不了。更麻烦的是这玩意儿连个桌面都没有，想把自己撞晕都不可能。

"编造、故意传播虚假恐怖信息，"杨其昌摘下老花镜，严肃地瞪着徐猛，"五年以下有期徒刑。孟平，这回你可作大了。"

"我……我错了……"徐猛知道，一旦开始审讯，没有几个小时是离不开这张椅子的，因此当务之急就是回到拘留室的长椅上，"我……我喝醉了……"

"飞机的事，可不是你说有就有，说没有就没有的……"杨其昌冷笑一声，"今天就是给你个教训，告诉你什么能开玩笑，什么不能。签字吧，然后好好交代问题……"

虽然事先预料到这次可能会遇到不少困难，但万万没想到一上来就是绝境。待会儿不管是铐在暖气片上还是彻夜审讯，都会断了李若颜的活路。

徐猛低着头，脑袋晃晃悠悠，忽然身子一缩，弯腰一阵干呕，吐了一地。三个警察都嫌恶地捂着鼻子。

"你说咱们也是闲的……"杨其昌叹了口气，"还愣着干吗？打扫了，把他弄回去醒醒酒……天亮再审……"

小马上来，打开审讯椅的锁，跟小秦一起把面条一样的徐猛架起来，往拘留室拖。就在几个人都放松了警惕的时候，徐猛忽然蹿起来，一把将两人推到一边。三个警察都吓了一跳，还没反应过来，就眼睁睁看着这个疯子把脑袋狠狠朝墙上撞去……

4

二环路边缘，一座老旧的居民楼里，一个人影猛地从床上坐起来，大声喘息着。过了一分钟，视力终于恢复。徐猛环视着周围月光下的模糊轮廓，立刻明白了自己此时的身份——刘小豪。此人是个辅警，二十二岁，独居。徐猛在万不得已的情况下接过他爸的一个电话，大体猜出，刘小豪得到这份工作是老爷子的功劳，但是他始终不大清楚他是怎么受重伤以至于要输血的。

徐猛从床上跳下来，开灯、穿衣服、找手机，动作飞快，肌肉和神经毫无某些躯体的滞后感。他有点庆幸。刘小豪身体素质不错，好像还练过两下子——徐猛用他收拾过几个纠缠李若颜的小流氓——用来应付今天的严峻考验是上上之选。

手机在外衣口袋里，徐猛拿出来看了看，还好，没有浪费太多时间。

"先报警再说，让飞机飞回来……"

解锁、拨号，他同时开始在心里评估这件怪事的现状。目前最大的劣势，一是时间，二是距离——他宁愿跟李若颜肩并肩面对一百人，也好过这样一个天上一个地下，使不上劲。不过自己的优势也很明显——看守炸弹的人话太多了。

"（炸弹）在九安还没看够？"

"大伙在九安准备的时候……"

合理的解释只有一个：炸弹是在九安制作的！这伙人是在九安培训的！九安就是他们的老巢！

"你们算是选错地方了……"徐猛把手指关节掰得"咔咔"作响。在这座城市，他自信可以战胜任何人。这并不是狂妄。不过再进一步分析，他就无能为力了。比如说，这件事到底是谁干的：混进机场，在飞机上装炸弹，能做到这一点的，据他所知寥寥无几——最起码99%的江湖人物都做不到，也不敢去做。至于派个人守着炸弹，一旦接到电话就人工引爆，更是……

"等等！"

徐猛一个激灵：要是报警之后，飞机掉头，安排这事的人知道了，一个电话过去，炸弹就炸了！

徐猛挂断了正在连接的电话，以最快的速度飞奔出去，一边跑一边在微信联系人里翻找着。李若颜是每个意识转移对象的微信好友，只不过她在每部手机里的备注名称都不同——她有时候叫"老客户李总"，有时候叫"财神爷李总"，有时候是"李经理"，有时候是"李总小号"——这些霸气的备注名确保了虽然对话记录从来不保留，可是机主也不会闲着没事删了她。徐猛没几下找到了她，按下录音键，朝着手机狂喊起来：

"李若颜！飞机上有炸弹！别慌，我一定会救你！"

门猛然被打开，楼道里的灯光和人影一起冲进来，把房间里的黑暗撞了个粉碎。这是一间十平米大小的公寓，位于刘小豪住处不远的小区。裸露的水泥地板，墙皮已经剥落，玻璃上遍布污渍。也正因为如此，它才便宜，一个月租金不到200块。

徐猛大约十个月前把这里租下的。听起来这是个挺怪的决定——不管他附到谁身上，都有住处，可他还是租了下来——用的当然是某个意识转移对象的钱，而那个倒霉蛋本人根本不知道这事。

徐猛搬进来之后当然没装修，但还是添置了家具，除了床和电炉子，甚至还有一台旧电脑——那是李若颜淘汰下来要扔掉的。徐猛自告奋勇地帮她扔，结果搬到了这里。现在它的样子有了很大改变，上面不是灰尘就是烟灰，不过性能还是可以的，开机不算很慢，光驱也还能看碟。借着隔壁的无线网，它甚至还能上网。

它就是徐猛的信息处理中心。而这里，就是徐猛的安全屋，"保护李若颜行动"的总指挥部。

几经犹豫，徐猛还是没有拨打110——除了那个顾虑，从小到大的成长经历也决定了他还是不信任警察——他觉得这事冒不得险，还是自己靠得住。进门前确认了门垫下藏的几块饼干没有被踩碎，他知道这里没人来过，这里是绝对安全的。当务之急，就是赶紧想出对策。

最简单直接的办法就是从在飞机上被摔死的那个人开始查起。徐猛还真知道他是谁——虽然没照镜子，但是从身材和口音上判断，绝对是那个叫何铁的无业游民——这人无亲无故，居无定所，每次苏醒的时候也没发现他有任何社会关系。既然如此，想查这个人的话需要花费惊人的时间。而时间是目前最稀缺的东西。

"妈的，我早该看出那个人有问题……"徐猛自责地朝自己脑袋上打了一拳，然后坐在椅子上，闭上眼，强迫自己开动脑筋。这件事是如此奇怪，别说对策，徐猛听都没听说过相似案例。他第一次遗憾自己在犯罪道路上混得不够久，见识不够多。

"想！仔细想！要是杨叔……杨千里遇到这种事会怎么办……"

他急切地在房间里走来走去，可是搜肠刮肚也不记得黑道上有谁遇到过类似的事情。

"飞机？××，炸飞机？！"徐猛抓着自己的头发，不停地摇头，"那是警察才会碰到的事啊，杨叔可没……"

忽然，他恍然大悟，慢慢坐下。

对，警察……

"要是他……那个警察李经武遇到这种事……"强迫自己提起那个名字，他心里又开始翻腾，"他会怎么做？"

5

徐猛跟李经武并没有仇。相反，他对李经武的印象还不错。当然如果他没有跟李若颜谈恋爱的话，印象还会更好些。

如果说他跟李若颜的相识是一场意外，跟李经武的相遇就是意外中的意外。

这件事有这么几个前提：

李经武在 2013 年时碰巧在做卧底；

他做卧底的时候表现出色，得到黑帮老大的赏识；

他卧底的时候被捅了一刀，老大送他去杨叔控制的医院抢救；

医院里没有别的肝脏来源，只有碰巧在那里等着被开膛做试验的徐猛；

康复之后的李经武被杨叔收入麾下，并且被派去杀李若颜。

不难看出，这些条件每一条都很难达成，可偏偏都发生了。徐猛醒过来，在镜子里看到的第一张脸就是李经武。他带着李经武的脸去医院，见到了苏醒过来的李若颜。同样是用李经武的身手和枪法，他救了李若颜，并在高铁上横扫十几个恐怖分子，所以事后他按江湖规矩，把李经武归于兄弟之列。虽然这对兄弟从来没有对过话。

得知李经武成了李若颜的男朋友时，徐猛强迫自己替他高兴。毕竟从道理上来讲，他欠李经武的。没有他，就不可能保住李若颜的命——意识转移的确是不能调用对方的记忆和知识，但是身体素质和肌肉记忆是可以用的宝贵资源，更何况李经武付出了惨重的代价——他挨了一枪，大量失血，差点就死了。

"没有功劳也有苦劳啊……"久违的一次醉酒之后，徐猛苦笑着说。

话虽这么说，但那阵子他最怕的就是再次转移到李经武身上，去跟李若颜谈恋爱。抢兄弟的女人，是江湖大忌。再说，那样的话也太……恶心了。

徐猛根本不想知道他们俩发展到哪一步了，甚至想到这个话题就浑身难受。好在这个一向毫无同情心的老天终于没有继续玩他。提心吊胆等了两个礼拜，他没有变成李经武。苦苦思索之后，他终于意识到，李经武那次受伤几乎把血流光了。原来只要血换了，意识也就不会转移到那个人身上了……

可是，他还是控制不住自己的情绪。他怕见到李若颜和李经武在一起。每次见到，胸口就好像被一根木楔穿透，疼痛沿着每一根神经蔓延。他怕听到李若颜提他，可李若颜总是说起他，说两人一起旅游，一起逛街，一起吃饭。李经武在工作上有什么成绩，她也如数家珍，没事就提。徐猛清楚地觉察到，李若颜表现出来的快乐跟平日不太一样——这种快乐不是衣服、美食、化妆品能够带来的，也同样不是自己能够带来的。徐猛没爱过什么人，可他也能猜到，大概这就是爱。

然而李经武却死了。他死在了一次抓捕连环杀手的行动中……

"集中精力！"徐猛打了自己一耳光，强迫自己别去想那些无关的事，"警察是怎么破这种案子的？她是怎么说的来着？"

苦思良久，他"啪"的一拍桌子。

"爆炸物来源！"

这个词李若颜不仅提过，还曾详细地讲过李经武怎么调查一起爆炸案。那个案子好像让他升职了吧，所以李若颜也引以为傲，讲得格外详细。

"爆炸案无非两个突破点：爆炸物来源和引爆装置来源。一般来说，引爆装置来源比较简单——最大的来源就是网络购物渠道。对特定组件的网络卖家进行排查，对追查爆炸案来说，是一个比较容易出成果的入手点，所以……"李若颜讲到这里时眉飞色舞的神情依然历历在目，"警察查这类案子，第一步简单到说出来你都不会信……"

"淘宝！"徐猛飞快地打开电脑，打开浏览器，熟练地输入网址，然后小心翼翼地切换输入法，在搜索栏里输入那个计时器的商标。搜索结果有很多，他拉着网页，挨个看外形和型号。这种冷门东西的销量一向不高，加上商标和型号限制，结果更是寥寥无几。按照销量排序，只有前五家店有销售记录，基本都是月销一两笔。略一思索，他飞快地同时打开五个卖家的网页，假装买家询问客服，九安包不包邮，用的哪家快递。

键盘的噼啪声让徐猛再次走神了。等待客服回答的间歇，他看着自己的双手。他万万没有想到，这双手有一天能够熟练地操作电脑，上网打字。他当然没有忘记，这些本领是谁教的。

"手悬在键盘上面，"她当时俯身拿着徐猛的手，"平时要养成好习惯……对，这样……手指头分开，别跟鸡爪子似的……"

后面的话徐猛忘了。因为她的长发像质地很重的丝一样垂下来，轻抚着他的脖子，让他觉得一直痒到骨头里，却又没法去挠。他斜着眼睛偷看她那张被夕阳染成金色的脸庞轮廓。他忽然觉得学这玩意儿好像也不是那么痛苦。

李若颜忽然侧过脸来跟他四目相对，把他吓了一跳——他以为她发现了自己在偷看她。

"好好学，"她挤了一下眼睛，"就算是为了我嘛……"

她的笑容真好看。在看不到之后，徐猛才意识到它有多么宝贵。李经武葬礼之后的那段日子，李若颜脸色苍白，双眼红肿，嘴唇干裂，嗓子因为哭泣而低沉嘶哑。徐猛天天都来陪她，说些不高明的话安慰她，恨不能用自己的身体来承担这些痛苦。经过三个多月的努力，笑容终于又出现在她脸上。那晚来帮忙收拾行李的时候，李若颜甚至还喝了他带来的酒。那晚徐猛用的也是刘小豪的身体，带着一瓶在超市愣了将近半个小时才勉强选好的红酒——这玩意儿的包装在徐猛看来简直是千篇一律，根本没有区别。至于味道，更是又酸又苦，实在是难以下咽。可是既然她喜欢，他就逼着自己也喜欢。两人喝了好多酒，说了好多往事，李若颜笑个不停。在某个未留意的瞬间，两人的脸凑得有些过近了。

刹那间，徐猛觉得一切都不对劲，自己像是被看不见的绳索捆绑，又像是被无形的铅丸打穿。他感觉不到自己的肉体，只觉得自己变成了一名可怜的铁皮玩具兵，被巨大的磁力朝前吸去。这股吸引力是如此惊人，他用尽浑身的力气都无法阻挡。他抬起手，手被吸到李若颜的背上；他抬腿想跑，身体却失了根基，跟李若颜的身体撞在一起。他觉得有一锅什么东西在自己空荡荡的胸腔里煮沸了，滚烫的、油腻的、甜蜜的，不停地漾出来、溅出来，让五脏六腑难以承受，却又想这么一直暖下去……

就在两张嘴接触前的一瞬，李若颜猛地醒了过来。她浑身打颤，脸色苍白地把自己推开……

"叮咚"一声，徐猛被从掺杂着甜蜜的罪恶感中惊醒。跟以往每次回想起这些一样，他抬手狠狠地给了自己两耳光，惩罚自己鬼迷心窍，毁了两人的友谊。

脸上的疼痛还没过去，他就发现把自己惊醒的是聊天软件的提示音。

几家客服都回复了，答案惊人地一致——"灵通快递"。

徐猛站起身来，打开了背后的衣橱。里边的东西在别人看来可能是一些杂乱的破烂，但对徐猛来说，这是百宝箱，是无数次行动经验的结晶。他首先拿出一个双肩包。拉开拉链，里面是一些必需的东西：钱、安眠药、数个手机和手机卡。背包的隔层里还有一些证件——每个意识转移的对象，徐猛都帮他们做了一套假身份证；至于他们的工作证件，徐猛都通过挂失的办法补办了一套。这个背包总是收拾好放在最趁手的位置，确保一旦发现情况不对，拎起来就能走。

徐猛飞快地从橱子里拣选一些东西扔进背包：方便面和维生素片，几套制服——都是从各个身份的人的工作单位拿的。有的人职业特殊，需要用一些特别而有用的工具，徐猛自然也没放过，比如这件电工马甲。上面除了兜就是笔袋，徐猛在上面挂满了注射器。里边的试剂是镇静剂、麻醉药、兴奋剂，还有他自己的血。橱子里还挂着一排连帽衫，全部都是可以正反面穿的。他拿起一件套在马甲外面，拎着包出了门。小跑下楼，拿出手机，设置了定时闹钟，徐猛发了个短信。

"你出来一下，有事找你。"

6

"女士们先生们，我们的飞机已经到了日本海上空。接下来我们的服务人员将向您介绍免税商品……"

空姐甜腻的声音在机舱里回荡。李若颜被吵醒，揉揉眼睛，摘下耳机，伸了个懒腰。她把遮光板打开，把头靠在窗边，懒洋洋地看着窗外洁白的云层和偶尔露出的蔚蓝色大海。

真美啊……

她从没想到，自己有一天会有机会去美国。从小到大，生活只会辜负她。母亲死了，奶奶死了，父亲跑了。自己被撞成植物人，昏迷了两年才醒来，却发现没人期待她醒来：父亲签了字，同意把她的器官卖给别人。好在这时候一个奇怪的人出现在她的生命里……

想到徐猛，她闭上了眼睛。这个人是她此生最大的奇遇。遇到他以前，生活简直是一场噩梦。而那时的她，就是这个噩梦里诞生的一个怪胎。一次次的转学，不管在哪个学校，等待自己的都是被歧视和孤立。每个夜晚，扑倒在钢丝床上，她都恨不得立即死去。疑惑和不甘如同青草无声钻出地表，当注意到

的时候，它们已经占据了整片平原:

——为什么我要的那么少，生活却还要从我手里强取豪夺?

——为什么别人天生就有的，我拼尽全力也得不到?！

终于，在某一天，她做了一个不太理智的决定——有人问她，你家里是干什么的? 她嫣然一笑，用在无情生活反复磨砺、在无数讨债公司中锻炼成长出来的智商与情商编造了一个谎言:"我爸是做生意的，特有钱。"

高一下学期，她伪装富家女的功力已经登峰造极。虽然有同学怀疑她对自己的家境夸大其词，但也相信她家至少有几套房子。然而维持这个谎言，需要的不仅是机灵的头脑和扭曲的心灵，更需要钱，只有钱才能让她维持表面的光鲜亮丽。于是她去酒吧打工，结果被徐猛的车撞到……

昏迷过后，她醒了过来。徐猛莫名其妙地出现，把她从医院接出来; 又莫名其妙地对她言听计从，带着她在城市各个角落游荡。只有跟着徐猛，人生无数个第一次才得以实现: 第一次喝酒，第一次看人打架，第一次有人为给她出气而和别人打架……

徐猛让她知道，原来愿望得到满足竟是那么幸福……

她曾经恨他。恨他当年把自己撞成植物人，恨他一开始一起出生入死的头几天骗了自己。可是在那辆高铁上，徐猛被炸得粉身碎骨，她又为他哭了好几天。按说此时两人的恩怨算是扯平了，可这个家伙马上又干了一件让她觉得很生气的事。

"这个笨蛋啊……"想起那些日子，她终于控制不住自己的情绪，露出一丝笑容，"居然以为能瞒过我……"

出院后不久，她就从蛛丝马迹中发现事情有点不太对劲——不管走到哪里，都觉得有人在观察自己，保护自己，却又不敢相认: 一些似乎要对她不利的人总会被打晕送到派出所; 她的手机不见了，总是会在第二天出现在门口; 她去医院挂号，总是有人突然肚子疼，把排好的号让给她……

她开始暗中调查，终于查到了徐猛的献血记录和血液的去向。她得出一个匪夷所思的推论：徐猛的意识不仅仅是靠器官移植转移的，还可以靠血！只要有人输过他的血，他的意识就会转移到那个人身上！

"您好，请问需要饮料吗？"空姐推着饮料车走来，打断了她的回忆。

"我要……"李若颜早就觉得口渴，急忙抬头回答，却尴尬地发现来人是她不想见的人，"橙汁，谢谢！"

上飞机的时候两人就见过面了。李若颜认出了她，相信她也认出了自己，可两人却没有任何表示。空姐赵宁是张明水的女朋友——准确地说，是前女友。两人分手的部分原因是李若颜。

张明水是心理医生，受政府之托，负责治疗高铁反恐大英雄李若颜的创伤后应激障碍以及可能存在的精神分裂——她刚开始的时候坚称有一个随时会转换身份的超级英雄在帮助自己，结果没过多久，李若颜就发现张明水本人就是徐猛的意识转移对象之一。一次对质中，徐猛终于承认了。

不难想象，张明水医生花在李若颜身上的时间远远长于普通病人。这个现象引起了赵宁的怀疑。再加上两人聚少离多，吵了几次之后就分手了。李若颜不指望她对自己有什么好印象。张明水死后，她肯定对自己更是恨之入骨。

张明水的死是李若颜和徐猛第一次剧烈争吵的导火索。李若颜不肯相信徐猛的说辞——不过是普通的交通事故。她觉得张明水是在徐猛的操控下"因公牺牲"的。徐猛辩解说，那天他根本不是张明水，可是她不信。平心而论，李若颜的怀疑是有理由的——徐猛撒过的谎可着实不少……

"这就是那个……"

"对，"登机的时候她就听见赵宁跟同事在背后小声对话，"张明水治过的那个精神病。"

"好的，稍等。"赵宁面无表情地回答。

橙汁递过来的时候，"不小心"洒了出来，溅在李若颜手上。李若颜没出声，赵宁假装没看见。

橙汁浓得发苦，不开心的回忆随之涌上心头。李若颜决定不再和徐猛继续相处下去，正是因为这趟美国之行。学校告诉她，有人捐款五万，指名赞助她去参加这个夏令营，她当时就觉得不对劲儿，放学后找徐猛一问，没几句就套出了答案。

"你不能为了我活着啊，"那晚，她双眼通红地握着他的手，"总有一天我会老，也会死，到时候你怎么办……"

这个笨蛋是怎么回答的呢？

"可李经武已经死了啊……"他目瞪口呆，好像从没意识到她会有这个意思，"我不照顾你，谁来……"

听到那个名字，她的眼泪再也控制不住……

李若颜擦了擦眼泪。她想起在机场转身时，自己也是这样泪眼滂沱。她不敢回头看他的表情。她不敢想，要是他也在哭，自己会怎么做……

一阵俗不可耐的音乐打断了她的回忆。李若颜扭头去看，是邻座的大叔开着外放在玩手机游戏。

忍了一会儿，她说了句"不好意思"，追着一个往洗手间走的空姐而去，却不想空姐没追上，她又跟赵宁在茶水间狭路相逢。

"赵姐，真巧！"她笑得无比真诚，"你不认识我了？我是那个李若颜啊……"

"哦，你啊……"看得出，赵宁强忍着恶心，敷衍地回答。李若颜亲热地拉着她的手，聊了几句。就在赵宁要借口离开之前，她谨慎地小声指出，有乘客在违规玩手机。

"这可不是国内航线，"赵宁一脸不屑，"别说玩手机了，无线网络都有……"

不过她还是走了过去，提醒那位大叔不要外放。

"哇，还有无线……"

年龄小的最大好处就是容易高兴。小小的意外惊喜就让她的情绪又好了起来。她哼着歌回到座位，拿出手机，连上无线。网页加载了好几分钟才完全显示出来。那是一堆英文，介绍怎么登录网络。李若颜大体看懂了，按照步骤操作了半天，终于连上。然后就是长久的等待。

她把头靠在窗边，闭上了眼睛。昨晚一夜未眠，恍惚间她又睡着了。梦里的时空莫名其妙地回到了一年多前那次生死大战之后。她以为徐猛死了，整夜痛哭。就在那段时间，同在一所医院养伤的卧底警察李经武从昏迷中醒来，走进了她的生活，在她最孤独的时候给了她慰藉和安全感。她第一次有了男朋友，第一次体会到了被爱的感觉。然而他却只陪伴了她十个月……

"经武……对不起……"

她呜咽着醒来，发现时间已经过去两个多小时。想起梦的内容，她怅然若失。过了好久，她发现自己在下意识地抚摸着胸口。那里本该挂上徐猛送她的项链。她觉得很奇怪，那个东西自己只看了一眼，却印象如此深刻，现在想来，细节历历在目：银制的链子，串着雕刻精致的戒指，戒指下端像融化了一样，连接着一颗玻璃制成的红色的心……

她忽然很想问问徐猛，他在哪里买的……

不对，最应该问的是：你还会买东西？

她忽然又想哭。

他会恨我吗？

我宁愿他会。

可是……我真的做对了吗？

就在这时，她蓦然发现，手机已经连上了无线网络。低头一看，微信图标上有一条未读信息。

打开之后，她发现发消息的是徐猛。

她身体僵硬，可嘴角却不听使唤地向上翘起来。

这个笨蛋，当初发消息教了那么久……

"看见这个绿的东西了吗？别，别按那么长时间……"

"双击！不是用力按！再大劲也不管用……"

"按着这个就能说话……哎呀不是按一下松开再说话，是一直按着说话……"

那些日子、那些对话如同昨日，连带着徐猛臊红了的脸和终于成功发出语音消息后两人的欢笑声一起汹涌而来，令她几乎抵挡不住……

她马上又提醒自己，不要这样。

你现在应该有的心情，是忐忑——他会说什么呢？

"好吧……"犹豫良久，她撅起嘴吹动额前的刘海，点开了消息。然后，她就听到了那句令人毛骨悚然的留言：

"李若颜！飞机上有炸弹！别慌，我一定会救你！"

第
二
章

消失的航班

一个事实带着尖啸，无可抗拒地坠落下来，在她的脑海里带着巨响，摔得粉身碎骨。

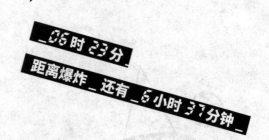

_06时23分_

距离爆炸_还有_6小时37分钟_

立交桥下，徐猛坐在车里抽着烟焦急地等待。他的目光下意识地落在马路对面那个水泥墙围起的院子。那是一个快递公司的分部。之前差不多每隔九天，他就会来到这里，以快递员的身份工作一天。他会按时打卡签到，几分钟之内把包裹在公司发的电瓶车上捆好，然后在城市里飞驰，一天下来送出至少一百个包裹……

徐猛的最高纪录是一天一百八十七个包裹。那天他拿到了将近四百块钱的提成。几个月前，他万万没想到，自己会成为一个合格的快递员。刚开始的时候，他天天除了李若颜家周围哪儿都懒得去——至于那些意识转移对象会不会因此失业，他才懒得管。然而一切在他发现李若颜又跑去酒吧打工之后改变了。

"你怎么又出来打工了？！"徐猛当时气得语无伦次，破天荒地对她发了火——他无法忘记两人相识的起因。李若颜却嬉皮笑脸地解释，自己有点缺钱。

"有个美国的交流项目，我不想错过。"

"你……你要考美国的大学？"徐猛不知道为什么自己的声音开始发飘。

"我哪儿有那个钱，"她摇摇头，"短期交换，就俩星期。我从来没去过，英语还有待提高，另外我想看看美国的大学、美国的学生生活是什么样的。我错过了两年，这个机会我可不想再错过……没有比学校组织的项目更便宜的了，才五万块钱……"

从那天起，徐猛每天都挥汗如雨，真正做到了干一行精一行，没多久就成了各行各业的熟练工。工资、提成加上手机里的那点钱，他终于凑出了五万。

他永远忘不了当时的那种满足感和成就感，更加忘不了这事被李若颜发现之后，她看着自己，流下的眼泪。

"好好的事……"徐猛最怕她这样，手脚不知该往什么地方放，"你哭什么……"

李若颜摇着头，什么都不肯说，只是不停地擦眼泪，可是眼泪却越擦淌的越多，搞得脸上妆都花了……

是我亲手把她送上那架飞机的！

几声鸣笛把他从自我痛恨中惊醒。一抬头，立交桥下，梁年春骑着那辆四手摩托优雅地朝这边滑行过来。梁年春是河北人，二十九岁。早年干过电焊工、厨师、建筑小工。他夏天从来不穿短裤，因为以上每个职业都在他的双腿上留下难看的疤痕。

徐猛知道这些是因为梁年春也是他意识转移的对象之一——准确地说，是最常用的身份之一。这人老实巴交，干活认真，人缘很好，在几家快递公司都干过。目前他的目标是攒钱承包一个区片——至少他的日记里是这么写的。

"怎么了？啥事？"梁年春把车停下，掏出烟递了过来。

徐猛的几个意识转移对象一般互不认识，但是此人例外。这个职业太有用了——徐猛曾用他的身份敲开了李若颜居住小区的每一扇门，确认这里没有住着可疑人物，一路畅通无阻。因此徐猛早早用刘小豪的身份，借查酒驾的名义跟此人认识过。

"帮我办点事。"徐猛开门见山，亮出手机屏幕上的产品资料和卖家资料，"这些全是灵通快递送的，帮我查查收件人。"

徐猛以前没拜托过梁年春查东西，但是他知道这是最快的办法。如果用警察的身份让卖家交出资料，没有正式的公文是不行的，而且会留下不必要的痕迹。其实这些资料快递公司都有，而梁年春哪个公司的人都认识。

"这个……"梁年春有点犹豫。原因很明显:你是警察你怎么不自己查?

徐猛对此早有准备——要不然他也不会浪费宝贵的时间当面拜托他。

"这是一点私事,我在所里查不方便,再说我以前有没有帮过你?"

此言一出,梁年春顿时面有愧色。他一直搞不懂平时不爱喝酒的自己为什么好几次喝到断片,在警车上醒来。好在每次碰上的都是这个好人——辅警刘小豪。他总是柔声细语地教育自己少喝酒:"以后不要酒驾了,这次放你一马,赶紧回公司吧……"

"好,我尽快给你。"

徐猛开车向西急行。穿过三个高架桥路口,他成功地在早高峰之前来到了邮电新村派出所。副驾驶座上的手机一阵震动。看看手机屏幕,他发现梁年春已经把买过计时器的几个买家的信息发了过来——人名、住址、手机号、淘宝用户名,甚至支付宝绑定的身份证号尾号。

"小豪,换车了?"

推开玻璃大门,同事跟他打着招呼。徐猛点头应付两下,坐在办公桌前打开电脑。他登录进系统,挨个输入几个买家的信息进行查询。系统很快给出了结果——都是男性,在九安居住。一个是职员,姓贺。两个是学生,一个姓刘,一个姓全。一位自称王先生的买家留的地址是个网吧,大概是个网管。还有一个……无业……并且有前科。

徐猛开始在刑事记录里查询此人的资料。

故意伤害罪、诈骗罪……前工作单位:机场!

徐猛暗暗用拳头捶了一下桌子,然后一行字让他的呼吸暂时停了下来。

经办警员:李经武。

"帮我请个假,"他在同事面前捂着肚子做痛苦状,"我去趟医院……"

出了门,他飞奔上车,急驰而去。

"你行……你行……"方向盘后,念念有词的徐猛双眼像是要喷出火。他从未见过这么胆大包天、睚眦必报的罪犯——李经武都死了，你连他女朋友都不放过？而且为了报复，居然要炸飞机？！

可转念一想，又觉得不对：此人绝不是个普通的刑事犯。否则机舱里那个守着炸弹的人是哪里找来的？难道……

他脑子里忽然冒出一个可怕的念头：难道李经武得罪过的人联合起来……

手机的闹铃响起，吓了他一跳。思路断掉了，现实无情地提醒着他：又半小时过去了。

"管他呢！"他狠狠一拍方向盘，"管你是谁，管你为什么，管你有多少人，你要敢……我就弄死你！"

2

李若颜抱着双臂，浑身颤抖。

徐猛的消息把她惊呆了，令她久久都回不过神来。

炸弹？在这飞机上？

她万万没想到，这种只有电影中才会出现的情节会发生在自己身上。飞机在偶尔的乱流中颠簸着，她觉得脚下的地板已经不复存在，自己正在冰冷的云层里跌落……

"冷静！冷静！"她拍着自己的脑袋。

旁边的大叔投来异样的目光。

"我有点头疼……"她只好笑着解释。

戴上耳机，李若颜开始静静地思考该怎么办。

报告空姐当然是最直接的选择，但是她马上就意识到这样做风险很大——李若颜相信，赵宁已经在机组将自己曾是个精神病人的事广而告之了。她有很大的把握，如果自己跳起来说飞机上有炸弹，八成会被拖到后边绑起来直到飞机降落。

当然，跟送命比起来，这个风险不是不能冒，但是……徐猛有没有可能搞错了呢？

当然有，而且不止一次——深更半夜来送外卖的，平白无故被揪着领子盘问了半天。还有一次，李经武脱不开身，派人来给李若颜送蛋糕，徐猛大步冲进来直接把蛋糕扔出窗外……

"这回，会不会也是他神经过敏呢？"

李若颜发了几次微信，问徐猛怎么知道的，确定不确定。可这破网络差得令人发指，每次都是缓冲半天，最后显示发送失败。她无可奈何地放下手机，心里不停地翻腾着。

要知道，假如他这次搞错了，代价可不是尴尬一场那么简单。李若颜经常听新闻里报道，谎报飞机炸弹是要坐牢的。

那样一来，前途可就全毁了……

但是心底深处，她又不能对徐猛的情报置之不理。犹豫再三，她终于叹了口气，起身离开座位，朝茶水间走去。

赵宁不在那里，正在忙活的那个空姐看到她，投来了异样的眼神。李若颜微笑着走到她面前，缓缓开了口。

"麻烦让一下。"

她走进洗手间，把门反锁，从化妆包里拿出口红，想了想，又换成左手，深吸一口气，在镜子上写下几个大字：

"有炸弹！马上迫降！"

3

伴随着轮胎尖锐的嘶叫和后车愤怒的鸣笛，徐猛的车拐出干道，开进了城中村。车停在一家临街超市前，他从背包里拿出快递员马甲披上，三步并作两步上了二楼。

"曾翰，快递！"他敲了敲门，躲在门旁，避开猫眼。

没人应答。又敲了一遍，还是没有。徐猛焦躁起来，伸手从制服底下掏出开锁工具，左右看看，准备撬门。

就在这时，门里传出声音。

"来了来了……"

门开了。徐猛打量着眼前出现的人：三十来岁，秃顶，穿着一身亮面的睡袍，脚下穿着一双拖鞋。

"什么快递？"他睡眼惺忪地问。

"电子产品？"

那人点了点头。

"麻烦签收一下。"徐猛把空纸盒递过去。

那人走出来一步，接过纸盒，掂了一下。

"谁啊，寄给我这个……"

话音未落，他突然把纸盒往徐猛脸上一扔，飞快地朝楼下跑去。

果然是你！

徐猛心中暗骂一声，飞身追了过去。曾翰显示出与外表不符的非凡运动天赋，十几级台阶一步就跳下去，几秒钟之内就逃出楼外。拖鞋被甩开，他光着脚在街上狂奔。徐猛紧追不舍，居然总是差几步追不上。曾翰一转弯，一头扎进了城中村的胡同。徐猛跟着追了进去。光线暗了下来，天空中电线如蛛网般密集。曾翰在前方拐进一个红砖工棚，不见了。徐猛跑到门前，一脚踹开门，冲了进去。

　　眼前一黑，风声从脑后呼啸而至。徐猛条件反射地一弓腰，木棍擦着后脑飞了过去。

　　不是一个人！这是一个团伙！

　　怒火和兴奋同时注入心脏，徐猛浑身的肌肉霎时绷了起来，右脚如怒马掀蹄，狠狠踹了出去。"砰"的一声，门后的伏击者一声惨叫，捂着小腹在地上缩成一团。

　　"嘿！"

　　前方一个黑影闪了出来，手中的木棍迎头劈来。徐猛身体一闪，右手四指并拢，如毒蛇的芯子般直插对方的喉咙。"噗"的一声，那人捂着脖子，靠在墙上，喘得像漏气的风箱，动弹不得。

　　日光突然破墙而入。徐猛看到一个人影正试图从打开的窗子跳出去。他大喝一声，大步跨过去，伸手一抓。

　　"哎呀！"

　　曾翰被拉了回来。他就地一滚，掏出匕首，浑身颤抖。徐猛二话不说，径直走上前去。

　　"你别过来！"曾翰歇斯底里地冲着徐猛大喊，"我不要回去！我不能再进监狱！"

　　刀光一闪，匕首直直刺了过来。徐猛也不躲，双手一压，铁钩般牢牢抓住了曾翰的手腕。双手一扭，愤怒使得他用上了浑身力气。曾翰的胳膊"咔嚓"一声，身体凌空飞起，像一只风筝似的在空中翻了一翻。

　　啪！

他整个人拍在地上，捂着肩关节号叫不止。

徐猛喘着粗气，走到门边把门关上。他从地上捡起匕首，蹲在曾翰身边，用膝盖压住他的肚子。

"我没有时间，"匕首的刀尖正冲着曾翰的眼球，"你最好跟我说实话！"

4

李若颜坐立不安，每过一阵子就悄悄回头观望。她在想象着留下的字被发现的情景：空姐急匆匆赶往驾驶舱，然后是机长的紧急广播，伴随着乘客的抱怨声，飞机开始转向……

然而过了很久，什么都没有发生。

真是邪了门儿了，这么久了，居然没发现有人上卫生间……

这当然有利于她隐藏身份，以免引起不必要的麻烦，但是她心里又在暗暗担心：会不会是有人进去了，我没看到？

一阵嘈杂打断了她的思路。一群显然是旅游团的乘客伸着懒腰，集体离开座位，奔向洗手间。她亲眼看着一个大妈进了那个洗手间，松了一口气。这下不可能看不到了！她随即又开始担心别的：空姐会不会记得上一个进去的是我？她会不会跟机长说我是个精神病？机组会不会把我控制起来？……

一阵冲水声响起，李若颜赶紧回过头。那个大妈神清气爽地走出来，跟同伴打了个招呼，就回自己座位去了。

"怎么会这样？！难道她没看到？！"正想着，一个年轻女孩又走了进去。这下李若颜放心了。她有百分之百的把握，这个女孩会对着镜子整理一下妆容。

然后她开始琢磨：如果徐猛是对的，这个炸弹是什么样子的？会是谁放的？会不会是定时的？不知还有多少时间……

又是一阵冲水声。

李若颜屏住呼吸盯着门口。那个女孩走了出来，礼貌地给一位大爷让路，然后甩着手走回后舱。

李若颜愣了。心脏"咯噔"一声，跳得令她难受不已。她知道，不能再等了，于是她又在大叔不满的目光中离开座位，走向卫生间。空姐看了她一眼，这回没有任何异样的表情。她等大爷出来，挤进卫生间，急切地望向镜子。

霎时间，她的脸变得煞白——镜子上空无一物！

她的腿开始发软，浑身的血液好像都被抽走。一个事实带着尖啸，无可抗拒地坠落下来，在她的脑海里带着巨响，摔得粉身碎骨。

真的有人放了炸弹！而且……乘客中有他的同伙！

5

"我说，我说！"小屋里，曾翰已经涕泪横流，"我们买了电子元件，组装起来……"

"谁指使你干的？！"徐猛不相信这么几个小玩闹有胆子策划这些。

"指使？"曾翰结结巴巴，"我们……就我们仨……我们是为了钱啊……"

"李经武！"徐猛抓住他的头发，狠狠往地上一撞，"你们是不是为了报复李经武？！"

"李经武？"曾翰傻了，"不认识啊？"

"不认识?!""咚"的一声，又是一撞，"你再说不认识？！他就是上回抓你的那个警察！"

"我想起来了！"曾翰疼得哭爹喊娘，"真是冤家路窄，他被……他也被……哎哟你说这事……我真不是故意的啊……"

"什么叫不是故意的？"徐猛拿出匕首，"飞机都要炸了你还说你不是故意的?!"

"不是！"曾翰愣了，"什么飞机？"

徐猛发现这人的表情不像装的。

"我全招！我们做针孔摄像机，装在旅馆插座里，录……录那个……然后卖给黄网……"曾翰也发现事情不对，急需澄清，"李经武警官被录了？"

徐猛愣了，然后把曾翰拽起来，扔在墙上。

"你撒谎！"他用胳膊抵着他的脖子，"针孔摄像机？做摄像机你买计时器干什么？！'宝仪'牌的！"

曾翰的脸变红又变白。徐猛终于松开手臂。

"用来定时录影啊……"曾翰不停咳嗽着，贪婪地呼吸着空气，"摄像头不能老开着啊……"

几分钟后，徐猛走出工棚。他跟外边围着的一圈看热闹的人说了一句"帮我报警"，就径直离去。上车的时候，手机计时闹铃又响了，他意识到，又半个小时过去了。狠狠地捶了一下方向盘，徐猛把头抵在上面，闭上眼睛，大口地呼吸着。

十几秒之后，徐猛抬起头来，深吸一口气，发动了汽车。

07时30分
距离爆炸 还有 5小时30分钟

6

08时13分

距离爆炸 还有 4小时 47分钟

　　九安东部的杠山山麓，质量低劣的公路被重型卡车碾得伤痕累累。一辆黑色轿车颠簸着以最快的速度疾驰而过，扬起一路烟尘。车子停在路的尽头，一个身穿警服的年轻人跳下车，从几十个衣衫破烂、满脸尘土的矿工中间跑过，直奔矿区唯一一排水泥红砖房子。

　　徐猛来到这里也是迫不得已。曾翰之后，他又查了其余几个买家，都一无所获：两个是上初中的电子爱好者，一个是动手能力极强的家庭妇男，热情地给他展示自己用买来的元件改装的微波炉。至于剩下的一个，留下的姓名是"王先生"，代收的网吧已经被拆成了一片废墟，根本无法调查……

　　电子元件查不下去了，他只能从炸药入手。

　　"咣"的一声，挂着"总经理"牌子的门被撞开，里边两个围着火炉喝茶的人目瞪口呆地看着气喘吁吁、双眼通红的徐猛。来的路上，徐猛给了自己好几个耳光，痛恨自己过于轻信经验，浪费了宝贵的时间。平心而论，他有点苛责自己。不查炸药的决定是可以理解的，因为这玩意儿几个小时绝对查不完——九安八个矿山，两两相隔上百公里。他即使选了这个最近的，路上也花了半个多小时。要是挨个查一遍，炸弹早炸了。另外这种地方也不好查，就算杨叔当年实力如日中天的时候，也不敢带着所有人马硬闯一个矿场。

　　可是徐猛没有别的选择。他只能孤注一掷。

　　好在今天他有一件强有力的武器，那就是这身警服。

"你们负责人在哪？"急火攻心的他进了门就扯着嗓子喊，"检查炸药库存！"

"您是……"两人面面相觑片刻，毕恭毕敬地站起来，小心地发问，"上礼拜不是刚检查过了吗？"

徐猛一愣，一时不知该怎么回答。

"您证件能不能让我看一下？"一个穿皮夹克的胖子看出他心虚，胆子也大了起来。

"怎么？"徐猛瞪了他一眼，"你觉得我是冒牌的？"

"您别误会，"胖子身边戴着黑边眼镜的人赶紧打圆场，"炸药这东西管得很严，不管谁经手，我们都得谨慎，对吧？上礼拜紫川分局的张队还特别嘱咐我们来着……"

徐猛掏出证件，扔给了他。两人脑袋凑在一起研究，看不出什么破绽，小心地把证件还给了徐猛。

"刘警官，不好意思啊，以前没见过，邮电新村的警察我也不熟……您怎么跑这儿来了……"胖子陪着笑脸递过来一根烟，"这是怎么了，最近怎么查得这么频繁？"

"要不，我们给张队打个电话？"黑边眼镜还是觉得蹊跷，"他一向嘱咐，检查这玩意儿最起码得俩人，有个见证不是？"

黑边眼镜说着就要拨电话，结果被徐猛一嗓子制止了。两人看了徐猛一会儿，顿时眼神变了。他们似乎已经认定，这是个做了假证件来敲诈的毛贼。胖子开始朝着炉子慢慢后退。徐猛猜测，他的目标应该是煤堆里插着的一根铁钩子。

"都什么时候了，你们还添乱？！"徐猛灵机一动，"出什么事？你们心里没数吗？我们接到线报，有人要炸化工厂！"

这事还真不是徐猛编的。通过李若颜的"广播"，他知道李经武单位经常接到这种消息。不过调查之后，一般都是恶作剧。

两人脸色顿时变了。

"刘……刘哥，"胖子看来应该是老板，"我们管理上绝对没问题啊，肯定不是我们这里流出去的……"

徐猛眉毛一挑："破案的事，能说吗？我告诉你，这个案子多大，你们心里有数，全市的警察都动员起来了，管你查过没查过，所有爆炸物来源，都得查！"

"赶紧的赶紧的，"胖子急忙指挥黑边眼镜，"把清单拿来，今年所有的自查表、检查表都要！咱们一起陪着去查！"

徐猛顺利拿到了想要的东西，然而来到储藏室，却又犯了难——他根本不知道这玩意儿怎么查。他连表都看不懂。黑边眼镜看出了他的窘境，小心地帮他解释。徐猛虽然没有完全听懂，但是也估计出，这个活儿不是一时半会儿能干完的。可现在没有时间了！这该怎么办？

他一时不说话，搞得胖子很着急。

"刘哥，这个，要检查多长时间？"

一听这话，徐猛反而有了主意。他太了解这些人的想法了。

"什么时候查清楚了什么时候算。这是大事，光数数量不行。全部腾出来，称重！矿井下的也拿上来，全矿停产！"

胖子一听，叫苦不迭。

"除非……"徐猛装模作样地沉吟起来。

"您说，您说……"胖子如遇大赦，洗耳恭听。然而徐猛却死活不说话，眼睛瞟着黑边眼镜。胖子心领神会，立刻挥了挥手，把手下赶了出去。

"刘哥……"胖子凑上来，"您说，给指条道……"

出乎他的意料，徐猛没有索贿。

"大家都是明白人，"徐猛压低了声音，"矿，不止一个。早定下侦查方向，你们说不定就不用停产了……"

胖子听完一愣，心里权衡了不到五秒，毅然决定出卖同行："刘哥，其实啊，我们几个矿之间，有时候会互相买卖一点……这个东西……定额用完了嘛，总不能因为这个放着钱不赚……"他趁着徐猛还没变脸，急忙说出谜底，"但是呢，也不是卖给外人，数量也不大，我们年底都会再想办法补齐……"

"你能问出来？"徐猛的眼睛里燃烧着希望的火光。

"您瞧好吧！"

"老陈，我，对对对……"胖子掏出手机，拨打了号码，粗声大气地开始了通话，"我说啊，有个内部消息……"

几分钟之后，他挂了电话，对徐猛摇了摇头："不是鹊山。他们没丢东西。"

"快问问别的！"徐猛急不可耐地催促他。

胖子不敢怠慢，又拨了另外几个矿场的电话，一个个地询问，一个个地排除。徐猛在一旁疯魔一般走来走去。终于，第六通电话拨通，说了几句，胖子朝他点了点头。

"谁？在哪？！"

"驴山矿的老韩前一阵找南安的老徐买过一点。"

"驴山……开过去要多久？"徐猛急切地看了眼时间。

"开我的911送你！"胖子抓住这个引祸水外流的机会，无比亢奋，挺身而出，"绝对快！"

保时捷911的定制轮胎在粗糙的水泥地上留下几条长长的黑色疤痕。胖子下车后态度无比积极，两百多斤的体重丝毫不影响他的速度。从停车的地方到办公室两百多米，他比徐猛还早到几秒钟。

"咣"的一声，胖子一脚把门踹开，徐猛跟上去，他已经揪住一个秃顶高个子的衣领，骂道："老韩！你个孙子，把大伙害苦了！"

"怎么回事？"老韩摸不着头脑。

"好好说说吧！"胖子叼着烟，语气比警察还专业，"你上回找老徐要十公斤炸药，怎么回事？"

"就这事？"韩老板对他的态度很不理解，"我都跟他说了，我这里不够了，先匀点给我……"

"就十公斤？你就差这点儿？而且是检查前两天？"胖子一拍桌子，"你说，你是不是仓库被偷了？"

"你这人……"韩老板有点急，"当着警察同志的面儿你瞎说什么？！这关你什么事？！"

"关我什么事？！"胖子气不打一处来，"就因为你，几个矿都要停产整顿！"

此言一出，韩老板脸色变了，他抬头看着徐猛。徐猛一言不发，把他看得发毛。

"你出去一下，"徐猛对胖子说，"我跟韩老板单独谈谈。"

胖子点头哈腰地走了出去。门关上了，韩老板看着徐猛，想说什么，又没有说，闷头抽烟。

"咚"的一声，徐猛揪着韩老板的领子把他压在墙上。

"我没时间跟你废话！"徐猛狠得像狼，"你要是知道什么，现在说还来得及，我保证你没事。要是等炸弹爆炸了，你就是死罪！"

"什么炸弹？"韩老板蒙了。

徐猛亮出手机上的倒计时。

"我给你透露点内部消息：有人安了一颗定时炸弹，3小时后就要爆炸！一旦爆炸，就是近300条人命！炸药的来源，就是九安！"

"这是真的？"韩老板被震傻了。

"你在局里认识人吧？"徐猛掏出工作证，"你问问，问问有没有我这么个人？"

"你是……"韩老板看着证件，还是有点怀疑，"辅警啊……"

"连辅警都用上了，你想想这是不是大案！"徐猛没办法，只好继续诈到底，"全市的警察都出动了！"

韩老板的脸变得煞白，犹豫了一下，叹了口气。徐猛松开他，静静地等着他说话。

韩老板指了指电话："我叫个人，你问问他。"

"叔，你找我？"不到两分钟，一个穿着皮夹克的年轻人推开门。

"顺子，你坐。"韩老板一脸疲惫地指着椅子，"我问你点事。"

顺子看了一眼屋里的人，又看了看徐猛，有点犹豫地坐下。

"叔，啥事啊？"

"顺子，你说叔对你咋样？"

"挺……挺好的啊……"他显然搞不清状况。

"不敢说好，起码不差吧？"韩老板端着茶杯，坐在他对面，"你考学，分不够，我给你掏的钱。你在学校借了债，利滚利，我替你还上。你作进去，出来找不着活干，我把你调过来看仓库，你说，对你，我比你爸还上心吧？"

"那……那是……"顺子脸红了，不停地点头。

"这其实也是应该的，毕竟我哥就你一根独苗……可是啊，叔也不容易。"

"你××……"徐猛忽然骂起来。

韩老板制止了不耐烦的徐猛："顺子，不好挣钱了，前年又因为炸药短了，被罚了一百多万。你能体谅我吗？"

"叔，你这是……"顺子低下了头。

"我不求你帮我，真的，"韩老板语重心长，"我只求你看在以往的分上，你不能害我吧？"

顺子猛然抬起头。

"上个月7号，是你跟老钱在看仓库。炸药被偷了，有这事吧？"

顺子不说话了。

徐猛的眼睛一亮。

"你平时不上班的时候干什么，你以为我不知道？"韩老板的语气开始严厉起来，"你以为你打牌欠了多少钱我不知道？"

"叔，我……"顺子开始慌了起来。

"没事，你老实说：那天晚上，偷炸药的事，你是不是知道？"

顺子浑身颤抖着，低着头不敢出声。

韩老板一把抓起他的下巴。

"叔……"顺子哭了，"我对不起你……"

一个响亮的耳光，顺子捂着脸倒在地上。徐猛来不及制止，韩老板的大头皮鞋已经连踹了五六脚。

"我他妈就是瞎了眼！"他一边骂一边解皮带，"怎么有你这么个畜生……"

"叔！"顺子被踢得满地打滚，"你听我说……"

徐猛本来打算制止，可看到韩老板审讯效果还不错，就没动。

"你说什么？！"韩老板一皮带抽下去。

顺子惨叫一声。

"是老钱！"顺子狂叫着，"是老钱！"

"你胡说八道！"韩老板愣了一下，旋即更加愤怒，"老钱跟了我十几年，他怎么会……"

"他也赌钱！"

徐猛抓住了韩老板的手腕，冲他摇摇头，然后揪起顺子，扔在椅子上。

"说！"

"我经常到市里去打牌，认识了几个朋友，"顺子一边说一边擦着嘴角的血，

"一开始还让我欠点，后来多了，说不能拖了……倒也没难为我，就问我，能不能做个局……我就……我就找上了老钱……"

"你这个兔崽子……"

韩老板又拎着皮带要冲上去，结果被徐猛拦住。

"老钱真是老实人，我们几个配合，一晚上赢了他六万，他一点没看出来……"顺子叹了口气，"他没钱了，那几个人就让我走，他们跟老钱商量了什么，我没听见……"

"后来呢？"徐猛大概猜到了是怎么回事。

"后来，那天晚上，我跟老钱值班，他忽然说，你今天晚上玩去吧，我自己盯着就行……"顺子颤巍巍地抬起头，"第二天我回来，就听说炸药被盗了……"

"老钱住哪里？"徐猛转头问韩老板。

"他光棍一个，但是嫌年轻人太吵，不愿住宿舍，在山下租了个房子……"

几分钟后，山下村里的出租屋门前，几个人气喘吁吁地下车。

疾跑几步，韩老板冲徐猛指了指一扇门。

徐猛示意大家安静，悄悄走过去，一脚踹开了门。一阵惊呼，阴暗的房间里，一个人影正吊在客厅中央，左右摇摆……

"报警！"徐猛看着尸体，气恼地说。

顺子哆哆嗦嗦正要拨号，忽然手被抓住。

"警察来了别忘了说，老钱说过，那几个人提过一个航班号，QA931。"徐猛小声说。

"啊？没有啊……"顺子蒙了。

"他提过！记住了没有？！"徐猛把他的手腕抓得生疼。

"我知道了知道了，他提过……"顺子疼得咧嘴，又不敢叫。

"还有，跟你打牌的人，叫什么？"

"我不知道真名，"顺子舔了舔嘴唇，"只知道大家叫他黑三……"

8

_09时 42分_
距离爆炸 _还有 _3小时 没分钟 _

徐猛乘坐胖子的保时捷赶到双桥的时候，韩老板的手下已经把他的破车开到这里等着。由于要处理老钱的善后事宜，他本人没能来。下了车，两人快步奔向工人新村南边的一个小区。

"这事没搞错吧？"跑到 34 号楼底下，胖子已经气喘吁吁，"黑三这孙子我虽然不太熟，但好多人都认识他。都说啊，他平时就偷个手机、打打牌什么的，怎么忽然转行了呢？"

"谁知道，不一定谁让他干的呢……"徐猛随口一答。说实话，他对这个小偷没有兴趣。这种人他见过的太多了。无足轻重的小玩闹，上不了台面的小角色，因为手头紧、欠债或者干脆就是讲义气，接下一些看起来不危险的活，结果卷入了万劫不复的旋涡……

"嗯，"爬了几层楼，胖子满头大汗，"认识的都说，这孙子胆子小得很，干这一行十年了，身上连个刀子都不敢带，被逮着纯挨揍，连手都不敢还……这事指不定被谁耍了呢……"

徐猛也想知道原委。现在这事实在是超过了他的理解能力:到底是谁，什么仇，能闹到炸飞机的地步？哪怕是十恶不赦的团伙老大，也是万万没有这种胆子和想象力的，就算有个别的真的疯了，也难以办到。当年杨叔全家死光，对警察、对社会可以说恨之入骨，他也没有选择炸飞机，因为难度太大了……

来到 502 门口，徐猛躲在了门的另一边。

"不用不用。"胖子大气地摆手，"我早让人打招呼了……"

"什么？！"

"放心吧，"胖子直接敲了门，"别说跑，敢不开门，让他试试……"

徐猛还没来得及发火，门已经开了。一个油头粉面、衣着整齐的家伙出现在门口，上来就一个九十度大躬，然后殷勤地侧身让道："您快请进！"

9

李若颜深吸一口气，从洗手间出来，径直朝前走去。她的身体微微颤抖，但眼神无比坚定。

徐猛是对的！再也不能犹豫了！必须马上通知机长！

"小姐……"她揭开商务舱帘子的时候，茶水间的空姐急忙出声阻拦，"请不要打扰……"

李若颜理也不理，朝前跑去。空姐从后边追上来，要拉住她，李若颜回身抓住她的手一扭就把她推开——这是徐猛教她的。

她喘息着扭头朝驾驶舱狂奔。

不管怎么样，一定要见到机长！至少在这里不能说！因为不知道哪个乘客是内奸！

"来人！"那空姐尖叫一声，摔倒在地，大声呼喊。商务舱前后顿时冲出来几个空姐，把李若颜堵住。首当其冲的，就是赵宁。

"赵姐！你说的那个精神病！发病了！"一个空姐从后边赶上来，小声对赵宁说。

"你要干什么？"赵宁盛气凌人地看着李若颜。

"我要找人。"眼见被前后合围，李若颜估计自己是不能直接见到机长了。她决定冒一次险——靠近赵宁，对她小声说明真相。然而刚往前一步，赵宁立刻惊恐地后退。

"李春呢？"赵宁扭头问同事，"让他把电枪拿来！"

商务舱里有人听见动静，开始频频扭头来看。

"你听我说……"李若颜急了，"我有重要的……"

"重要的人要见，是吧？"一个温和的声音忽然响起。

李若颜循声抬头，眼前一个英俊的年轻男子正向自己走来，微笑着看着自己。他表情轻松，笑容亲切，跟其他或茫然或紧张的乘客形成鲜明对比。

"各位见谅，误会。"那个人抬手安抚着乘客的情绪，又对空姐们道，"不好意思，是我找她来的。她是我女朋友。商务舱没票了，所以我们分开坐了，对吗？"

空姐们面面相觑，那男子轻轻点了点头。

李若颜看了看他，连忙点头。

"都回去吧，是我考虑不周。"男子双手合十，再次道歉。

空姐们面露难色，但还是都退了回去，并重新拉上帘子。那个男子指着两个空座向李若颜示意。

李若颜点点头，跟着坐了下来。

李若颜心中记挂着那颗炸弹，满面愁容，但还是挤出一个惨淡的笑容："谢谢！"

"小姐怎么称呼？"那人伸出手，笔挺的西装上金色袖扣在闪闪发光。

"李若颜。"她随口应道。

"卢立兴。"他热情而不失谨慎地一笑，"介意我问一下，刚才怎么回事吗？"

"我真的不是疯子……"她觉得有必要解释一下——毕竟这个人的身旁是自己目前唯一的庇护所。

"我知道，"卢立兴点头，"哪有你这么漂亮的疯子……"

李若颜对这样的恭维礼貌地一笑，心里却还在琢磨如何才能见到机长。

"李小姐没坐过商务舱吧？"卢立兴递给她一包飞机上发的零食，似乎是想要闲聊几句话，好让她放松精神。

"没有。"李若颜一时想不出办法，心烦意乱，口中敷衍地应付着，"挺贵的吧？"

"出门在外，倒不是钱的问题，"卢立兴依然笑看着她，"只图个舒适而已。"

钱不是问题！

这句话令李若颜脑中灵光一闪：既然这人是有钱人，他说的话应该比我有分量吧？

事情忽然简单了许多——她不用再去说服一个机组，只要说服眼前这个人就够了。

商务舱和驾驶舱之间，一个空姐从帘子的缝隙里紧张地看着李若颜和卢立兴谈笑风生。

"赵姐，不会捅娄子吧……"

"放心吧，"赵宁的目光狠狠投向李若颜，"小卢控制着她呢！"

10

"是这么回事，"黑三规规矩矩地坐在一张板凳上，双手扶膝，像个做思想报告的三好学生，"我跟顺子打牌的时候，听说他叔是开矿的。他欠了我点钱，我就找他做了个局，结果输钱的那人也没钱。我正好欠别人点小账，又有点馋，就让他帮我搞了点雷管啥的……真没干别的，就到沙河炸鱼了……"

"炸你××！"胖子一脚揣在凳子腿上，黑三摔了个仰面朝天，"在我的地盘上开黑局、坑老韩？！你他妈惹多大事你知道吗？你给这些警队大爷添多大麻烦，心里没点儿数吗？！"

"我错了，我错了，"黑三爬起来之后，立刻换了脸，点头哈腰起来，"我就是没脑子，没有法律意识，放松了对自己的这个这个……"

"行了！"徐猛没耐心听他这些监狱里做检查的套话，"你老实说，你都给谁了？有没有人找你要？"

"真没有啊！"黑三好像觉察到了什么，"这位……刘……是吧？刘大爷，一共那么点炸药，真没干别的，就炸鱼了。不信你看……"说着，他打开冰箱，露出数量惊人的鱼，"还有剩下的呢……您二位拿点！多拿点！"

两分钟后，楼门口，两人啼笑皆非地每人拎着一塑料袋鱼出来了。

"你先走吧，"徐猛打量着塑料袋，好像在对鱼说话，"我钥匙忘拿了。"

胖子看了看鱼，又看了看他，摇着头笑了。

"行，你悠着点啊……对了，那鱼你要是不要，我拿着吧？别糟蹋了……"

徐猛转身回到楼里，三步并作两步跑到五楼，再次敲响了黑三的门。

"我东西忘你家了……"

"好嘞好嘞，你进来找……"

黑三带着一百二十分的热情开了门。迎接他的是迎面一拳。

"我再给你一次机会，"徐猛带上门，一脚踩在他的胸口上，"炸药你给谁了？"

"我……我真是炸鱼了……"

徐猛抓起他的头发又是一拳。黑三的后脑"咚"的一声撞在地板上。

"你他妈能从河里炸出海鱼？！"

"你别看我年纪轻，"商务舱里，卢立兴似笑非笑地说，"可也是走南闯北，见识的事情不少，但是你说的这事吧……"

"真的！"他的身旁，李若颜紧张地压低声音，"飞机上真的有炸弹！"

卢立兴看了看她，端着双臂，转头看着舱顶沉思。李若颜知道，他大概是为自己英雄救美的行为后悔了。

"你介意告诉我你的消息来源吗？"思考片刻，卢立兴转头认真地问。

"我男朋友，"李若颜一咬牙，决心撒谎，"是九安刑警队的，他给……"

"他叫什么？"卢立兴似乎没有特别失望的意思。

"李经武。"

"哦……"他的语气不置可否。

"你可以不信我，不帮我，我也能让飞机迫降，只要我大声喊一嗓子，"李若颜抓住他的手，"可是我不想这样！乘客里有他们的人！"

"他们是谁？"

"放炸弹的人！"

"你怎么知道的？"

"刚才我在洗手间……"李若颜绘声绘色地把刚才发生的事给卢立兴讲了一遍，最后诚恳地看着他的眼睛，"我知道有人说我是精神病，可我真的不是。他们怀疑我受了精神刺激，其实我没有……"

"他们是谁？"

"政府！"李若颜有点急了，"你能上网吧？你搜我的名字！我就是去年高铁恐袭案的人质！我上过电视，不会骗你的……"

卢立兴一摆手，马上开始在手机上搜索。这期间李若颜的嘴也没闲着，把她跟赵宁的恩怨事无巨细地讲了一遍。

"好了好了，"过了一会儿，卢立兴看样子被吵得头疼，"我搜到了。这样，我可以替你跟机长传话，可你要知道，这不是闹着玩的。等飞机降落，要是没有炸弹，警察问我……"

"你就说是我说的！"李若颜的眼睛里闪着希望的光彩，"我承担全部责任！"

"你完整地跟我再说一遍。"卢立兴严肃地看着她。

"飞机上有炸弹，我说的，我愿意负法律责任！"

"好。"卢立兴整了整衣服，冲她笑了一下，似乎是要站起来。

"谢谢！"李若颜激动得要跳起来，然而下一秒钟，她忽然感觉手腕上一凉。低头一看，自己已经跟座椅铐在一起。

"你……"她惊恐地抬头，却发现卢立兴已经走到商务舱前段。两个空姐掀开帘子，满脸崇拜地看着他。

"小卢，你真行！"

"培训教材上都写了怎么对付精神不稳定的人，"卢立兴谦虚地一笑，"我就是自由发挥了那么一点点。你们待会儿把她转移到经济舱后边去。"

"这人怎么回事啊？"

"妄想型精神分裂症吧。可能是以前受的刺激导致的，她男朋友明明已经死了……"卢立兴看了看李若颜，叹了口气，"不过按照规定，还是得迫降啊……"

空姐的叹息声中，卢立兴按下了驾驶舱的门铃。

"谁？"机长的声音传来。

"专职航空安全员 1305 号，卢立兴，"他低声报告，"有一个疑似 7700 状况。"

听到这个代码，机长急忙开门，因为它代表的是紧急情况。卢立兴走进去关上了门。

"怎么了？"机长问。

"有个乘客，精神不稳定，声称飞机上有炸弹。"卢立兴蹲在地上系着鞋带，漫不经心地回答。

机长和副机长对视了一眼，异口同声地骂了一句。

"我跟我女儿都说好了，要去星光大道给她拍碧昂丝的手印……"副机长无奈地摇头。

"行了啊，不是闹着玩的，按规矩办。"机长打开通信器开关，开始呼叫。卢立兴站起身来，饶有兴致地看着驾驶舱窗外的风景。片刻之后，机长的额头开始冒出汗珠。

"怎么了？"卢立兴紧张起来。

"联系不上，"机长的声音紧绷着，"通信设备，好像都失灵了……"

12

广桥机场空管中心。

警车开道，车队呼啸而至，停在空管中心门前。车门打开，十几个穿着各种暗色调夹克的人走了出来。空管中心主任大步迎了上来。

"市长！您来了！"主任神色紧张，双手握住楼市长的手，"请指示！"

"进去说！"楼市长大步流星，身后的人紧随不舍。进了会议室，还没等众人完全落座，他已经让秘书把材料在桌子上铺开。

"这位是九安刑警支队的负责人，"楼市长指着左手边一个警察，"熊楚才同志，你把情况介绍一下吧……"

"今天九点三十五分，九安市鹊山派出所接到报案，一名男子被发现死亡。"熊队身材高大，声音洪亮，"尸检还没有结束，目前没法确定是否自杀。据报案人讲，此人参与过偷盗炸药，而且死者生前，提到过一个航班号——QA931。"

此言一出，在场的几个尚且不明真相的人面面相觑。

"这是麒麟航空的航班，今天凌晨五点从这里起飞的，"熊队戴上老花镜，看着手里的记录，"而且今天已经有个人提到过这个航班有炸弹，但是由于派出所的疏忽，这个报警没有被接受……"

"老熊，你们九安是怎么搞的？"说话的是本市刑警总队的头儿，"这种情况怎么能忽视？！"

"说这事儿的是个酒鬼，有几十次报假警的前科，而且他说的时间也对不上……"熊队无可奈何地摇头，"这个人已经抓获了，正在审讯，看看能不能问出来他是从谁那里听说的……"

"好了，情况清楚了，"楼市长打断了两人，"根据国务院颁布的《国家处置民用航空器飞行事故应急预案》，我宣布，市应急处置指挥部成立，我是负责人，在座的都是成员。羊主任，"他把头转向空管主任，"你接着说。"

"我们接到市领导的指示，立刻就开始联系 QA931。但是……找不到……"

"什么叫找不到？"问话的是省公安的人。

"应答机、无线电都没有回应。ACARS 也停止传送信号……"羊主任说到这里，开始擦额头的汗，"这极不正常……"

"您大概解释一下吧……"看到在座不少领导的脸色，市长秘书适时提醒了羊主任一句，后者顿时意识到自己的疏忽。

"飞机跟外界联系的手段不多，共五种：无线电、应答机、ACARS、ADS-B 系统以及卫星通信……"羊主任抖擞精神，以极快的语速开始科普，"无线电分高频和甚高频，飞行员通过这个跟管制员通话，听取命令。一般来说高频通话质量不如甚高频好，所以一般只在大洋或者需要远距离通信的地方才会用……"

秘书咳嗽了一声，羊主任立刻意识到讲得太深了，急忙做小结。

"总之，QA931 上的无线电失灵了，联系不上……再看应答机。应答机也叫二次雷达应答机，其实就是……就是一个应答的机器……"羊主任实在不知道怎么再简化这个概念了，只好举例子，"比如说，飞机起飞后，我们想知道它们都去哪儿了，怎么办呢？我们就可以像播放广播一样，发个信号问'你们在哪里啊？'，所有接收到这个信号的飞机都可以通过一些简单的数字代码来回答，比方说，我的编号，我的高度，我的速度，我发生了什么情况……总之，QA931 上的应答机没有回应……"

"接下来就是这个这个……ACARS 系统和 ADS-B 系统……"念起这些英文缩写，羊主任就开始发愁该怎么跟外行解释，稍作犹豫，还是决定大概提下就算了，"这两个系统跟刚才说的应答机有点像，不过它们是相反的一个东西——不是我们广播，而是飞机广播。它们每隔一段时间就主动向外界说，我是某某某航班，我的高度是多少，速度是多少，位置是多少……"

"那现在飞机告诉我们什么了？"一位人大的领导忍不住插嘴问道。

"QA931 上的这两个系统都失灵了……"羊主任叹了口气，"它们几个小时前就关闭了……"

"是故障还是人为关闭？"

"应该不是人为关的，"羊主任沉吟着，"其他的好说，ACARS 可不是容易关的，得人下到电子设备舱才能关上。但是，现在说这些都是故障，也太巧了……"

"你们让他说完。"楼市长有点不大高兴。

"最后一种卫星通信就是卫星电话。我们打了飞机上的卫星电话，但是无法接通……"羊主任摇着头，"连手机微信我们都试过了——飞机上的网络用的也是卫星信号，也不行。现在看来，飞机跟卫星的连接被彻底切断了……"

羊主任摊了摊手，示意自己说完了。立刻就有人提出了经典的疑问：GPS 找不到吗？

"GPS 和北斗都不是干这个用的——它们是接收信号的，不能向卫星发送信号。换句话说，它们能让你知道自己在哪，但是外人看不见……想让外人知道，还得自己告诉他们，但现在通信方式都断了……"

"没有别的办法了吗？"楼市长忍不住打断他，询问下文。

"办法只有一个，那就是一次雷达，也就是军用雷达。"羊主任快速地翻着手里的记录，"这得靠当地航空情报区帮忙协调。按时间推算，QA931 现在的飞行位置应该位于日本的福冈航空情报区。我们已经跟那边说明了情况，要求尽快协助搜寻，还没有……"

门忽然被撞开。一个空管员拿着电话闯了进来。

"日……日本……"他气喘吁吁，"回话了！"

第
三
章

内奸与杀手

李若颜顿时觉得头皮发麻。她用余光小心地扫视着四周。一双熟悉的皮鞋出现在视野里。

"王青跟我的交情不一般。我们从小一起长大,我妈死得早,我小时候整天在他家蹭饭。他妈做饭特好吃,"香烟在燃烧着,烟灰随着车子的颠簸掉在黑三的裤子上,"可惜啊,后来受不了他爸,跑了,我再也没见过他……"

一巴掌响亮地拍在他后脑勺上,制止了他的回忆。

"别说没用的,"徐猛紧张地观察着路况,不停地加速前行,"他自己住?"

黑三被打得捂着脑袋好一会儿说不出话。徐猛知道自己手上的力道有点没数了。虽然他尽量让自己平静一点,可是身体还是不住地兴奋、不住地颤抖——刚才一听见这个名字,他差点跳起来:王青是不是那个神秘的买家"王先生"?又一问黑三,王青果然在那个被拆迁的网吧附近住过。

就是他!

"自己住,自己住……"黑三摸着后脑勺,疼得龇牙咧嘴。他此时被徐猛用胶带绑在车椅背上,活像个废弃的塑料模特。

"你们关系这么好,"徐猛看了他一眼,"不住一块儿?"

"其实,我们本来不是一路人……"黑三费力地挪动身体,调整坐姿,"他跟我不一样。他从小学习就好,大家都说这孩子以后有出息,所以他猛不丁来投奔我,我真是大吃一惊……"

"他什么时候来投奔你的?"徐猛突然想到:这个王青有没有可能是别人派来的?

"哦,一年多了吧?"黑三回忆着,"他大学毕业,留在九安工作,还挣了点钱，结果把钱都投到什么理财产品上，全赔了。赔了就赔了呗，还能再挣，对吧？可他不。他开始打官司，打官司不行后来又举报……反正折腾了一阵子，啥也没要回来，工作还丢了，都没地儿住……唉，他这人啊，就这样，从小特拧巴……"

黑三不停地摇头。

"他认识什么人吗？他提过别的什么朋友吗？"徐猛继续追问。这是无数次行动积累下的宝贵经验之一：一定要尽可能地了解目标。因为这可能决定着你找到他的时候，要面对多少人。

"没有，"黑三苦笑着，"他除了我，没有别的朋友，有也不至于来投奔我。我跟他说啊，哥们儿，没事，咱俩搭伙挣钱。他这人确实聪明，他会算牌，我们开始搭伙搞牌局，收入还不错……搞炸药来换钱是他的主意，买鱼来以防万一也是他的主意……不过……"

"不过什么？"

"他这人花钱有点没数。他手机我看过，屏幕上满满的，全是网贷平台。他说他借过五十多家，什么消费分期、消费金融公司、信用卡、小额贷款公司、P2P网贷……全借遍了。我估计他来找我也是为了跑路。他这人一见钱就有点不正常，他不挑财路，有钱就花。上个月他搬家了，搬到目前这个住处。我去了一看，房子还不错，我说又借贷了？他说找着工作了，可也没见他去上班……反正我是不信。有些事，明白就行了……我怀疑啊，这个买炸药的事，也是他又欠债之后琢磨出来的。买炸药的人，弄不好就是借给他钱的人……"

"他跟你私下说过什么特别的话没有？他平时都干什么？去哪儿？"徐猛眉头紧皱。

"他这人啊，特怪。我每次去找他都看见他躺在床上愣神，起来了就唉声叹气，没事就去看什么心理医生，又是抗抑郁药又是安眠药，胡乱糟蹋钱……"黑三认真地回忆，"喝酒的时候呢，说的话每次都差不多：说自己不顺，明明学历不低，可总是不走运。他被骗进过传销，后来找了个挺辛苦的活，广告还是什么，拼死拼活干了半年，人家又耍赖拖欠他工资……总之最后就是骂人，骂老天爷……"

黑三忽然想起了什么，停住了。

"怎么了？"

"上个月喝醉的时候，他说的话有点奇怪……"黑三望着徐猛，好像在咨询专家，"他就这么瞪着我，很认真地说：黑三，总有一天，我要干点露脸的事，让所有人都知道我的名字……"

话音未落，车子猛地刹住。黑三抬头一看，已经到了，可是徐猛却没有立即下车。

"王青有没有说过，"徐猛怔怔地瞪着前方，"他新找到的工作，是在哪里？"

"他说……是临时工……"黑三努力地回忆着，"好像是……机场？"

车门"砰"地打开，他被徐猛别着脖子拽下车来。

"大哥你轻点！我这是脑袋啊……"

"狗屁！你也有脑子？！"徐猛一边拖着他走，一边骂，"这么个人，你还敢让他接触炸药？！"

2

"大哥，你行不行啊……"还带着涂料气味的走廊里，黑三尴尬地用身体挡住半蹲在门前撬锁的徐猛。由于职业原因，他为对方粗陋的技术、毫不讲究的动作感到脸红。

"下边那根不是……"

话音未落，门轻轻一颤，开了。徐猛从门缝里往里看了一眼，慢慢站起身，示意黑三安静。

房间里漆黑一片。走廊里的光从门框里投进去，隐约照亮了客厅。门口左边有一个小门，客厅尽头靠墙摆着一张长沙发，沙发前边有一张小茶几。几缕日光从左边墙上唯一的窗户渗进来，又被拉得严严实实的厚布窗帘过滤，只能浅浅勾勒出茶几上几只茶杯的轮廓。窗户的对面，隐隐约约有一扇白色的门。门旁有一张桌子，上面似乎有些杂物。

"你在这里守着。"徐猛低声吩咐黑三，然后脱了鞋，褪下外套，拿在手里，猛地朝里一扔，同时像猫一样蹿了进去。外套落在客厅中央，徐猛手里的刀尖直指门背后的方向。

没人。

目光移动到地上，一双鞋整齐地摆在墙边。空气中弥漫着一种类似烧烤的味道，让人很容易想起那种你去找他，而他还没从昨晚吃烧烤的宿醉中清醒的朋友。

徐猛按捺住激动，回头朝黑三做了个噤声的手势，带上了门。门轴轻轻地"吱呀"了一声，徐猛静静听着，直到确认没有任何反响，才猫着腰向前几步，用手指轻轻推开左手边的小门。他掏出手电筒，朝里一照，洗手间里空空荡荡。

剩下的那扇门是卧室。

徐猛转身摸到卧室门边上，侧耳倾听，里面一片寂静。他用手试了试，门关得紧紧的。轻轻拧动门把手，转了不到四分之一圈，把手遇到了阻力，停住了。

里面有人！

几个小时以来积累的愤怒、恐惧、牵挂和焦虑化成浩荡的洪流，霎时间在他胸膛里震荡。拯救李若颜的关键人物，此时此刻只有一门之隔。

喜悦和希望使他血脉偾张、两眼发亮，握着刀子和手电筒的双手都在微微发抖。心脏气锤般轰鸣，力量充满全身，使他觉得自己有天神般的力量，觉得不管这扇门里面藏的是何方妖魔，全都不在话下。

你要报复社会？所以你要炸飞机？！你要杀死无辜的人，包括李若颜？！

徐猛觉得怒火快要控制不住。他要打倒他、制服他，用尽一切可怕的手段，让他供出一切，让他帮助自己制止炸弹爆炸！

"王青！"徐猛大喝一声，一脚踹开了门。

一股浓重的烟味扑鼻而来，他头脑瞬间一晕。徐猛迅速捂住口鼻，将手电筒横扫一圈。然而眼前出现的不是敌人，而是一幅让他目瞪口呆的画面——

一个人萎顿在地，头靠着床尾，不省人事，身前撒了一地药片。房间的一角，一盆冒着烟的木炭正在发出暗光……

3

卧室里一片狼藉。火盆被踢翻，木炭碎渣到处都是。卧室窗户太小，打开了也没用，徐猛试图把王青从卧室拖走，结果一使劲自己反而要晕了。他跑到洗手间，找了条毛巾用水浸透，蒙住口鼻，这才把王青拖出卧室，并立刻关上了门。

"这是……"客厅里，听到动静的黑三走了进来，看着眼前的情景目瞪口呆。

"出去！"徐猛一嗓子把他吓了一哆嗦，"出去守着门！"

徐猛把王青扔到洗手间地板上，把窗户打开。伸手一摸，颈动脉还在搏动，徐猛欣喜若狂，立刻开始给他做人工呼吸、心肺复苏。这些都是杨叔教的。他做这些的目的却与急救术的初衷不是那么一样——除了暗算竞争对手，徐猛有时候也负责让人活过来，好从他嘴里掏出秘密……

"别死，你他妈别死！"徐猛一边按压着王青的胸骨，一边恶狠狠地命令，"木炭都没有烧透，明明熏了没多长时间，你还有救！你还有救！"

每按压三十次，他会做一次人工呼吸。重复了五个来回，王青终于开始咳嗽，然而几声之后，又再无动静。

"安眠药！"徐猛忽然明白过来，"他吃了安眠药……"

他弹簧一样跳起来，开始翻箱倒柜。

"水管子，水管子！"他像念咒一样不停地自言自语。洗手间里一无所获，徐猛又冲到客厅，在那张作为工作台的桌子上找到了一根。他跑回洗手间，把管子一头连上水龙头，另一头小心地插进王青的食道。

徐猛打开了水龙头，没过几秒，随着剧烈的咳嗽，王青猛地吐出了一摊污物。他的脸憋得通红，全靠徐猛用手清理喉咙才没被憋死。

然而，离他清醒还远远不够。

"要不要打120……"黑三不知什么时候又溜进来掺和。

"滚！"徐猛愤怒地一把抓住黑三，收走他的手机，"滚到外边！不许打电话！更不许报警！"

"肥皂水！"徐猛又开始自言自语，"催吐得用肥皂水……"

肥皂是现成的——洗手台上就放着一块看上去有半斤的方形大肥皂，马桶旁边有个塑料桶。还缺一个漏斗……

徐猛跳起来，打开镜柜，挨个格子搜寻。一无所获！他骂了一句，把柜门一甩，想去客厅碰碰运气，然而半步还没迈出，他就停了下来。

因为抬头时，在没合上的镜子里，赫然出现一个人影！

浑身的汗毛直竖起来，手像被镜子咬了一下似的弹开，然而手指还没摸到刀鞘，徐猛已经发现是虚惊一场。再看一眼，又是黑三。

"我 × 你妈……"徐猛骂了一声，不过转念一想，觉得此刻这人倒是可以帮忙，"快，帮我找个漏斗，门厅那个桌子上……"

徐猛继续忙着往桶里接水，然而他马上又觉得不对。

黑三没有回应，脚底下也没有声音。

虽说这有可能是他被意外吓住了，但一种融进血夜的警觉还是使徐猛的动作渐渐慢了下来。他的手慢慢向下，触到了刀鞘，然而刀鞘却是空的。他轻轻转头，余光慢慢从门缝里钻出去，看着刚才切割完水管子忘在外边的匕首。

徐猛决定先出去再说，万一有什么情况，被堵在这方寸之地，必死无疑……然而转身后，他却发现黑三那张似笑非笑的脸已经到了洗手间门口！

"黑三……"

对方没有反应。

徐猛伸出右手，脚步慢慢靠近，好像是要安抚受惊的动物。事情肯定有什么不对。可是从这个角度，却什么也看不到……

血箭，白光，电光石火之间，刀尖穿过黑三的身体，朝着徐猛直刺过来！

扫码收听
精彩音频

"唰"的一声，他触电般躲过这一刀，跳了回来。眼前，黑三像一截木头似的栽了下去。一个高瘦的身影露了出来，凶光外溢的双目下，一把30多厘米长的细窄弯刀在灯光下滴着血。

徐猛喘着粗气，伸手朝腹部一摸，一瞥之下，满手鲜血。

太快了，尽管徐猛使出了十二分的本事，身上还是留下一个血洞。

这个人，是谁？！

血一滴一滴掉在地上。一片寂静中，徐猛浑身的汗毛一根根竖立起来。身后无路可退，左右更是闪转腾挪的空间也没有。

"你是谁？"徐猛咬牙问道。

一丝残忍的微笑像血滴滴入水中，在对手嘴角边慢慢浮现。他的舌头像蛇一样伸出来，舔着嘴唇。一声不可辨别的怪声从牙齿间挤了出来。

"西……扫……"

白光一闪，长刀刺出！

徐猛大叫一声，头发好像触电般奓了起来，拳头如长枪般直扎过去。狭窄的空间，毫无取巧的余地，双方短打硬拼，骨肉碰撞声如爆豆般连绵不绝。刀子、拳头、膝盖、铁肘交错着、纠缠着、碰撞着，把洗手间里的物件甚至瓷砖撞得七零八落。

突然，所有声音都消失不见，除了两人剧烈的喘息声。日光灯下，徐猛死死抓着对方的手腕，另一只手别着他的胳膊。两人的腿缠在一起，谁也动不了半步。他们的鼻尖几乎相碰，用要杀死对方的眼神对视着、纠缠着，榨取着肌肉里最后一丝力量，要压倒对方。

忽然，对方的头铁锤般撞在徐猛脸上。徐猛"啊"的一声，眼前一黑，鼻子里好像有颗炸弹爆炸了，脑子里被灌进辣椒水一样剧痛。他踉跄着向后跌去，在一阵稀里哗啦声中，拼命抓住一条搭在钩子上的湿毛巾才没有跌倒。两人再次僵持着。

徐猛的胸脯剧烈地起伏，眼前的一切一会儿向左、一会儿向右地扭曲着。身上的警服已经成了破布，疼痛沿着横七竖八的伤口朝着骨头里渗。

徐猛估计，自己起码中了五刀，好在都是割伤而不是刺伤。

这人太快了，招数也太怪……头好像铁铸的一样，不是经常练，绝对没有这么大的力量……

徐猛猛地晃了晃脑袋，思索着应敌之道。

武器，我需要武器……而目之所及，除了一块肥皂，什么都没有。

刀手的脸上再次出现了笑容，手里的刀刃像毒蛇的芯子般舞动着，随时准备发出最后致命一击。毕竟三步之外，他面对的只是一个手里仅有一条毛巾的人。

两人的身体像弹簧般紧绷而跃跃欲试。两人都在观察着、等待着，因为彼此都知道，接下来，生死就在片刻之间。

汗水沿着徐猛的额头流下来，慢慢地在他左眼的睫毛上聚集、凝结，成了一个水珠。徐猛眨了一下左眼。

唰！

刀手脚下一个垫步，刀尖刺出，直奔徐猛的胸口。惨白的刀光和短促的惨叫像血滴飞溅在瓷砖上的微响一样转瞬即逝。刀尖在徐猛胸前两寸处停了下来。之前半秒，徐猛的手臂如鞭子般一抖，湿毛巾裹着那块半斤多重的硫黄皂像流星锤一样迎面飞出，重重地砸在他的鼻梁上！

刀手惨叫一声，满脸鲜血退了一步。

徐猛抢身而上，毛巾裹着沉重而坚硬的肥皂斜抡过去。

正中太阳穴。

耳边黄钟大吕般热闹，刀手疯狂舞动着刀花，防备徐猛趁机扑上来，然而他的下半身已经像是吊线缠成一团的木偶。待他眼前一花，徐猛手中的"流星锤"当头硬抡，实打实地砸在他的天灵盖上。肥皂在坚硬的头骨上变成碎屑，一如刀手眼前猛然垂下的黑幕上的漫天金星。

刀手左膝一软，半跪在地上。

徐猛手腕一抖，空出来的毛巾缠住了对手的手腕，一勒一拽，对手整个人被撞在墙壁上，同时肘部发出"咔"的一声，刀子掉在地上。

徐猛咬牙切齿地勒住他的脖子。刀手呻吟着，想抓毛巾。徐猛手臂一扯一送，把他的头狠狠撞在墙上。"咚咚"的响声重复几次，瓷砖脱落，裸露的水泥墙上全是血。二十多下之后，徐猛毫不怀疑，就算他真的练过铁头功，骨头也该碎了。

对方的身体软了，徐猛一松手，他瘫在地上。

"行了，说话吧，"徐猛捡起刀，"说了我可以不杀你。"

刀手在地上大口喘息着，对徐猛的话充耳不闻。

"你还真是敬酒不吃……"徐猛正要去拷问，对方忽然爬虫一样翻身、起跳、高高跃起。

不好！

刹那间，徐猛明白了对方要对付的不是自己。

脚步瞬间启动，他整个人几乎横飞起来，朝着刀手撞过去。颈骨断裂的声音和长刀刺入从背后卡在肋骨里的声音同时响起。然后，就是一片寂静。房间里只剩下趴在地上大口喘息的徐猛和三具已经不会说话的尸体。

"×！"看着脖子已经被刀手用胳膊砸变形的王青，徐猛狂怒地捶地。

现在，所有线索都断了！

4

"怎么回事？"机长的手在控制台按钮之间飞舞，"你那里呢？"

"高频和甚高频都没有动静！连上网卫星信号都……"副机长的额头已经见了汗，"刚才还可以的……"

"应答机怎么……"机长望向副机长，"什么时候关的？"

"不是我啊，"副机长连忙亮出双手，"是什么时候……"

"最后一个记录……"机长紧张地检查着系统记录，"起码一个小时了……"

副机长脸色惨白，然后急忙检查别的。

"ADS-B 失灵了……ACARS 系统……"副机长开始控制不住自己的声音，"都完了！不知道怎么回事！"

高频和甚高频是飞机与地面通话的手段。应答机、ACARS 和 ADS-B 是飞机向地面报告自己方位的广播。这些全部失灵，就意味着……

"在地面看来，"机长停止了尝试，开始喘着粗气，"我们已经失联了……"

身后传来门铃声，通话器里传来赵宁的声音。

"怎么样？"机长急切地询问。

"在经济舱能打通，"赵宁手里拿着一只卫星电话，说话有点气喘吁吁——为了完成机长的测试任务，她刚把飞机从头到尾走了两遍，"商务舱信号很差，头等舱根本打不通……"

"邪门了，"机长抱着双臂，看着副机长，"驾驶舱里的卫星通信系统坏了，这个卫星电话离得远了才能打通，就好像……"

"好像有人把驾驶舱干扰了一样……"副机长一脸不敢相信的表情。

此言一出，两人对视了一眼，立刻在驾驶座上坐好。

"赵宁！"机长当机立断，"通知机组，做好迫降准备！然后向乘客广播……"

"等等！"卢立兴突然把手按在机长肩膀上，脸上的表情像是见到一个不可思议的梦在眼前成真一样，"先不要让乘客知道！"

机长扭头，愤怒地看着他——小小一个安全员，这种决定轮不到他插手。

"老秦你别介意，"赵宁赶紧上去把两人隔开，"他才来了不到半年，新人……"她偷偷地狠拉了卢立兴一把，可是对方却不为所动。

"抱歉，机长你听我说，"卢立兴马上道歉，脚下却不肯挪动半步，"这些系统同时失灵……是不是太巧了点？"

副机长看着卢立兴，又看看机长。机长思索片刻，最终也默认了他的判断。

"刚才一个女孩说过，"卢立兴压低声音，"飞机上被安了炸弹，而且乘客里有内奸！我怕他们发现飞机转向会立刻通知同伙，人工引爆！"

驾驶舱里彻底静了下来。四人面面相觑，脸色煞白，就像前方不断向挡风窗扑来的云。

5

头等舱的隔帘被掀开，卢立兴领头，身后跟着两个空姐，直冲机尾而去。他们尽量控制速度，不让乘客看出恐慌，可步伐还是忍不住越来越快。三个舱区一晃而过，前方不远处，那个被铐在最后一排座位上的女孩抬头看着他们。

李若颜看到三个人向自己走来，立刻就明白了是怎么回事。可刚才被误会、被鄙视、被欺骗让她怒气难消。她把头一扭，故意不看他们。

"打开！"卢立兴吩咐看守她的男空乘。

"卢哥……"男空乘一愣，"这……危险吧……"

"李春！"赵宁先沉不住气，大声呵斥，"让你打开，你就打开！"

李春不敢惹她，只好忍气吞声，用钥匙打开李若颜左手上的手铐，又用钳子把她右手上的塑料捆扎带割断。李若颜揉着手腕，尽力控制住自己激动的情绪。

"李小姐，"卢立兴蹲在她面前，"你仔细听好……"

"我不是精神病吗？我怎么会听？"李若颜恨恨地看着他。相比赵宁的直接污蔑，卢立兴的欺骗更让她生气。那种被人玩弄于股掌之中的体验就像是被耍的猴子。

"你……"赵宁又急又怕，显然想上来抽李若颜。卢立兴一扬手，制止了她，然后带着满脸歉意，诚恳地向李若颜道歉。

"我们……很可能冤枉你了，"他尽力压低声音，"现在飞机……有一些状况，所以我们想让你提供帮助……"

刚才在驾驶舱，卢立兴迅速劝服了赵宁和机长:那个女孩未必是精神有问题，在获得更多信息之前，先不要跟地面报告这些。

"飞机怎么了？"李若颜当然不想无节制地闹下去，"你们看到炸弹了？"

"没有，"卢立兴回头看了看，好在现在大部分乘客都在睡觉，"跟外界联系的系统全部失灵了，绝不可能是巧合，应该是……应该是人为破坏……"

"千万不要让乘客知道！"李若颜立刻想到了关键，"要是让内奸知道了……"

"我懂，我懂……"卢立兴急忙点头，"所以我们必须尽快找到内奸。要不然待会儿飞机掉头，瞒是瞒不住的……"

"你到底是怎么知道有炸弹的？"赵宁没有耐心听两人慢慢说，"你倒是说啊……"

"我的一个朋友，偶然发现的……"李若颜没跟她计较，但也不打算细说徐猛的事。

"那你那个朋友……"卢立兴关切地问。

"以后再解释。"李若颜不想浪费时间，"咱们先找炸弹好不好？！"

卢立兴看着她，犹豫不决。

"我能不能跟你朋友聊聊？"看上去他还是不敢百分百相信李若颜。

"都这时候了，你还不相信我……"李若颜一眼就看出他的意思。

"你别怪我，"卢立兴丝毫不躲避她的眼神，"这么大的事，我需要听这个人亲口说一下。起码我要从语气上判断一下，他是不是在信口开河……"

"他没说这么详细……"李若颜觉得这个要求也算合情合理，"可惜网速太慢，消息老是发不出去……我手机呢？我再试试……"

李春把手机还给了她，但是卢立兴却没有让她用。

"上网信号也断了，"他摇摇头，"他在哪里？"

"他在地面上，在九安。"

"九安？他是怎么……"越听越奇，卢立兴的双眉被好奇心拧成一团，但是知道问了李若颜也不会说，只好作罢，"那他现在能说话吧？"

李若颜点点头。

"来，"他掏出一个硕大的老式手机一样的设备，"你用这个打给他。"

6

"别死！别死！"

卫生间里，徐猛大汗淋漓，忍着浑身刀伤的剧痛，徒劳地按压着王青的胸口。尽管已经努力了十分钟还没有结果，但他还是一丝不苟地每按三十次，然后做人工呼吸。

"吸气！××××，呼气！"徐猛大骂着，手上一刻不停。

别死，别死！你没有死，你不会死！我这样救过来的人有很多！

内心深处，徐猛也知道，断气这么久还能救过来的一个都没有，但是他不肯放弃，也不能放弃。因为这是拯救李若颜的唯一机会！

"×！"不知过了多久，他情绪失控，胡乱抓起什么东西都往墙上扔。伤口崩裂，剧痛袭来，他喘着粗气无力地坐在尸体之间。

"若颜……"他捂着脸，把脑袋靠在墙上，梦呓般地呢喃着，"帮帮我，帮我想想办法，告诉我，我该怎么办……"

手机猛然响起来，吓得他浑身一震。一看屏幕，是个陌生号码，他犹豫着接了起来。

"徐猛！"话筒里传来的声音让他的心脏差点从喉咙里跳出来，"我是李若颜啊！"

"若颜！"他声嘶力竭地冲着手机喊着，"你没事吧？啊？你怎么样？飞机……"

"徐猛你小点儿声！"李若颜紧张地攥着电话，生怕被别的乘客听到。刚才卢立兴再三嘱咐她，通话要绝对保密。目前的情况可以说是非常微妙：能够一次把这么多设备破坏的，很可能是航空系统内部的人，所以泄露任何风声都有机毁人亡的危险。为此机长甚至决定先不用这部卫星电话跟广桥机场联系，让卢立兴用它先把事情查出个眉目，再决定跟地面联系时该透露多少信息。

"你听我说，飞机暂时没事。机组人员已经发现问题了，他们想问你一些事……"

"徐……徐先生，是吧？"电话被卢立兴抢走，他急不可耐地低声询问，"我是飞机的安全员卢立兴。我想问你，你是什么人？你是怎么发现……"

"货舱！就在货舱！有很多行李，你们去的时候小心啊，里面还有一个看守炸弹的人……"徐猛迫不及待地打断了他。

"徐先生……"

"快点，没时间了！我五点的时候看见的，有八小时倒计时装置，现在只剩不到三个小时了……"

"徐先生，你能不能……"

"计时器是'宝仪'牌的，炸药是矿山偷的，买计时器、偷炸药的人叫王青，我找到他了，可是他已经死了……"

徐猛一股脑把自己掌握的所有细节都说了一遍，说到最后，卢立兴不得不朝赵宁和李春点了点头：这个人听上去不像是在撒谎。

"问他是哪个货舱……"赵宁脸色煞白，可还是能够思考正事，在一旁急忙提醒着。

卢立兴一愣，马上点了点头："徐先生，飞机有两个货舱，你能不能说说是哪个？你回忆一下，那个货舱墙壁上有什么文字吗？"

"文字？"徐猛想破了脑袋也没有结果。他压根没来得及细看。

"那……有什么标志吗？"

徐猛沉默了一阵，还是答不出。

卢立兴眉头紧蹙，赵宁和李春也在一旁干着急。

"对了！"赵宁灵机一动，"他说还有一个人，那个人，戴没戴氧气面罩？"

"氧气面罩？没有，就蒙着脸……"

"明白了！"赵宁听到回答，兴奋地攥紧双拳，"加压供氧的那个……"

李春恍然大悟："这么说，就在……"

卢立兴点了点头。他的手指指着脚下。

后货舱。

"后货舱干吗加压啊？"李春下意识地往前边挪动脚步，好像这样就可以安全一点。

"这趟有托运的宠物，所以……"赵宁魂不守舍地解释道。

"你们能下去吗？"电话那头，徐猛等不到消息，耐不住又咋咋呼呼起来，"下去的时候啊……"

"徐先生，我们下不去。"卢立兴在一张空座椅上坐了下来，"前货舱还有点可能，我们有氧气罐，可以从电子设备舱想想办法，但是后货舱……除非把地板切开……我们没有工具……"

徐猛沉默了。

"徐先生你在哪里？"沉默了一会儿，卢立兴强迫自己振作起来。

"我在哪里有屁用！"徐猛一急就顾不上礼貌，"我又不能上飞机帮你们抓人！"

不过话一出口，他又有点后悔——人家毕竟是帮忙的——于是他又把地址告诉了对方。卢立兴把电话交还给李若颜，抱着双臂，焦急地踱了几步，然后快步朝驾驶舱走去。

"若颜你别急!"徐猛好不容易找到一点能安慰她的消息,"我已经想办法报警了,他们应该会安排飞机……"

"不,"李若颜小声解释着,"乘客里,有他们的同伙!"

"你怎么知道的?"徐猛愣了。

"省着点用,"李若颜给徐猛大概讲述经过的时候,李春忍不住提醒她,"这个电池要是再用完了就麻烦了……"

"好的好的,"李若颜赶紧答应,"徐猛,我……"

"你别慌!别怕!"徐猛激动地站起来,"我正在想办法,我一定……"

"我不慌!"李若颜长出一口气,让自己冷静下来,"有你,就一定有办法!我们在飞机上也会想办法!"

"对对对,"徐猛擦了一把汗,听到她这么说,就像吃了一颗定心丸,"大家一起……那我继续追查,有线索就给你打电话……对了,你怎么能给我打电话?我给你根本拨不通啊……"

"这是……"李若颜捂着话筒,抬头找卢立兴,发现他不在,只好硬着头皮问了问赵宁。

"这是卫星电话。"赵宁的语气还是很生硬,"现在飞机上只能用卫星电话。"

电话那边一下静默了下来。

"若颜,"徐猛再次开口的时候,声音低得几乎听不到,"这是谁的电话?"

"安全员专门配的。除了机长就卢哥有。"李春答道。

"机长那个电话……"李若颜试探着问,"也是这个样子的?"

"不是不是,"李春并不知道驾驶舱的卫星通信已经失灵,因此面对这个外行问题只是觉得好笑,"机长的卫星通信系统可拿不下来,是内嵌的……"

"徐猛你听到了吗?"

"我听到了。"徐猛的声音开始颤抖,"你别说话,听我说:那个看守炸弹的人也有卫星电话,要是乘客里的内奸想跟他联系,也只能用卫星电话!"

李若颜顿时觉得头皮发麻。她用余光小心地扫视着四周，一双熟悉的皮鞋出现在视野里。抬起头，卢立兴已经站在眼前。

"打完了吗？"

李若颜被吓了一跳。她极力掩饰着恐惧，慢慢点了点头。

"给我吧。"卢立兴伸出手。

7

"喂？喂？！"电话断了。徐猛骂了一句，好不容易镇定下来的情绪又开始不安起来。

怎么办？我这里还有什么线索？还怎么追查下去？还怎么……

忽然，他愣在了原地。

"傻子啊？"他恍然大悟地打了自己脑袋一下，"手机！"

徐猛如获至宝地把两个从杀手身上搜出来的手机捧在手里。他刚才就在想两个问题——

第一，这个拿着刀子的家伙是哪里来的，怎么来得这么巧，自己前脚进来，他后脚就堵了门，趁着自己在里边忙乱的时候控制住了黑三。

想来想去，唯一的可能性就是他一直在附近，自己和黑三从一露面就被他看在眼里。

第二，他在这里干什么？只有两个可能。一个是他也来找王青，赶上这孙子自杀，纯属巧合。相比之下，另一个判断无疑更合理：他给王青灌了安眠药，烧上炭火，还没来得及撤离，就看到傻子一样的自己和黑三上楼敲门……

他是在灭口！灭口会带两部手机吗？不应该。所以，其中有一部应该是王青的！他既然拿了王青的手机，就意味着里面很可能有幕后黑手的联系方式！

这两部手机一白一黑，一个是国产品牌，一个是苹果，差不多的新旧，看不出哪个是谁的。徐猛先拿起黑色的那部，按下解锁键。屏幕上出现了数字的九宫格。

是带密码解锁的……

徐猛摇摇头。这种情况不值得浪费时间。他只能暗暗祈祷，下一部千万别是一样的。

他猛地吸完了一支烟，从鼻孔里将浊气排干净，然后把烟扔掉，深吸一口气，按下白色手机的解锁键。

屏幕上的文字差点让他蹦起来。

"再试一次"。

这是指纹解锁机！

徐猛连滚带爬地伸手去摸王青的脖子，发现余温尚存，手忙脚乱地把他的右手抓在手里。

"一定还没晚，你还没凉呢，肯定没问题……"

徐猛念念有词地拿着王青的拇指往解锁键上凑。离得越近，他心跳得越厉害。距离五毫米的时候，他觉得自己大概知道了心脏病发作到底是什么感觉。他狠狠心，把拇指按了上去。

屏幕亮了，马上又变得暗淡。

下方闪烁着一行字。

"请再试一次"。

"没按好，一定是没按好……"

徐猛咬着牙自言自语，又试了一次。

然而结果还是一样。

"会不会是别的手指头……"

徐猛满头大汗，拿着死人的手指，一根一根往解锁键上按，狼狈程度跟他第一次学习智能手机不相上下。

"你怎么这么笨啊……"

恍惚间，那个清脆的声音又在耳边响起，让他回到那个夜晚。那晚一进门他就觉得气氛不对，李若颜双手背在背后，脸上表情紧绷着，眼睛里却一秒钟三千个鬼主意。

果然，她准备了一份惊喜。

"给，生日礼物！"

她抿着嘴，把那部崭新的苹果手机递给他。

徐猛的手慢了下来。他觉得自己的身体似乎在被周围的闷热融化，整个人慢慢渗到过往的空气中，渗到月光里，跟李若颜头发里的橘子味洗发水的香气融为一体。

"不要那么使劲，这不是诺基亚……"

"轻轻按一下，不是敲……"

"哈哈你怎么把应用删了……"

……

愣了不知多久，徐猛忽然狂怒起来，一拳把卫浴镜打了个稀巴烂，然后朝着洗衣机猛踢，一直踢到它的外壳几乎支离破碎。血从伤口里流出来，几乎把他染成一个血人。他抬起头，望着仅存的破碎镜子里那张因为愤怒而扭曲的脸。他猛然记起，上次看到这样失控的脸，还是去年。那次生气的原因是什么来着……

转瞬之间，他的思路就断了。因为大脑自作主张，跳过了对原因的回忆，转而去搜寻些别的。当日的画面清晰地浮现出来。那张愤怒的脸后边，还有一个笑靥如花的脸庞。

"怎么了，这点事就生气啊？"

她笑的时候双眼弯得像月亮，看着就莫名地想跟着笑。

"别着急嘛……我知道没那么容易的……"

徐猛当然记得，其实那天自己生气跟手机关系不大。他只是上楼前看到了她跟李经武一起并肩散步。两人的背影看起来真的很配，让人忍不住羡慕。这种念头令徐猛感到胸闷，感到绝望，感到生无可恋。一看到她，就心乱如麻……

而她那天好像还嫌自己不够乱。

"来，把手给我。"

温热润滑的手抓住徐猛的手腕，用纸巾擦拭着他的手指。

"记住啊，手上有水，解锁就会失败。别老着急了……"

"水！水！"徐猛猛然间醒过来，飞快地又把王青的右手拇指拿过来，用衣服狠命擦拭。上面不止有水，还有徐猛和杀手的血。擦拭完毕，徐猛屏住呼吸，看着手机发愣了片刻，然后咬着牙把尸体的拇指按上去。

他的脸上被染上了一层蓝色的光。

手机解开了。

徐猛把手机捧在手里，如饥似渴又谨小慎微地滑动着屏幕，生怕一不小心它再黑屏——等下尸体凉了，指纹就没法再用了。他首先检查了通话记录，发现不管是打入还是打出，都空空如也。短信里除了广告就是话费通知。没有微信，QQ 的聊天记录也是空的。

"难道……晚了一步？"

徐猛不信会有这么干净的手机。

"难道……杀手删掉了？"

他开始绞尽脑汁地回忆，李若颜以前有关"手机误删了资料怎么恢复数据"的"讲座"。

想了一会儿，他忽然意识到，也许不用那么麻烦。他点开相册，往下一拉，就看到"最近删除"文件夹不是空的。他的手心微微发热，赶忙点开，今天删除的照片只有一张。点击恢复之后，他清楚地看到，那是一个人的半身像。更令他兴奋的是，拍摄的角度非常低，像极了以前杨叔给他的那种目标偷拍。

"可以啊，还知道偷拍买炸药的人，给自己留条后路……"徐猛像一个猜中了对手底牌的赌徒，忘形地笑起来。然而接下来他就面临一个难题：凭着这张模糊的照片，怎么找人呢？

徐猛焦急地站起来，两眼盯着手机屏幕，在尸体间走来走去。

他没删短信，没有清空联系人，但是，他把 QQ 聊天记录删了……

徐猛一下子有了主意。他打开 QQ，扫了一眼，一共不到 20 个联系人。他挨个儿点进去，把那张照片发给了每一个人。然后，就是紧张的等待。

他盯着屏幕，偶尔点一下防止它锁屏，同时走到卧室，争分夺秒地寻找充电器——别的好说，万一没电了那真是无可挽回……

就在这时，屏幕忽然亮了。

昵称为"水哥"的人回复了消息。

"你想干什么？"

徐猛的眼睛先是热得要喷出火，随即又冷得像一块冰。他点开对话框，一个字母一个字母地把回复打上去——

"见一面。要不然我报警。"

又是至少一分钟的等待。对方几次输入，又几次删除。

最终，那人还是回复了。

"好。"

10 时 47 分
距离爆炸 还有 2 小时 13 分钟

第四章

劫机

「我们输了，飞机被劫持了！」

　　宏鑫大厦矗立在车水马龙的闹市。站在九楼宽大的落地玻璃窗前，街道上拥堵的车流一览无余。虽然听不到司机们焦急的鸣笛声，但是从不时探出车窗指指画画的手臂来看，不难觉察出街上的浮躁气息。手机一阵震动，把他吓了一跳。掏出来一看，又是不知什么野鸡自媒体的推送新闻。

　　"突发！网传 QA931 航班失联。正在求证。"

　　他骂了一句，把手机扔在办公桌上，自己捂着头坐在宽大的真皮座椅里。长达十秒的不言不语，令桌前两个身穿黑西装的手下面面相觑。

　　"大哥……"一个剃着光头的人小心地开口。旁边脸上带疤的同伴小心而快速地用指头捅了他一下，光头立刻意识到了自己的失言。

　　"不是，张总，你说这事……"

　　"别叫我张总！"张总抬起头来，满脸通红，"我现在不是你老板，我是你大哥！你说说，要是换了以前，这么小的事你都办不好，我该拿你怎么办？！"

　　光头胆怯地低下头，旋即又因为对自己失职的愤怒憋红了脸。

　　"大哥！"他忽地站起来，掏出刀子，往昂贵的实木办公桌上一插，同时把左手拍在桌上，"别说了！我懂！老规矩！我叫一声，就是王八养的！"

　　"哎哎……"刀疤看到事情发展成这样，赶紧站起来劝阻，"别介……"

　　张总伸手制止了刀疤，盯着光头的脸，慢慢站起身来，好像在看动物园里一头新来的畸形动物。

　　"我要你手有啥用？！"他走到光头面前，"你说，有啥用？！"

耳光响亮，光头硕大的身躯直接倒在地上。他真的一声没吭。张总反而被这种克制所激怒，抬起右脚，用尖头皮鞋狠狠朝他脸上、身上踹去。

"我把你们从山沟里带出来，辛辛苦苦爬到这个位置，我容易吗？！你们倒好，一个有用的都没有，一个都没有，一个都……"

刀疤不敢动，他眼睁睁看着张总踹了足足一分钟，累得气喘吁吁才小心地递过去一瓶矿泉水。

"大哥，"刀疤轻言细语，"事情已经这样了，您生气也没用，别气坏了身子……再说，我觉得这事，也不是没有解决的办法……"

张总气又上来了，抬头要说什么。刀疤赶紧退后一步，继续解释："水哥露了相，被人拍下来，这没错。但是我觉得还有补救的机会。"

"补救？"张总冷笑了一声，"要是让大老板知道了，他以后再也不信任我了，怎么补救？从他那里再也拿不到钱了，怎么补救？我刚贷了款买了房子、车子，现在要喝西北风了，你说怎么补救？！"

他又站起来，似乎又想打人。

"大哥！"光头好不容易爬起来，捂着脸大声吆喝，"交给我！我去弄死他！让他再也没法说话！"

"我说要杀人了吗？我说了吗？！"张总忽然奇怪地看着两个手下，"你们是不是……你们是不是……"

"大哥！"刀疤鼓起勇气，"没错，我们看了，我们知道那个盒子里是什么东西。"

"你们……"张总恨铁不成钢地指着两个手下，气得直哆嗦。

"大哥，"刀疤冷静地朝前一步，"您把我们从山里带出来，才有了我们今天，我们自然也要替您着想。您没解释，但是我看得出，您也觉得奇怪，老板怎么会让您亲自负责收这么一笔小账。拿到东西，我们更觉得奇怪：钞票的话，不会这么轻。就算是钞票，这么一盒也远远不够他欠的。我们是怕您给大老板背黑锅……"

"别胡说！"张总压低了声音，"我和大老板的关系，你们别瞎操心……"

"大哥，"光头又忍不住插话，"人心隔肚皮啊，您是跟他一起打过仗，可那都多少年前的事了……"

"对啊，"刀疤及时补充，"他给了资金没错，但是又不给编制，又不帮咱们注册，您说这事……"

张总这回没有发火。他冷静下来，踱回转椅旁，慢慢坐下。

"不瞒你们说，我看了之后也是害怕。"他点燃一根香烟，狠狠抽了一口，"他要那玩意儿干吗呢？"

三个人沉默了一阵。

"你们说的，我也都想过。"张总拍了一下扶手，"正是因为咱们没有名分，这事才必须处理好！要不然，真出了事，他一推，咱们就得掉脑袋！"

张总忽地站起来。

"我亲自跟你们去！那小子是唯一知道咱们的人，他不能留！"

2

"李若颜？"

无数声音在空中漂浮着，碰撞着耳道，在脑海里纷至沓来，让人分不清虚实。

飞机上有炸弹……

炸弹在后货舱……

炸弹有人守着……

他在等着乘客里的内奸给他用卫星电话联系……

而有卫星电话的，除了机长，就是身边这个人……

"李若颜！"卢立兴双手搭在她肩头晃着，终于使她清醒过来。

看到那张脸，她条件反射般地往后退。

"你怎么了？"卢立兴以为她是受惊吓过度了，温声道，"别怕，我们一起想办法……"

"嗯，"李若颜逼着自己止住颤抖，微微一笑，"我没事，我没事……"

她抱着双臂，脑子飞快地转着。

卢立兴不可信。机长呢？

略一琢磨，她就想出了答案：假如机长是主使或者内奸，用什么炸弹？开着飞机往下撞就行了……

"卢……安全员……"她努力摆出最好看的笑容。

"你叫我卢哥就行了，"卢立兴也冲她一笑，"咱们也算患难之交了……"

"卢哥……"李若颜点了点头，"我还有重要的情况要跟机长说。"

"什么重要情况？"卢立兴皱了皱眉头，"你跟我说吧……"

"不行，"李若颜为难地看着他，"徐猛最后特地嘱咐我，只能跟机长说。他有警察内部的消息……"

"他是警察？"

"差不多吧……"李若颜故意闪烁其词，等着他自己说出猜想。

"卧底？"

"嘘……"李若颜故作神秘地把食指堵在嘴唇边。

卢立兴沉思片刻，最终点了点头。

"行，我送你去。"

"我觉得，"李若颜急忙做出推心置腹的姿态，"当务之急是找出内奸。你跟李哥赶紧想办法，赵姐陪我去就行了……"

赵宁意外地看向李若颜。

"不行。"这次卢立兴斩钉截铁，毫无商量的余地，"外人进驾驶舱，必须有安全员陪着。一起去。"

隔帘被揭开，李若颜穿过去，走进经济舱前舱区。越来越大的噪声告诉她，机翼就在身旁。她不禁联想到机翼上巨大的发动机，以及炸弹爆炸之后，这两个巨大的机器会着火、脱落，跟众多乘客一起像漫天花雨一样纷飞，在冰冷的云层里飞速掉落……

她打了一个冷战，脑子却没停止思考。

卢立兴真的是内奸吗？

不能肯定，但是目前没有比他嫌疑更大的了。这一点不管真假，必须向机长说明，让机长来判断。

李若颜不打算让他跟着进驾驶舱，但是……在哪里甩开他呢？

她回头看了一眼，卢立兴寸步不离地跟在自己身后。这让她越发对他起疑。

甩开他很难，更何况就算甩开了，跑到驾驶舱也叫不开门……

有了！进去之后编个假情报，把他骗到机尾，然后跟机长说……

李若颜攥了一下拳头，开始在脑海里编织、拣选，力图让这个谎话无懈可击，让卢立兴无法推辞……

经济舱转眼就到头了，隔帘放下，前边就是商务舱。一个乘客从商务舱走出来，看样子是要去洗手间。李若颜在洗手间门口停了下来，让那乘客先进去，也顺便给自己一点时间，把谎话编圆一点。

"机尾座号是多少开头来着？刚才没仔细看……那我怎么编内奸在哪里呢……"

"小心！"忽然，一声惊呼在耳边炸响。

猛地抬头，李若颜发现那个乘客正在向自己冲过来，而他的手里，有什么东西在闪闪发光！

刀子！

她的头皮一阵发麻，寒意瞬间充满骨髓。

狭小的空间里，她根本无法躲闪。猛一撤步，鞋跟被防滑条纹一绊，她身子一歪，半步也移动不得，只能眼睁睁看着刀尖朝自己刺过来！

眼前一黑，一个影子闪电般挡在她的身前。随之而来的，就是一声低沉的惨叫。

是卢立兴！

他高大的身躯把李若颜遮得严严实实，双手死死抓着那人持刀的手。两人扭打在一起，同时摔倒。

"卢哥！"

李春第一个反应过来，飞身扑过去，压在持刀人身上。赵宁也飞奔而至，抄起烧水壶，朝那人头上砸去。一阵短暂的厮打，刀子掉在地上。

"绑上！绑上！"卢立兴拼命压着那人不断反抗的身躯。

李春和赵宁手忙脚乱，一起努力了两分钟，终于把那人的手脚用捆扎带绑住。然后卢立兴解下领带，勒住了那人的嘴。

"没事没事……"有乘客听到动静，揭开帘子想看个究竟，赵宁显示出高超的职业素养，淡定地道，"这位先生癫痫病发作了，我们在抢救。请您回到座位，需要饮料吗？"

"你没事吧？"卢立兴蹒跚着走到李若颜面前，蹲下检查她的衣服。

"我没……哎呀！"李若颜一个激灵——她看到卢立兴的肋下血流不止。

"我没事……"卢立兴疲惫地坐在地上，把背靠在墙壁上，"一点小伤！"

"快拿急救包！"李若颜急忙跪在地上，检查他的伤口。赵宁拿出急救包，李若颜却没有让开位置。她接过急救包，麻利地把头发一盘，拿起剪子，把卢立兴的西装和衬衣剪开一道口子。衣服撕开，两寸宽的伤口赫然在目。

"酒！"李若颜毫不迟疑地下了命令。赵宁愣了一下，赶紧去厨房找出一瓶威士忌。

"忍着点啊……"话说出口的同时，酒已经浇在伤口上。

趁着卢立兴龇牙咧嘴的空当，李若颜飞快地拿起纱布，折了几折，敷在伤口上。

"快，绷带！"在赵宁的帮助下，绷带在卢立兴腰上绕了几圈。李若颜几下完成了包扎，打了个死结。

"好了……"一阵忙乱，李若颜也见了汗，精疲力尽地坐在卢立兴身旁。

"多谢了，"卢立兴看着她，勉强笑了一声，"手脚挺麻利啊你……"

李若颜嫣然一笑，刚想说是跟徐猛学的，却没有说出口。

"对不起啊，"她的眼圈红了，"你豁出命保护我，我却……我却怀疑你……"

这话让卢立兴一愣："怀……怀疑我……"他目瞪口呆，"为什么……"

"因为……徐猛说，守着炸弹的人有个卫星电话，你刚才说，飞机上只能打卫星电话……"

"所以……"卢立兴恍然大悟地道，"内奸肯定也有个卫星电话……"

赵宁和李春震惊地互相看了一眼，立刻恢复了对李若颜的刻薄："你还真是不识好赖人啊！卢哥他……"

"先别说了！"卢立兴愣愣地看着前方，好像有个什么主意在那里破土而出，"我想到一个办法！"

3

"机长已经同意了！"看到卢立兴捂着腰从驾驶舱出来，赵宁和李若颜同时上前，途中互相看了一眼，李若颜退缩了。赵宁大咧咧走上去扶住他。

卢立兴口中的办法是指抓内奸的办法。刚才几个人对抓获的持刀人软硬兼施，愣是一个字都没得到——准确地说，连这人是不是哑巴都没搞清。不管说什么，那人连眼珠都不转。对于这个结果，众人早有心理准备。卢立兴跟机长商量了一下，机长决定主动侦查。

　　"不会打草惊蛇吧？"李春提出一个刚才商量办法时就在思考的关键疑虑。

　　"也顾不了那么多了……"卢立兴摆了摆手，"赵姐，你让所有空乘都出来，把每个乘客都盯死，然后宣布备降，发现有人打卫星电话，马上……"

　　"有点冒险啊！小卢，"赵宁还是不放心，"接近300名乘客呢，咱们一共才十八个能走动的工作人员……就算头等舱一个、商务舱留两个、两条过道各留一个，这也六个了，还剩十二个人……"

　　"经济舱两个舱，一共三十排，"李春接着她的话飞速计算，"每条过道六个人，每个人要看着五排……这……"

　　"万一他还有同伙，哪怕拦住咱们十秒钟……"

　　赵宁提出一个更显而易见的漏洞，这下大家都沉默了。

　　"没有别的办法了……"卢立兴思虑片刻，终于下了决心，"这个险，必须冒……"

　　他拍了拍赵宁和李春的肩膀。

　　"我相信大家的本事，咱们团结一心，一定能……"

　　"其实，"一直在旁边把玩着卫星电话，若有所思的李若颜忽然开了口，"我倒是有个主意……"

　　此言一出，三个人都看过来。

　　"卫星电话个头不小，装在裤兜里不太可能吧？所以，应该是装在外衣口袋里，或者随身箱包里……"

　　"硬搜乘客行李？"飞行经验丰富的赵宁对李若颜的异想天开很失望，"那更麻烦，碰上个较真的能烦死你……"

　　"我不是说搜，我是说，随身箱包和外衣一般不是放在座位上方的行李空间，就是在座位底下，对吧？"李若颜的表情开始变得兴奋，"那我们只要不让乘客站起来或者弯腰从下面拿东西不就完了？"

"你来解释吧……"赵宁无奈地用手按着额头，对李春说。

"美女，"李春有点哭笑不得，"我跟你说，你别看乘客来自天南海北，男女老少、各行各业都有，但他们都有一个共同想法，那就是'老子偏要跟你对着干，你算什么东西'……"

"太简单了，"李若颜打了个响指，"发饭不就完了……"

这下几个人全愣了。

"发饭……"

李春脑子还没完全转过弯来，但是粗略一想，就又觉得确实有道理：小桌板一放，的确是人人都站不起来也弯不下腰。而且这一招名正言顺，很难引起别人的怀疑。

"赵姐你看呢？"

"行是行，就是得找个理由解释为什么提前发饭……"赵宁经验比李春多得多，她的脑子里不停地在用以往的实例对这个主意进行检验，"安排是没问题的，不过……你这办法也是碰运气啊——万一电话放在外套里、挂在座位旁边呢？或者早就藏在座位上呢？人家都不用拿起来，拨通了直着腰说句话就行了……"

"这个我当然也想到了……"李若颜叉着双臂，几乎憋不住自我陶醉的笑容，"这只是第一步。第二步是不让大家说话。"

"你能怎么办？"李春此时已经认定这个女孩只会纸上谈兵，"你还能有办法把乘客的嘴都堵起来？"

"你不会是……"赵宁却猛然抬起手，让李春别打岔——她已经明白了李若颜在说什么，却一时不敢相信她能想出这个胆大包天的方案。

"有办法啊，"李若颜变魔术似的从口袋里拿出一本每个座位上都有，却谁也不看的安全指示卡，"把氧气面罩放下来！"

4

"尊敬的女士们先生们，"赵宁甜美的声音在广播里响起，安抚着被突然亮起的灯光吵醒的乘客，"根据我们接到的最新消息，由于目的地天气状况，本次航班飞行时间将比预计时间延长两个小时……"

一片唉声叹气，连不懂中文的美国乘客也猜出是坏消息，无奈地相互耸肩。

"为了向大家表示歉意，机长决定额外向大家提供一餐……"

接下来，赵宁以空姐特有的口音用英语把这个消息重复了一遍，机舱里各种语言的抱怨声响成一片。空乘们全员出动，在各个客舱派发热毛巾。虽然早就得到消息，心里紧张得要命，但她们还是带着微笑，温柔地向每一个乘客表示歉意。

"你跟他们说了吗？"驾驶舱里，机长问卢立兴，"先看一遍，定下几个可疑的目标……"

"都交代了，"卢立兴点点头，"乘务组的人都挺机灵……对了，待会儿你在广播里说话，货舱听不见吧？"

"听不见，有隔音。"

"那就好——还有，你跟地面上……"

"我先说备降，"机长对卢立兴表现出的老成周全很是刮目相看，"其他的，你们控制住局面我再提……"

"好……"卢立兴说完，走了出去。

"我说，"副机长犹豫着开口，"手动放氧气面罩，会不会引起恐慌啊……"

"没事，"机长叹了口气，"反正接下来还有更恐慌的呢……"

经济舱和商务舱的交界处，赵宁跟组里资历最深的 3 号空乘郑俊红小声讨论着。

"饭你没热透吧？别一会儿乱起来，烫着小孩……"

"放心吧，"郑俊红说，"都是温的，不烫……"

"好，"赵宁深吸一口气，"有没有可疑的？比如说，不要饭的……"

"没有啊，都选餐了，"郑俊红摇了摇头，"暂时看不出有什么人不对劲……"

"好，把洗手间锁上，让各人就位……"

"准备好了吗？"卢立兴走了过来。

"饭都发完了，"赵宁小声汇报，"小桌板都放下来了……"

"头等舱、商务舱、经济舱第一排，这些座位空间大，前边没有挡着的东西，派精干的、力气大的去盯着，"卢立兴的声音低沉而坚定，"李春呢？让他去头等舱……"

埋头吃饭的乘客没几个人留意到空乘们都出现在客舱。她们每隔几米一个，站岗一样把守着过道，人人不苟言笑，扫视着视线里每个座位。

"我也去吧，"一直跟着卢立兴的李若颜主动请缨，然后没等他反对，就走到经济舱里，占了一个位置。

"准备好了。"卢立兴用电话通知机长，"行动！"

机舱的灯忽地一闪，座位上方的小门猛然打开，氧气面罩像透明的蛇一样一起掉落。客舱里先是死一般的寂静，然后尖叫声猛然炸开。

"女士们先生们，我是本次航班的机长，"机长的声音在此起彼伏的声浪上颠簸，"由于舱压不稳，请马上佩戴氧气面罩……请不要惊慌，故障很快就可以排除……"

"请不要慌！"空姐们个个声嘶力竭，"请先自己佩戴，然后给小孩佩戴……"

她们麻利地帮着乘客，同时眼睛不停地观察着每一个人。卢立兴在几个舱之间穿梭，李若颜紧张地环视四周，毕竟这是最危险的时候。万一被识破，内奸趁乱打一个电话，一切就都完了。时间一分一秒过去，每个人的神经都要断了。

"这位先生请戴上面罩！"

"对，一定要戴！"

"快戴上！"

喧哗声渐渐变小，空姐们的声音越来清晰。终于，机舱里除了发动机的噪声，一片寂静。乘客们全体带上面罩，静静地呼吸着氧气。别说打电话，互相说话都做不到。

"完成了，"打电话的时候，卢立兴虚脱了一样，"宣布吧……"

"女士们先生们，"机长冷静的声音从广播里传来，"由于特殊原因，本次班机将马上转向，在备降机场迫降。这期间请各位乘客保持冷静，遵从空乘人员的指挥，不要使用任何电子设备……"

来了！

卢立兴和赵宁对视一眼，然后跟每个空乘一样扫视着四周，寻找着伺机掏电话的人。他们看到了一张张惊恐的脸，看到了抚慰着孩子的父母，看到了双手紧握的恋人，看到了泪流满面的老人，还有紧闭双目听天由命的男人和女人……

没有人乱动。

"不要松懈！"卢立兴来回跑着，口中大喊，"紧张起来！"

时间一分一秒过去，赵宁满头大汗，跟对面的郑俊红交换目光。

两人读懂了对方的心思：不会是搞错了吧？

"别动！"卢立兴的声音忽然从商务舱传来，"手放下！"

几个离得近的空姐一窝蜂跑过去。赵宁也跟了过去。跑到商务舱口，抬眼一看就发现一片狼藉的地板上，卢立兴死死压着一个黑人，而那人的手里，有一部黑色的电话！

"抓住他的手！"卢立兴咬着牙说。

李春从头等舱赶来，两步上去，拼了老命拧着那人的手腕，空姐们纷纷帮忙，终于把那个电话夺了下来。

"抓到了！"李春兴奋地大喊。

一片欢腾。

"我看看！"铐住那个乘客，卢立兴满头大汗地疾走过来。

然而他的脸色马上就变了。

那只是个普通手机。

"What the hell is wrong with you people! (你们什么毛病！)" 被制服的黑人愤怒地大叫起来，"I just wanna call my wife and kids! (我只是想打给我的妻子和孩子！)"

"这……" 卢立兴和李春面面相觑，不知如何是好。

就在此时，李若颜的叫声从经济舱传来。

坏了！

卢立兴把手机一扔，飞快地朝机尾方向飞奔！

5

一辆白色大众旅行车缓缓驶入九安火车站停车场。张泉和光头先下车，点烟等着刀疤把车停好，然后一起走向候车大厅。

"兄弟，我到了。" 张泉在大厅门口停下来，发送了一条消息。

"候车区。" 回复很快就来了。

"行，跟我充老江湖。" 张泉看着手机屏幕，冷笑不止，然后回头跟刀疤交流，"你别说这孙子不像看起来那么傻啊。"

对于这个见面地点，张泉意见很大，但是几次交涉，对方就是不松口。

"还真是，" 刀疤眼睛瞥着几米外候车大厅门口的安检机和警察，"没法带家伙，还得留下身份证。"

"你拿着我们的身份证，买三张票去，最便宜的那种。"

刀疤应声而去。

"东西带了吧？"张泉问光头。

光头点了点头。他偷偷拉开单肩包，露出里边的橡胶头锤子和绳子。

"业务还熟吧？"张泉笑着问。

"放心吧，弄卫生间里一锤绝对晕，还不出血。"

"酒呢？"

"也带了。往脸上一喷，架着出来，闻见的看见的肯定都以为是喝多了。"

"行。"张泉满意地拍拍光头的肩膀。

刀疤跑过来，手里拿着三张票。张泉扔下烟，用脚蹀灭，三人走向候车大厅大门。

"请把包放到安检机上。"门口的警察面无表情地说。

张泉冲他点头微笑，走了过去。安检门响了，他停下，站到面前的高台上。一个女警朝他走来，张泉顺从地高举双手。

广播里列车进站的声音不停地在耳边响着。张泉一伙慢慢走着，不停地四下张望。

"没看到。"

"我也没看到。"

"那小子不会是耍咱们吧？"刀疤擦着汗。

就在这时，张泉感到手机一阵震动。

是一条短信："到麦当劳等我。我穿橙色外套。"

三人来到麦当劳，要了饮料，分坐在不同的桌上等着。他们不断扫视四周，紧张使得每个人不停地抖腿。观察良久，几个人脖子都快扭断了也没看到有穿着橙色外套的乘客。

"不要急……"张泉冷静地喝着可乐，"慢慢等。"

"那边有一个！"可乐眼看见了底，光头忽然一指，三个人都站起来。

"小点声！看清了吗就胡诌？！"张泉把两人按下。那是一个穿褐色大衣的老太太。

三人继续焦急地等待。光头把可乐里的冰块都拿出来嚼碎了。

"大哥，"刀疤走过来小心地提醒，"他不会是要咱们吧……"

"回去！"张泉烦躁地摇摇头，心里却也在考虑，万一对方是骗自己该怎么办。可不但刀疤没走，光头也凑了过来。

"大哥，都过了这么长时间了……"

"是啊，你看看哪有穿橙色外套的……"

"实在不行，只能跟大老板说了……"张泉敲打着漆黑的手机屏幕，叹了一口气。

就在这时，刀疤捅了他一下。

"大哥，有个人其实一直穿着橙色外套，但是咱们没往那方面想……"

张泉恍然大悟，眼睛立刻就直了。

十几米外，一个清洁工一直在慢悠悠地扫着地。

难道是他？！

就在这时，那个人朝他们望过来。

带着口罩的脸上，目光直勾勾看着张泉，然后他转身朝着出站口走去。

"追！"

6

刚才李春兴奋的叫声吸引了大部分空姐们蜂拥跑去看热闹的时候，李若颜没有跟着。一种神秘的直觉告诉她，最好在这守着，于是她就没走，还劝阻了几个空姐也留下，以防万一。果然，等商务舱安静了一点，她就看到后排一个男人试图摘下面罩。

"先生，请别……"话音未落，她就触电一样浑身起了鸡皮疙瘩。那个人扯下面罩，手里拿着一部硕大的手提电话。

"抓住他！"李若颜指着那人叫起来。他身旁的空姐一愣，然后马上奋不顾身地扑过去。那人抬手一拳，把她打得向后飞起，后脑勺狠狠撞在座椅靠背上。

就是他！

李若颜大脑一片空白，身体霎时忘记了害怕，飞奔过去，用尽全身力气跳到空中，狠狠砸在那人身上。尖叫声中，两人扭在一起。李若颜手脚并用，不顾一切地死死控制住他拿着电话的手。

她看清了，那不是一般的手机，百分之百是卫星电话！

那人用拳头和手肘捶打着李若颜，但是狭窄的空间和小桌板让他根本无法从座位上站起来，力度大打折扣。他想站起来，可是脚下却被黏稠的汤汁一滑，又摔倒在座位上。李若颜使出徐猛教过的所有擒拿技术，疯了一样死不放手，最后干脆一口咬在他手腕上。

"啊！"惨叫声和卢立兴几乎同时赶到。他揪住那人的头发，狠狠一拳打在脸上。

"我来了！"座椅的另一边，李春也赶到，飞身压了过来。越来越多的人扑上来，李若颜被生生挤了出来，坐在过道上，大口喘着粗气，看着眼前这场生死搏斗。众人扭打在一起，像一座正在准备喷发的小型火山，起伏不止。喝骂声渐渐低了下去，"火山"也渐渐平息。最终，那人被压在座椅上，动弹不得。

"我捆住了！我捆住了！"卢立兴用膝盖压着那人的背，把抢来的卫星电话别在后腰，回头大笑着看着李若颜，"你的计划成功了！"

然而胜利的欢笑却没有得到回应。他奇怪地看到，李若颜没有笑，也没有站起来。她的脸白得像纸，嘴唇不停地哆嗦着，眼睛死死地盯着客舱的另一边。

"怎么……"卢立兴带着不好的预感慢慢转过头去，然后，他也愣住了。李春的脖子上，架着一把刀！他身后，一个个面色阴狠的男人扯下氧气面罩，站起身来。他们的手里，都拿着不知哪里弄来的明晃晃的刀。

他们真的有同伙！

而且不止一个！

"啊！"空姐的尖叫从前边传来。慌乱的脚步声由远及近，跟着出现的，还有五个持刀的人！

完了！所有人的脑子里都是一片空白。

卢立兴放开那个被制服的歹徒，跟其他空乘一样举着双手，退到过道里。李若颜被他搀扶起来，却几乎站不稳。

"我们……"她说话的时候牙齿不停地打战，死活也说不完一句。

"我们输了，"卢立兴搂着她的肩膀，不停喘着粗气，"飞机被劫持了！"

7

步履匆匆，张泉的眼睛死死盯着那个背影。光头的手拉开拉链，伸到包里，握住锤子的手柄。刀疤在最前边，不时小跑两步，缩短跟目标的距离。目标走上扶梯，下到一楼。眼看在火车站解决的计划是不行了，但是张泉却很高兴——只要出了候车大厅，动手反而容易。清洁工消失在大门，三人跟着跑了出去。宽阔的阶梯前，三人四下张望，生怕那抹珍贵的橙色消失。

"在那儿！"刀疤低声说。张泉望过去，用手拍了一下左拳："跟上去！"

光头和刀疤争先恐后地小跑起来。张泉在后边跟着。他比这两个小兄弟大十几岁，很快就落在后边。然而就在这时，奇怪的事情出现了。那个人没有出站，而是向治安岗亭走去。

"圈套？"张泉冷汗一下子下来了。

好在那人在派出所门口转了一个弯，走进了旁边的一扇门。

"那是哪里？"张泉疑惑地停下脚步。

"那是保洁员的值班室啊。"刀疤跟光头面面相觑。

话音刚落，门开了，那个保洁员又走了出来，手里推着一个简陋的推车，上边堆着扫帚、畚斗、抹布，还有一红一篮两个装着清洗剂的塑料桶。他的目光在张泉的脸上停留了一秒钟，然后马上扭头推着车朝取票大厅的方向走过去。

张泉犹豫的工夫，他已经消失在地下停车场的入口。

"跟上去！"张泉看清了他的去向，兴奋地一拍手。

张泉高兴是有理由的。地下停车场在扩建，停止使用了。在那里别说处理一个人，就是处理一头牛，也问题不大。看来此人是慌不择路。

"我去开车，到后边弄晕了拉着走。"

眼前的光线一暗，光头和刀疤走进停车场。工程看来接近尾声，地板和照明都已经安装完毕，除了几辆工程用车，空空荡荡。刀疤看了看没人，偷偷把门口的栏杆升了起来。保洁员似乎也意识到自己来错了地方，加快了脚步。光头掏出锤子，把绳子扔给刀疤。两人小跑着追了上去。脚步声在空旷的停车场显得格外响。保洁员慌张地回头看了两人一眼，推开一扇门，进了一间小屋。

"别跑！"

两人再无顾忌，大喊一声，追了上去。门被踹开，他们进去。出现在眼前的是一间空荡荡的房间，保洁员站在原地，静静地看着两人。

"我 × 你妈的！"

两人都被这种漠视的态度激怒了。怒气就像家乡高度而廉价的白酒，使得血液上涌、心跳加速，让每一根血管都发热。

手里的锤子高举过头，他们号叫着冲上前去。他们感觉自己像逃出笼子的犀牛，有使不完的劲儿，不管前面是谁，都会被当场刺穿，都会被踏为齑粉……

就在这时，他们开始觉得今天这人有点怪。他一不尖叫二不躲闪，而是戴上了护目镜，端起蓝色塑料桶，往红色塑料桶里一倒，然后朝旁边一闪。

"轰"的一声，连在门外等着的张泉都听见了。

正犹豫着要不要进去看看，门开了。黄色的浓烟裹着刺鼻的气味扑面而来。张泉的眼睛在因为强烈刺痛而闭上之前，看到的最后画面是在地上翻滚的两个手下。

不好，车窗没关……

念头一闪的工夫，他的脑袋上就挨了一下。

××，橡胶锤子……

又是一下重击。

神志像小时候父亲给他买过的唯一一个氢气球一样，仅剩一根线，随时要飘走。他感到车门被打开，身体倒下的过程中被人扶住，然后拖到车子的另一边，塞进了副驾驶座。车门关闭的声音像是从一公里以外传来。恐惧淹没了他。

然而他却动不了，也出不了声。

他知道那个人就坐在驾驶室。

"氢氧化钠加漂白剂……"那人在轻声自语，"是跟你学的啊，若颜……"

他笑了起来。

然后车子开动了。

这是张泉昏迷前知道的最后一件事。

_23时44分_
_距离爆炸_还有_1小时16分钟_

第 五 章

寒酸的杜老板

房间里什么都没看清，但是额头的触觉告诉他，枪口正顶在上面。

巨大的机翼刀斧般劈开云层。冰冷的空气被发动机吸进、加热，沿着 S 型弯管几次掉头，冲入涡轮机。热量被放掉、水分被冷凝器分离之后，它们涌入混合舱，跟发动机的热气混合、调温，最后变成二十度左右的冷气，从空调出口吹进机舱。

李若颜感受着从头顶吹来的清凉的风，似乎能看到它们慢慢下沉，最终跟人的呼吸、体味、尖叫、眼泪和肾上腺激素等各种难闻的味道混在一起，变得浑浊不堪。

劫机者们终于全员亮相。

"都老实坐着！不准动！"在明晃晃的刀刃的威胁下，乘客们压抑着哭声和恐慌，坐在座位上不敢动。

"你们蹲下！"一个劫机者朝空乘们下令。

"蹲下，蹲下……"赵宁强作镇定，让同事们配合。一只手忽然伸过来，揪着她的头发猛地一提。赵宁尖叫着被连拖带拽地奔向驾驶舱。

视线不停地晃动，所有细节像破碎的镜片上的影子刺入眼睛。乘客们惊恐的脸，劫机者手中明晃晃的刀。空的手提箱被拿到大家面前，所有人被迫交出手机。

"妈的，都交出来！"刀尖还没等警告声结束就刺入一个男人的胸口，鲜血和旁边女人的尖叫声一起迸出来。一切就像一场噩梦，让她觉得那么不真实。

"开门！"恍惚间，驾驶舱的门已经在眼前，劫机者按下门铃，恶狠狠地叫喊，"不开门我就杀了她！"

"不能开啊！"赵宁终于清醒过来，奋不顾身地叫起来。她知道，这道门一旦失守，一切就都完了。

"闭嘴！"劫机者怒骂一声，刀子狠狠往下一按。

赵宁的腿一软，闭上了眼睛。往日的一幕幕像照片一样在眼前一晃而过。

她发现，出现频率最高的居然还是张明水……

"别杀这个，"一个戴着墨镜的劫机者走过来，"她是乘务长，有用！"

赵宁看到，抖如筛糠的郑俊红被推了过来。

"我知道你能看见！"那人把赵宁推倒在一旁，刀子抵住郑俊红的喉咙，"说，能不能看见！不说我就割了！"

"能看见……"机长微微发抖的声音从通话器里传出来，"别乱来……"

"你听好了，"戴着墨镜的人显然是个头目，"你把麦克风保持通话状态，别关……"

机长没有回话，但是通话器上的显示灯保持在绿色。

头目回头使了个眼色，两个手下顿时行动起来。他们生拉硬拽，把七八个乘客拖到驾驶舱门口。没有给任何人反应的时间，头目揪着一个白人女子的头发把她拖出来，刀子在尖叫声中插进了她的胸膛。

"你……"赵宁被这种凶残震惊了，一时忘了害怕，试图冲过来阻止，可随即就被按倒在地上。

"警告你们，不听话就是这个下场。现在，我开始数数，"头目再次把郑俊红拉到怀里，对着通话器喊道，"每数到三，你不开门，我就杀一个！"

赵宁眼含热泪，抬头看着驾驶舱的舱门。通话器的绿灯沉默地亮着。驾驶舱里没有回应。不难想象机长此刻的内心挣扎。妥协，就是拿着近300人的生命去冒险；不妥协，眼前这些人就要马上丧命。

"一，二……"

一片低沉的啜泣声中，通话器里有了回应。

"不要杀人……"机长的嗓音像是吞了一块烧红的木炭，"我开门……"

"咔嚓"两声，两道暗锁被接触，门开了。赵宁闭上了眼睛。机长失魂落魄地出现在门口，脸色比死人还难看。头目哈哈一笑，手一推，郑俊红跌进机长的怀抱，两人一起摔倒在地。

"现在，听我指挥……"

2

太阳从云层里钻出来，无力地照在裸露的水泥砖上。粗糙的水泥抹缝带着尸体般的灰色，在砖块之间延伸，直到脚手架在墙上硬开出的洞把它的去路截断。无数脚手架的断头上，一条条长达几十米的白色条幅背负着字号大得吓人的标语在风中猎猎作响。

"拖欠资金还我血汗钱！"

"五证齐全此楼烂尾！"

"严惩凡帝国际为民做主！"

"无良开发商让业主无房可住！"

很显然这些条幅的作者来自两个不同的利益群体——盖房子的和买房子的，但可以肯定的是他们遇到了同样的烦心事：金主不给钱了，房子盖不下去。不难想象，金主肯定也不想这样……

为整件事情高兴的很可能只有一个人，那就是徐猛。

烂尾小区的北端，四楼唯一一间装上窗户的单元楼里，徐猛在不停地忙活着。他找来一把椅子和一堆电线，把昏迷不醒的张泉捆在上面。徐猛发现这里，还要感谢八成已经在飞机上摔死的何铁。此人每天的生活就是喝酒和打工。虽然穷，但是徐猛觉得他门路不少，经常这次还在超市搬货，下次醒来就在生产线上组装打印机。甚至一些需要门路的零工他也能拿到——徐猛甚至有回醒来发现自己在地铁隧道里抢修路基——那里的活可不是随便就能进去干的。然而徐猛试着去查此人的社会关系，却总是一无所获。

简而言之，徐猛某次变成何铁的时候，成了建筑工人，就发现了这片乐土。如今的城市里，要找这么一个僻静的地方还真不容易，尤其是这个样板房，位置简直太理想了——背后是建筑商无力开建的地基，对面是建筑商无力完成的另外几座烂尾楼，在这里不管干什么都不可能被人看到。就算是开枪，声音都很难传出去。为了这些便利，开车拉着张泉来到这里，再扛着他爬四层楼也是完全值得的。

浑身一阵疼痛。只经过简易包扎的刀口显然无法挨过这样强度的活动。拉开衣服一看，一道道半尺长的伤口又裂开了，把纱布洇成暗红色。他估算着自己的失血量，不停摇头。其实从王青家里出来他就该换一个躯体——一方面是防止失血过多晕过去，另一方面徐猛的确有个身份是清洁工。然而又一想，徐猛决定还是用刘小豪的身体继续下去。那个清洁工年纪大了，瘦骨嶙峋，一身毛病，活动活动就浑身疼，根本没法用，另外时间也不允许他去找某个合适的意识转移对象，把他骗进车里或者偏僻角落，给他打上一针麻醉，然后也给自己打一针……

徐猛发现自己的手开始发抖，眼前的视野也有点晃。他急忙从马甲里掏出针管，给自己注射了消炎药和肾上腺激素。然后他振奋精神，开始干正事。他飞快地在工具箱里乱翻，找出一面镜子，用胶带贴在墙上。这是审讯的一个技巧——假如人能看到自己被打得多惨，疼痛就会加倍。徐猛粘好镜子，调整张泉的位置。一切就绪。

徐猛深吸一口气，看着镜子里穿着清洁工制服的自己。一瞬间，跟这个身份有关的过往纷至沓来。他记得，最初发现自己还要当清洁工的时候，他并不高兴。这活不算累，但他不能容忍的是干活时别人的眼光。虽然没人当面说出来，但他总能敏锐地发现所有人都瞧不起自己。每当有人吆喝他去打扫什么东西，或者当着他的面把垃圾扔在地上，他就觉得是针对自己，继而拿眼瞪人。

大概是由于他的眼神太吓人，开始一个月居然奇迹般的没有人跟他打起来。

"你呀，就是想得太多，"李若颜捂着嘴笑个不停，"你觉得火车站那么多人，个个都盯着你，瞧不起你？"

"我不管，反正这丢人的活我不想干了。"

那天，他们见面的地方就是火车站外的快餐店。李若颜知道他的身份之后，经常来看他。有些身份徐猛不想让她知道，但她总能套话套出来。最后徐猛无可奈何地承认，在智商层面，自己绝不是李若颜的对手。

"你想想啊，你现在可不是一个人了。"

"什么叫不是一个人？"

"你同时还是这个清洁工啊。他叫什么来着？"

"郭柱。"

"他多大？"

"四十……四十五？"徐猛被问愣了。他还真没认真了解过这位不幸的老兄。他只知道此人是因为扫大街的时候被车撞了送进医院输血，结果就输了徐猛的血。

"四十五了，有家人没有？"

"好像……"徐猛仔细回忆着平时和工友的闲聊，"农村老家有……他妈好像还没死……"

"没结婚？"

"老婆好像死了。有个孩子还小。"

"就是啊，四十五了，上有老下有小，这份工作你看不上，可是人家养家的唯一指望呢。你要是给人把这份工作搅黄了，你是爽了，人家第二天睁眼一看，傻眼了，这日子可怎么过下去？"

徐猛不说话了。

他以前确实没有考虑过。

"再说啊，清洁工这活也挺好的。稳定。"

"稳定有什么用……"徐猛不以为然地直摇头，"工作的地儿离你这么远，万一你要是有个什么情况，我怎么过去？这个工作连个扳手都接触不到，我到时候拿着扫帚去救你吗？"

"我不需要你整天救。"一说到这个话题，李若颜就板起了脸，"你有你的生活，你不要总是挂着我，好吗？"

徐猛不点头也不摇头，闷头喝可乐。李若颜看着他一会儿，叹了一口气。不过跟以往一样，她马上就喜笑颜开。

"再说了，清洁工怎么就战斗力不行了？"

"我不是在少林寺扫地。"

李若颜被他猛然增长的知识量惊呆了。

"那什么，下班跟工友有时候看看电视……"任何让生活变得正常的细节都让徐猛觉得不好意思。

他一直试图让自己的心境跟以前一样。

但是这一年多以来，体验的不同身份越多，这一点就越难。

他这才发现，不管是哪种生活，只要不是为了捅人活着，都挺有意思的。

李若颜笑了起来。

"行啊你，有没有开始追星啊？王语嫣漂不漂亮？"

"瞎说……"徐猛有点窘，冲着她直挥手。

其实心里有句话没有说出来——我觉得跟你也差不多……

"说正经的。我给你补习化学的时候，你要是好好听了呢，就会知道，清洁工有个大杀器——"她眉飞色舞地挑起大拇指，等着徐猛回答。

徐猛瞠目结舌，说不上来。

"得，下次补课罚你。"她收拾东西要走。

"别，快告诉我。"徐猛真的来了兴趣。

"叫好姐姐。"她促狭地一笑。

"我比你大多少啊，还姐姐？"

"不叫就不讲了啊……"

李若颜看得出，徐猛是真的想知道，可是他脸都憋红了也没张开嘴。

她大笑起来，然后掏出纸笔，写下一行徐猛看不懂的符号。

他上个礼拜才弄明白，这玩意儿叫化学方程式。

"记住了，氢氧化钠加漂白剂等于'轰隆'！"

她笑着，像一只蝴蝶，翩翩飘远。徐猛看着那个身影，觉得那么美，又那么不真实。他想伸手把她抓住，可眼前出现的，只有一片空虚……

手机响了起来，徐猛一惊，意识到自己走神了。

只剩一个小时了！

他迫不及待地冲着那个被绑在椅子上的倒霉蛋就是一耳光。

"醒醒！你给我醒醒！"

3

飞机忽然倾斜，加速度的重力把乘客压在座位上，过道上蹲着的空乘们东倒西歪。

"飞机在掉头……"刚被释放的李春小声说。李若颜不解地看着卢立兴。心脏在胸腔里猛然往上一跳，脚下的地板好像忽然间消失不见。令人不适的失重感中，男人都紧闭着双唇，女人也压抑着呜咽。

"妈妈，我们这是去哪儿啊？"一个小孩小心翼翼地问。

"他们……在降低高度……"李若颜紧紧抓住旁边的座椅扶手才没有摔倒，"为什么？"

"他们在躲避雷达。"卢立兴表情严肃地咽了口唾沫，"这下真的没人能找到我们了……"

一阵脚步声传来，李若颜赶紧低头，装得无比老实。"扑通"两声，赵宁和郑俊红摔倒在她面前。

"前边怎么了？"劫机者走开后，李若颜和卢立兴急忙扶起她俩。

"他们控制了驾驶舱！"赵宁的声音带着哭腔。

"机长开门了？！"李春觉得不可思议，"老秦怎么这么傻？！"

"他是……"郑俊红还在抽泣着，"他们杀了一名乘客，逼得他……"

李春还想说什么，然而想到自己也曾被用来逼卢立兴就范，把话咽了下去。

"机长没事吧？"卢立兴问郑俊红。

"他没事，"赵宁抚摸着郑俊红的背，"还要留着他开飞机呢，不会把他怎么样的……"

"我是说他还冷静吧？"

"冷静！"郑俊红擦干眼泪，忽然把声音压得更低，"他偷偷塞给了我这个……"

李若颜看到她从怀里掏出的东西，正是卢立兴留在驾驶舱的卫星电话。

"机长厉害，"卢立兴马上明白了他的用意，"他逼着劫机者恢复驾驶舱的通信——他们要是想跟地面联络的话……"

"那个劫机犯手里的卫星电话呢？"赵宁忽然想起什么。

"在我这儿。"卢立兴下意识地摸了摸后腰隆起的地方。

"两部手提卫星电话都在这里，"赵宁振作起来，"咱们可以偷偷跟地面联络……"

"可以，"李若颜从郑俊红手里接过卫星电话，"但是……"

话音未落，她把电话放在地上，后脚跟暗暗一用力，塑料机壳立刻成了碎片。

"你干什么？！"赵宁大惊失色。

"要联系，一部就够了！多留下一部，就等于给他们方便！"

这下大家恍然大悟，连忙把残骸用手扫到座位下边。

"这下好了，"李若颜长舒一口气，"他们联系不上货舱里的人，咱们至少能撑到倒计时结束……接下来，咱们就要找机会跟下边联系……"

她忽然发现卢立兴盯着自己的脸看个不停。

"怎么了？"

"你还挺厉害的……"卢立兴笑着伸出大拇指。

她的脸没来由地红了一下。

忽然身后传来一阵惊叫。回头一看，几个劫机者拿着刀，分开人群直冲这边而来。

他们是来找电话的！

"就是他！刚才打我最狠的就是他！"那个鼻青脸肿的劫机者认出了卢立兴，"我的电话你藏哪儿了？交出来！"

李若颜和卢立兴的眼神相碰，两人都明白是怎么回事：劫机者需要电话跟货舱里看守炸弹的人联系！

"什么电话……"卢立兴装糊涂，"你认错人了吧……"

劫匪一脚踢在卢立兴肚子上，他咬牙闷哼了一声。周围的乘客惊恐地看着这一幕。

"搜！"一声令下，两个劫机者在卢立兴身上搜了起来。赵宁和郑俊红都心底冰凉——卢立兴刚才没来得及把电话销毁。她们闭上了眼睛。

然而几秒钟后，耳边却传来愤怒的质问声："你把电话藏哪儿了？！"

"怎么回事？"赵宁不敢相信自己的耳朵，"电话不在他身上？难道……"

"明明就是你，我还不信了……"劫机者恼羞成怒，刀子架在了卢立兴脖子上。

"你不要命了？！"郑俊红发现赵宁挣扎着想站起来，死死地拉住她，最终却还是被她挣脱。

"别动他们！"赵宁双眼通红地站了起来，"我是乘务长，有什么事冲我来……"

"你？"劫机者打量着她，拿着刀走了过来，"那你说，我的电话呢？"

赵宁胸口剧烈地起伏，等待着命运的裁决。

"我知道！"耳边忽然响起一个声音，赵宁意外地看到李若颜站了起来。

"你……"她不知道李若颜要干什么。

"刚才咬我的，是你吧？"一个劫机者认出了李若颜，上来先给了她一个耳光。

李若颜捂着脸摔倒在座位上。

"交出来！"他揪着李若颜的领子把她拉起来。

"碎了，在地上。"李若颜一指座位下的塑料残骸，"刚才混乱的时候被踩碎了……我偶然看到的……"

劫机者蹲下，检查着那堆废塑料，仔细找键盘按钮和芯片，最终无奈地皱眉，确实是卫星电话。他气愤地站起来，踹了李若颜一脚，然后气呼呼地走开了。

几个劫机者走远了，空姐和乘客纷纷扶起李若颜和卢立兴。

"真有你的，"卢立兴擦着嘴角的鲜血，朝李若颜一笑，"你赌他们不知道我也有电话……"

"你站起来的时候我偷偷从你后腰掏出来了。"李若颜得意地一笑。

"你藏起来了？"

"摔倒的时候塞在座椅缝里了……"李若颜朝刚才摔倒的座位一努嘴。

脚步声渐渐接近。大家赶紧闭了嘴。

"头，电话都坏了……"刚才那个劫机者小心翼翼地汇报。

然而头目的心情好像没有受到影响。他笑了起来。

"没事，你们都干得很好。第一个目标完成。"他拍着手下的肩膀，声音骤然高了起来，"下面，第二个目标！"

劫机者们像听到军令一样迅速行动起来。

"站起来！往前走！快！"

经济舱尾部的乘客迟疑地离开座位，跟空乘一起被赶羊一样往飞机前部驱赶着。

"第一个目标……"在人群推挤下被迫前行的李春面白如纸，"他们还有什么计划？"

"接下来怎么办？"赵宁焦急地问。

"等着！"卢立兴擦了一把嘴边的血，眼睛恨恨地看着劫机者，"等待机会！"

4

张泉睁开眼，第一件事就是咳嗽。喉咙和呼吸道针扎一样疼——氯气可不是闹着玩的。咳嗽了一阵，他看清了眼前的景象，终于发现胸痛还不是自己要操心的最大问题。眼前的房间红砖暴露，水泥渣遍地，一个陌生人正在瞪着自己，眼神凶狠，好像随时要吃人。瞪了一会儿，那人退后两步，让出身后的一张小桌。他像个要开始表演的魔术师，一件件展示着桌上的东西。

锤子，钳子，钢锯，铁棍。

张泉挣扎了一下，发现自己的手脚都被绑在椅子上。

"我不想杀你，"徐猛开口了，"我也不喜欢折磨人，但是你别逼我。"

张泉不明白他要什么，但是即将发生什么，却一清二楚。

他的冷汗下来了。

"告诉我，"徐猛拿起铁棍，走到他面前，"炸弹是不是你放的？"

张泉觉得耳朵里"嗡"的一声。

炸弹！

他最坏的预感终于成真了……

"你听我说……"张泉急忙开口，"兄弟你是哪里的……"

徐猛二话不说，一棍砸在他的左手上。

张泉的头猛地往后一仰，火箭一样往外冲的惨叫被他紧咬的牙关生生憋了下去。

"快说！"徐猛吼叫起来。

张泉的左手在颤抖着，每一次颤抖都把剧痛传到大脑，令它更难忍受。

"我不知道你在说什么……"

又是一棍，张泉的肋骨发出"咔咔"的微响，鲜血跟叫声一起从嘴里喷出来。

"快说！我没有时间了！"

张泉觉得胸膛里像是有一只受惊的刺猬，左冲右突，就是不肯平息，随时要把躯壳扎破。

"不是我放的……"他咬着牙说出这一句，随即就是与生俱来的硬气，"但是要我出卖朋友，没门儿！"

徐猛直起身子，深呼吸了一下，手中铁棍猛然扬起，朝着张泉结结实实抽了十几棍。张泉的闷叫声渐渐变成了尖厉的惨叫。抽打停下来，他一口口吐着混着血的口水，胸膛起伏着，头低了下去。徐猛急忙揪住他的头发，观察他的瞳孔。

张泉一口唾沫吐在他脸上，然后虚弱地哈哈大笑起来。

"你想让我招？我……我……是什么人？我这辈子，什么缺德事都干，就是……咳咳……就是没有出卖过朋友……"

他的声音越来越弱，徐猛却觉得勇气在飞速流走。他不敢想，如果不能从这个人的嘴里掏出话来，李若颜会是什么下场……

"你听我说，"徐猛深吸一口气，蹲在张泉面前，右手拿着手机，"这个人，看到了吗？她，没有父母，没有亲人，跟我一样。她，教我识字，教我生活，教我怎么做人。她是我唯一的朋友，我唯一……唯一在乎的人。她才19岁。你的炸弹要把她和两百多个人一起炸死。你说换了你，你会怎么办？"

张泉看了一眼手机上李若颜的照片，没有说话。

"我不是在求你，因为我知道求你没用。我就是想让你知道，为了救她，我什么都干得出来……"

徐猛亮出左手。那是张泉的皮夹子。里边夹着的，是一个女子抱着孩子的照片。

"你敢？！"看到妻儿的照片，张泉用惊人的力气徒劳地挣扎着。

"我向来不碰女人和孩子，"徐猛的声音变得像猛然开动的电钻一样骇人，"但是为了她，我可以破例……"

屋子里的空气静了下来，只有张泉的喘息声在提醒着时间的流逝。

"我第一次见到那个人的时候……"张泉再次开口时，徐猛激动得几乎跪下来，"还是个孩子。我爸死了，欠了一屁股债，我妈被逼债的人堵在屋里，抱着我哭，一边哭一边往房梁上搭绳子……我问她要干什么？她说带着我找爸爸去……"

张泉的眼神穿过徐猛，像是在对着空气独白。

"就是他，带着战友打跑了债主，后来又替我们家还了债。还完债他也没钱了，就带着我到处去闯荡、挣钱。他只要能挣一块，就不忘了分给我两毛。最难的时候，我们俩分着吃一个窝头。后来他发达了，又第一时间想到我，把我带到城里。他给我资金，指导我赚钱。我真的发了。我挣了第一个一百万，把钱全取出来，回老家摆在我妈面前，我说妈，我真的混出来了，再也没人敢欺负咱们了……"

张泉的眼里全是泪，但徐猛遗憾地确定，那不是疼的。

"我妈没过几天好日子就死了，癌症，查出来就晚期了。她没告诉我，也没化疗。她舍不得花钱。她死的时候，握着我的手，说的最后一句话就是，别辜负了人家。"

张泉注视着徐猛，眼神里全是解脱和坚定。

"我的一切，什么钱财、老婆、孩子，都是他给的。你要拿走，我拦不住你，但是要我出卖他，你觉得我能吗？"

徐猛浑身都在打战。他大吼一声，拿起钢锯，抵在张泉膝盖上。

"我理解，"他双眼通红，每个字都是从齿缝里挤出来，"但是我不信，有什么人、什么情义能硬得过铁！我只数三个数！！"

"来吧，"张泉也几乎把眼瞪出血，"我要是软了，我是你儿子！"

"三！"徐猛脖子上青筋暴露。

"来吧！"张泉跟他对着大叫。

"二！"徐猛的手在颤抖。血从张泉的膝盖上渗出来。

张泉闭上了眼睛。

"一！"

房间里的空气似乎凝结了。一种熟悉又陌生的声音不期而至，把一切像果冻一样击碎。

哗啦！

玻璃破碎，鲜血四溅。

一股热流贴着徐猛的脸淌下来。

张泉一声也没吭，连着椅子一起向后倒去。

5

客舱里终于安静下来。整个经济舱后舱被空了出来，将近300名乘客和空乘都被集中在前边三个客舱。几个劫机者拉上经济舱后舱的隔帘，在人们的视野里消失了。

"一共十个人，"李春在小声总结着自己的发现，"钻进去四个，帘子口守着四个，那驾驶舱门里门外应该是两个人……"

"你觉得有把握？"卢立兴意味深长地看着他。

李春觉得对方只有刀，不是完全没希望，但也不敢说有把握，皱着眉头没回答。

这时，身后商务舱的方向喧哗起来，在一阵求饶声中，两个劫机者推搡着几个衣冠楚楚的乘客向经济舱帘子后边走去。

"求求你，"一个戴着无框眼镜的男人哀求着，"让我跟我老婆孩子待在一起吧，孩子还小啊……"

"我 ×……"李春目瞪口呆，"这不是刘工吗？"

"把头低下！"赵宁赶紧拉了他的衣角一下，"他是谁？"

"刘蔼林，"李春小声解释道，"一个什么副总工程师。他跟机长一起上来的，一直坐在头等舱。"

"那是……"郑俊红也在偷看，"贝家明，华明集团的总裁……还有隋万，银行的老总……天哪，还有郝老板，天马旅游的创始人……都是有钱人啊……"

"你认得还真全啊……"赵宁忽然语气怪怪地说。

郑俊红没看她，不再说话了。

"他们挑这些人要干什么？"李春急切地问。

"我看，可能是当人质吧……"赵宁若有所思，"怕咱们反抗？或者，为了降落以后跟警察周旋？"

一听到降落，郑俊红的脸色好看了一点。

"你说，他们会降落吗？不对，要是降落，弄个定时炸弹干什么？"

"不过他们不是也有一道保险吗？"李若颜忽然插嘴，"要是一心想炸飞机，也不用派个人拿着电话守着了，所以啊，肯定有什么目的……"

一阵婴儿的啼哭声从商务舱传来，引得李若颜回头去看。与此同时，前方一阵骚动。

"那是我的孩子……"刘工情绪失控，不顾一切地掉头跑去。

一阵推搡，他的身体忽然不动了。血滴在地上，连着"扑通"一声，刘工捂着肚子，跪在地上。

"不听话就是这个下场！"一个劫机者晃着血淋淋的刀子狂叫着，"还有谁？！"

"别……"赵宁咬牙站了起来，高举双手，"别杀他，我们认识，我来照顾他，好不好，我保证他不会闹了……"

郑俊红和李若颜脸色煞白地看着她。劫机者不屑地踢了刘工一脚，然后转身押着剩下的几个 VIP 乘客继续朝后走去。刘工整个人扑倒在地，卢立兴赶紧过去把他拖了过来。

"止血！"李若颜掏出给卢立兴包扎剩下的纱布和绷带，压住伤口。刘工虚弱地呻吟着。几个女人忙活了半天，终于止住了血。

"还好，捅得不深，"李若颜擦了一把汗，"肋骨挡了一下。"

"刘工你怎么会在这里？"李春找乘客要了点水，垫起他的头，小心地喂给他。刘工喝了一口水，神色好了一点。

"公司……公司规定啊……"他的声音微弱，不过尚且连贯，"谁做的 D 检，第一趟飞谁就要跟着……"

"D 检？"李若颜不解地问。

"就是大检修，全扒开，涂装都要刮掉，一次就要两个多月，"卢立兴及时给她科普，"一般五六年才做一次——不对啊，这个飞机有那么老了吗？"

"没有，"刘工摇了摇头，"但是咱们老板你还不知道吗？他说要 D 检，谁能说不干？他那人你也知道，自己是这一行出身，就主意多，今天嫌这里空间浪费，明天嫌那里没有充分利用，这回准是趁着大检修，自己又不知道改了什么，我就是一摆设，光管着签字……"

刘工的声音越来越低，眼皮一闭，昏死过去。李若颜摸摸脉搏，又翻开他的眼皮检查了一下，摆摆手表示没事。

"这事有点不对……"赵宁忽然说。

卢立兴看着她，一脸茫然。

"你说这帮人吧，劫机很麻利，可是之后的做法就……很不聪明，"赵宁边说边皱着眉头，"把这么多人挤在一起，根本不好控制……"

"但是他们又好像对飞机很了解，"李若颜也明白了什么，"你是这意思吧？"

"对啊，"赵宁自己都没意识到，对李若颜的反感什么时候已经不知去向，"你看他们控制飞机，分组行动，动作多快，好像排练过一样。再说驾驶舱门口的通话器，外行根本不知道该怎么用……"

"他们对机组的人也很了解！"郑俊红忽然插话，"他们知道利用我逼老秦……"

说到这里她忽然停了下来。

"行啦，"赵宁恨铁不成钢地看着她，"都这时候了，还有什么藏着掖着的！"

"她跟老秦谈着呢。"她甩了一下头发，看着卢立兴和李春，"那天被我撞见了……"

两人不约而同地"哦"了一声。

"我说老秦怎么这么容易就开门了……"李春恍然大悟。

"别胡说八道！老秦不是那种人！"当时在现场的赵宁立刻喝止了他的臆测，"他们拉了一排乘客，不开门就全杀掉……"

"得得得，赵姐别生气，我说错话了……"李春讪讪地低头，可这么劲爆的话题不八卦两句又浑身难受，"我说老秦的老婆上个月来找领导谈什么呢……"

"本来就是做个伴，没想到他……"郑俊红扭捏起来。

"行啦，你跟那些个老板也是做伴认识的？"赵宁没好气地瞪了她一眼，"你啊，死性不改……"

"说正事吧……"卢立兴不耐烦地打断了她，"还有呢？"

"还有货舱！"李若颜也明白了赵宁想说什么，"没有内应，怎么可能混进一个大活人，还有炸弹？没有内应，这么多把刀，他们是怎么带上来的？没有内应，通信系统怎么会一下子全失灵了？"

"你是说，"卢立兴眉头紧皱，"'麒麟'内部也有内奸？"

"要做到这些，最简单的办法是什么？"

"什么？"李春跟不上她的思路。

"谁改装了飞机？"李若颜看着他。

李春脸色立刻就变了。

"还有那些老板，"郑俊红瞪大了眼睛，"上个月隋总跟老板拍着桌子吵，好像是贷款到期的事……贝总还在跟咱们集团打官司，好像是因为咱们还欠人家的工程款……至于郝总……"

"郝总也在告咱们，"赵宁飞快地补充，"这个新闻上到处都是，合作违约……"

"你们……你们的意思是，"李春的声音都在发抖，"咱们的老板——杜应龙杜老板——策划了劫机？！"

一只手忽然猛地拍在李春肩上，把他吓得浑身一哆嗦，差点当场跳起来。

"你……"郑俊红惊恐地看着伸手的人——旁边一个一直低着头的秃顶男人。

"你是谁？！"卢立兴一把抓住他的手。

"我实在是听不下去了……"那人一边说一边小心地左顾右盼，"不可能！"

"什么不可能？"李若颜也摸不着头脑。

"杜应龙不可能劫机的！"他看样子气得要跳脚，"因为我就是杜应龙！"

6

枪！

徐猛一个侧翻，滚到房间门口。他喘息着，目光透过没有了玻璃的窗框，落在对面楼上。两座楼之间的距离超过一百米，手枪是打不了这么远的。

狙击枪？

思绪混乱间，他的头不自觉地探了出去。视野边缘亮光一闪，"砰"的一声，墙壁上水泥大块地往下落，砸得他满头都是碎屑。

真的是狙击枪！
什么人能搞到那玩意儿？
什么人敢在城市里用那玩意儿？！

随即，一个答案令徐猛兴奋起来：有能力、有胆量炸飞机的人！
徐猛的头脑迅速冷静下来。他开始评估形势。

张泉还在动，对方为什么不补枪？
他在等我去救张泉……

徐猛飞速地打量了一下四周，观察着子弹的位置。他拿出手机，打开摄像头，小心地朝着张泉的方向推了一段距离。拿回来看了看回放，他大概清楚了对方的位置，立刻脱下外衣，用匕首钉在门上，然后猫着腰拿来门厅里的一台小型电风扇。风扇打开，吹动着衣袖，让它不时出现在狙击手的视线边缘。

然后，他猫着腰朝着大门口飞跑过去。

"你他妈千万别走！"徐猛飞奔下楼。

眼前一亮，他已出了楼门。徐猛也不管对方会不会朝着自己开枪，朝着对面楼狂奔过去。又是一声枪响，对方被外套蒙骗，浪费了关键的机会。徐猛冲刺般扎进黑乎乎的楼门洞。他脱了鞋，无声地沿着楼梯飞跑。

"四楼，四楼……"自言自语着，他放慢了速度，在走廊里小心地接近着几个可疑的房间。

与此同时，他琢磨着对方是怎么找到自己的。这附近根本没有居民，被埋伏的可能也微乎其微。回想来时短短几分钟的车程，也想不起有什么被跟踪的迹象。可以肯定，对方不止枪法准，还是个跟踪伏击的高手。

四楼到了，徐猛躲在墙后，调整呼吸。这时他才发现自己没有武器——匕首用来做圈套钉在门上了……

四下找了一圈，一无所获，他无奈地解下钉扣皮带，缠在右手上，一步步无声地向前进。

前边的几扇门虚掩着，走廊里全是灰尘。第一扇门近在咫尺，徐猛屏住呼吸，慢慢靠近门框。他把头靠在墙上，心跳得像急促的鼓点。

拿一根皮带去跟枪打，这太蠢了。可是为了那个送他这根皮带的人，他必须这么做。

他深吸一口气，飞快地探头向里张望——黑色的房间，白色的窗口。

徐猛又探了一次头，才确认里边没人。

徐猛慢慢挪到第二扇门口。他屏住呼吸，把肺都要憋炸了，才终于在塞窣的穿堂风中分辨出呼吸声。

就是现在了……

徐猛的手下意识地放在腹部的伤口上。止疼药的药效好像要过了，伤口开始像被马蜂蜇过一样疼。这身伤动起手来，只要超过三招就会败下阵来，根本不可能是对手。

所以，只有一次机会。

一击下去，必须致命！

徐猛深吸一口气，猛地探头。然而，这次他没有立刻把头缩回来，也没有立刻冲进去，反而整个人像石像一样定在那里。

房间里什么都没看清，但是额头的触觉告诉他，枪口正顶在上面。

枪口粗暴地顶着他的额头。他终于看清了狙击手的面貌：黑，瘦，矮小，要不是那一副大胡子，跟王青家的刀手简直一模一样。

他们是一伙儿的？

当然了！炸飞机的，是一个团伙！

"朋友，"徐猛此刻反而不紧张了，微微一笑，"有话好好说。"

徐猛头猛地一歪，左手闪电般抓住枪管，右手如离弦之箭，直刺出去！

一声惨叫，狙击手捂着左眼跟跄着退了两步，血从指缝里流出来。徐猛看到，自己右拳上翘起的皮带长针沾满了血。对方的眼球保不住了。

机不可失！徐猛大吼一声，紧紧抓住枪管，同时用尽全力朝着对方胯下踢去。狙击手果然绝非庸手，在剧痛之下仍然及时收腹弯腰，避免了被一击致命。然而徐猛的脚尖还是踢中了小腹，他大叫一声，倒在地上。

成了！

徐猛欣喜若狂，正要扑上去制服对手，却发现形势不妙。对方一个后滚翻，灵巧地站起来，从腰后掏出手枪。

"不好！"徐猛朝左边一跃，撞开门躲进房间。走廊里枪声不断，却越来越远。徐猛判断出对方是在逃跑时，那人已经跑到一处窗户边，一跃而下。徐猛探出头来，一眼就看到了远处窗户下早就拴好的绳子。楼下，摩托车的马达声已经响起。等徐猛跑到拴了绳子的窗边时，狙击手的身影已经消失在巷子里。

7

李若颜充满好奇地看着眼前这位大叔。此人肤色黝黑，一身地摊西装，满脸胡楂，无论怎么看都不像是传说中那位腰缠万贯的民营航空界传奇人物。

"你有什么证据？"李春也戒备地看着他。

"老板很少来公司，也很少在新闻上露面，但我见过他，"郑俊红吞吞吐吐地说，"他……就是老板……"

"小郑，你今天的表现我都看在眼里，"杜应龙好像对郑俊红刚才对自己的怀疑毫不介意，亲切地笑着，"你果然是个人才，啊，哈哈……"

赵宁愣了半秒就明白了是怎么回事，看看杜老板，又一脸嫌弃地看看郑俊红。

"行啦，"杜应龙严肃地看着赵宁等人，"你们几个真敢想啊！我劫机？我给飞机安炸弹？我自己还坐上来，我傻啊？"

"杜总，"李春殷勤地伸出手，"初次见面失礼了，我叫李春，您记不住的话，我的乘务编号是8877……"

"那几个人，"杜应龙没理他，"跟我生意上有纠纷，但生意上的事都可以谈的。我都摆平了，这趟就是要一起去美国谈个大生意呢……"

"您怎么在经济舱呢？"赵宁纳闷地问。

"不从小处节省，能成大事吗？"杜应龙不屑地摇头，"你看他们几个，又是阿玛尼又是江诗丹顿，有什么用？业内都笑话我寒酸，他们懂什么？这不，我要是不坐经济舱，这会儿恐怕也被弄走了……"

"等等！"李若颜打了个冷战，"今天……这事会不会是冲着你来的？！"

一声巨响忽然从机尾经济舱传来。仔细一听，好像是有人在用什么东西狠狠砸机舱地板。

"砸不坏吧？"李若颜偷偷问。

"砸不坏！"赵宁轻蔑地一笑。

果然，重复十几次之后，重击声消失了。

"多砸几下啊，累死你们……"郑俊红有点幸灾乐祸。

然而，就在这时，一阵刺耳的噪声突然隐隐从后边传来。

"出故障了？"赵宁皱着眉头。

噪声越来越强，乘客们忍不住纷纷捂起耳朵。最终，帘子下边的缝隙里，一连串的火星冒出来。

"坏了！"李若颜恍然大悟，"他们砸地板是给下面的人发信号……下边有电锯！那冒火星的是电锯！"

几个人都面如死灰：一旦拿到炸弹，劫机者们就完全掌握了主动权。这样一来，无论是谈判失败，或者警察强攻，飞机上的人都凶多吉少。

　　"卢哥，干吧！"李春凑到卢立兴身旁小声说。

　　"不行，"卢立兴摇摇头，"时机还不成熟……"

　　"越等下去形势越糟啊！"李春快要控制不住自己的情绪了，"趁他们还没拿到炸弹……"

　　"咱们俩是不够的！"卢立兴严厉地看着李春。

　　"不管他们的目的是什么，"李若颜这次站在李春的一边，"他们几个人不可能看守住我们所有人。"

　　"好！那就试试。"卢立兴艰难地做了决定，对李春道，"我们需要乘客帮忙，男的，身强力壮的都要……"

8

　　两栋楼之间的空地，徐猛的身影一闪而过。

　　只剩不到五十分钟！

　　现在只剩一个希望——那就是张泉还没死。

　　"别死，千万别死！"徐猛不停地默念着，在楼梯上飞跑着。

　　那扇虚掩的门终于出现在视野里，他一脚踹开，飞一般穿过客厅，双膝在地上滑行到张泉身边，手忙脚乱地把绳子解开。张泉的身体一翻过来，他的心猛地沉下去。子弹从后背穿出，制造了一个直径将近五厘米的洞。根据经验，他最多能活几分钟。

"别别别别……"他弹簧般跳起来，跑到客厅拿起夹克，从里边抽出一支注射器。他专业地对着光弹弹针管，然后朝着张泉的胳膊吐了口唾沫，擦拭了几下，打了进去。这是肾上腺激素和兴奋剂，是他用来在一些特殊情况下让自己别睡着的。针管空了，他把张泉平放好，掰开他的嘴，开始做人工呼吸。吹气两次之后，他双手按着张泉的胸骨，开始按压。

"……十五，十六，十七……"他尽力控制着自己的心跳，同时看着张泉的脸，盼望着奇迹的到来。

"三十比二，三十比二，一定行的，你一定行的……"

"二十五，二十六……"

三十下按压很快结束了，张泉依然像一堆死肉一样毫无生气。

徐猛喘息了两下，又俯身开始吹气，按压。

"一，二，三……"

"你别用那么大的劲啊……"那个银铃般的声音又在耳边响起。

恍惚间，他仿佛又回到了那个下午，在那间宿舍，面对她和那个假人。

"书上没说用多大劲啊……"他记得那么清楚，那天自己做了两组心肺复苏就满头大汗了，不知是因为气温，还是因为她。

"活人也被你摁死了。"李若颜拿着课本，认真地指导，"你要认真啊，你现在可是医生了，万一赶上急救，这个都不会，让人看出来是小事，害死病人可怎么办？"

"我怎么就这么倒霉，变成个啥不好，怎么还有急救医生……"徐猛泄气地坐在地上。

"医生多好。"李若颜拿出纸巾，给他擦汗。徐猛却躲开，接过来自己擦。

"你说，我考医科大学好不好？"李若颜陪他在地板上坐下来，眼睛望着窗外。

"你想当医生？"徐猛有点意外。

"我当医生怎么了？"李若颜侧过头来，有点不满，"不像啊？"

"不是，"徐猛讪笑着，"我以为，刘兴继……不是，你在医院待了那么久，再也不想进去了呢……"

刘兴继是李若颜的主治医生，同时也是杨叔的手下。当年培育病毒的是他，把徐猛开膛的是他，要把李若颜的器官移植给别人的也是他。

"我在想，"听到那个名字，李若颜变得格外认真，"老刘如果不是个坏人该多好，他的技术要是用在对的地方，能救多少人啊……"

她怔了一会儿，又恢复了笑容："所以啊，你有这个机会，我还真羡慕呢。"

"救人？"徐猛苦笑了一声，"我？"

"你怎么了？"李若颜的眼睛依然望着窗外，声音变得格外温柔，"你不是救过我吗？"

房间里静了下来，徐猛偷看着她的侧脸，说不出话来。

他忽然怀念起去年跟她一起出生入死的日子。

那些九死一生的经历，在回忆里变得那么美好。

他有时候真想回到过去，能再一次跟她单独在一起。

我只要能救你，就满足了……

喘息声渐渐充斥了双耳。他不情愿地回到现实。

三组了，张泉依然没有脉搏，奇迹没有发生，线索断了。

徐猛身子一软，靠着墙瘫坐在地上，呆呆地喘着粗气。他愣愣地看着前方，仿佛那张最最熟悉的脸就在眼前。那张他情愿一辈子什么也不干、一直看着的脸。他看到她的嘴唇轻启，带着那种很难捉摸的微笑，对自己说：行啦，尽力了就行啦……

他的头低了下去。

"若颜，"他双手捂着头，用只有自己能听见的声音倾诉着，"对不起，对不起……"

就在这时，他听到了咳嗽声。

开始他以为是幻听，然而第二声咳嗽声音更大，还把血滴喷到他脸上。

"救……救……"

他整个人石化了。

眼前的地上，张泉满嘴鲜血地抬起了头。

9

"你别动！"徐猛猛扑上去，扶住张泉的头。张泉猛地抓住他的手。他正处于极大的痛苦中，却还在试着说话，每说一个字，就会被血呛到。

"你别急，"徐猛连忙把他的头抬高，"我想办法救你……"

然而张泉却不肯放手。

"谁……"张泉的眼睛死死盯着他。

"你的老板，你的大恩人，派人来灭口的。"

张泉避开了徐猛的目光，看着屋顶。

他想说些什么，却已经张不开嘴。

"你别急，慢慢说，"徐猛像是挖到金子的矿工，"他是谁？"

张泉几次试图开口，血却不停地从嘴里涌出来，他一个字也说不出来。徐猛心急如焚，却不知该干什么。

最终，张泉放弃了说话，颤巍巍伸出右手食指，在地上划拉起来。

"对，你慢慢写，别急别急……"

面对炸弹时徐猛也没有这么紧张过。

张泉只在地上画出一个短横，就消耗了他大半的体力，他休息了一会儿，才又画出一道斜线。

"对，继续写，继续……"徐猛连加油都不敢大声。

下一笔对张泉来说似乎像马拉松一般艰难。他几次中途停下来，积攒力气才能继续下去。

画完斜线，他的脸忽然变得通红，呼吸急促起来，像个风箱一样吵人。

"你怎么了？！"徐猛想挣脱他的手再去拿一支药剂，却被他的眼神所挽留。

那是一种垂死的忧伤和乞求，只有徐猛这种时常经历生与死的人才能一眼看透。

他在乞求徐猛留下来。他不想一个人断气。徐猛忽然发现自己对这个人已经恨不起来，他心底甚至有一丝同情。于是他左手加了一分力，不一会儿，又加了一分。

张泉的脸变成了紫色，双眼几乎要鼓出来，却死活不肯咽气。徐猛明白了什么，拿出他的皮夹子，抽出他老婆孩子的照片，放在他的胸口。张泉扭曲的脸似乎是想笑，最终却没有笑出来。他猛地一抬头，然后浑身肌肉松弛，不再动了。

徐猛叹了一口气。

一秒钟之后，他又忙碌起来。

因为他看到，张泉用最后的力气在地上写了一个"又"字。

10

驾驶舱里，机长沉着地操纵着飞机。身后"叮叮当当"的声音不断传来，吵得他头疼。

他知道，那个盯梢的劫机者经过最初的好奇，已经对窗外的景色失去了兴趣，正坐在那里用刀子百无聊赖地敲着舱壁。

其实现在天气良好，飞机在自动驾驶，根本不需要他在这里正襟危坐，他完全可以去后边看看郑俊红怎么样了。

可是，他每次转过头想说话，那个无知的家伙就大声嚷嚷，好像他开的是汽车一样。

"客舱压力好像有点不对啊……"副机长忽然说话了。

"是吗？"机长一时没反应过来。

"你看这里……"副机长指着面板对他说。

机长的心脏猛然一缩。他看到，副机长指着的参数不是压力，而是BGAN网状态，也就是飞机上的无线网络。显示屏上有一条系统提示，告诉他有一颗新的通信卫星可以切换。

"你确定？"两人目光相对，机长犹豫地问。

"调整一下吧，"副机长声音轻松，但额头已经布满汗珠，"总比这样等着好……"

机长明白他这话是指什么——虽然不确定这些劫机者是动了什么手脚让驾驶舱的卫星通信失灵的，但既然卢立兴的卫星电话可以用，那就说明飞机卫星通信没有被破坏，他们很可能只是干扰了某一个频率，阻断了某一个链路。

百密一疏，这些人忘记了随着经纬度的变动，卫星是可以切换的。

机长的手指慢慢接近触摸屏，可是却总到达不了。

归根到底，一切只是猜测，他并不确定这样会不会让无线网恢复运作。再说按下去很容易——背后那个蠢货绝不会明白发生了什么——可万一被发现……

机长的手停在了空中。

副机长紧张地看着他。

"不做的话，难道就任由这批人让飞机这么隐形下去？他们要做什么？万一……"

机长终于深吸一口气，下注似地按下了"确定"。

"好，调整吧……"

"'又'？代表什么？"徐猛疯魔一样来回踱步，"'双'？讲不通啊……'邓'？一个姓有什么用？我哪知道他认识的人有没有姓邓的？"

不过这回他没有急躁。他知道自己的思路不能断，时间不允许他浪费哪怕一秒。

"肯定有别的意思，肯定有……"他自言自语着，忽然停了下来。

他看到张泉的眼睛没有闭上。死人他见过很多，再惨的死状也吓不到他，张泉这不算什么，但他有一点跟别人不同——如果是无意识地咽气，死人的眼珠是上翻的，然而张泉在往下看。

他在盯着桌子上那些被徐猛堆在那里的衣物。

徐猛愣了一下，马上触电一样跑过去，从他的衣物里找出手机。

"通信录！"徐猛如获至宝，拿起来的时候手还滑了几次，"通信录里找姓邓的！"

可是打开屏幕，他又傻眼了。手机不是指纹解锁，而是图形解锁。

"别慌，别慌……"徐猛强迫自己深呼吸，稳住心态，然后试了一下最常见的解锁图案"Z"。

手机屏幕晃了一下，解锁失败。

徐猛骂了一句，琢磨了一下，又试了"口"。

还是失败。

徐猛略一思索，闭着眼睛念念有词，又拿出硬币抛了几次，然后兴奋地试了另一个图形。

结果还是错的。

他开始抓自己的头发。

手机提醒他，只剩一次机会了。

"这他妈让我怎么猜？"徐猛骂着，"四十万种可能啊……"

这话一出口，他的心又针扎一般地痛起来——这是李若颜告诉他的。

他捂着嘴，给了自己几秒钟振作起来，强迫自己继续思考。

"至少经过四个点，难道是他的姓？张？笔画太多，不可能……水？"他比划了一下，又摇了摇头，"连不起来，必须是连起来的，比如说……"

他的目光突然定住了。

"比如说，'又'？"

徐猛这次没有贸然尝试，而是郑重其事地掏出三根烟，点燃后在空中拜了拜。

"算我求求你，"徐猛心中默默地祷告，"让我对一回吧。"

他拿起手机，鼓足勇气，用手指划下去。

手机没有震动，屏幕亮了起来，密码对了！

徐猛几乎蹦起来，他如饥似渴地找着通信录。通信录不是空的，可里边密密麻麻的人名却让徐猛束手无策。短信翻遍，也没有任何线索。

徐猛焦躁地拿出手机，回拨之前的号码，却总也不通。他当然不知道卫星电话是不能直接回拨的，只好拿出手机，把通信录里的人名输进去。

"若颜，"他边打字边自言自语，"你得帮帮我，你得帮帮我！"

12

客舱里，低声细语依然在压抑的空气下悄然流动。李春和卢立兴已经悄悄挪出去一段距离，跟一些乘客窃窃私语。

"杜总，"李若颜左思右想，觉得自己的判断应该没错，"如果那些人的目标是你……"

"不可能！"杜应龙连连摇头。

"先假设是你！"李若颜有点急，"你觉得有可能是谁？你有什么仇人吗？"

"仔细想想，"杜应龙摸着下巴，"也不是没有……集团前一阵子不是砍掉了一些业务吗，一些靠咱们吃饭的公司破产了……"

忽然，一阵奇怪的噪声传来，客舱里的人渐渐闭嘴，纷纷侧耳倾听起来。大家很快就听出，那声音很像是一部手机在震动，声音的来源就是劫机者们装手机的手提箱。

"无线不是早就被关了吗……"赵宁和郑俊红面面相觑。

"难道，老秦他……"

话音未落，另一部手机清脆的铃声彻底证实了两人的猜测。紧接着，所有的手机开始震动、鸣叫，之前几个小时积攒下的消息，同时挤了过来，整个手提箱都在共振，仿佛要挣扎着飞起来。

"怎么回事！"看守的劫机者瞬间蔫毛了，朝着所有人大喊着。他想不出原因，索性把手提箱扔在地上，用脚狠狠地踩着手机。手机一个个被踩碎，声音渐渐低了下去。剩下的两个劫机者警惕地看着乘客。

然而就在这时，一声清脆的"叮咚"声在乘客中间响了起来。

李若颜用手紧紧捂住腰部。

她偷偷藏起来了手机，却没有时间调成震动！

"谁？"一个劫机者狂叫起来，"谁藏了手机？！"

他怒目圆睁，扫视着机舱。

李若颜的呼吸急促起来，杜应龙连忙把头低下，慢慢朝别处挪过去。

又是一声。劫机者骂了一句朝着李若颜冲过来！他三下两下分开乘客，二话不说，手中的刀就朝李若颜砍了过来！

"我 × 你妈！"一声怒骂，卢立兴再也忍不住，跳起来把劫机者压在身下，打成一团。

"卢哥！"李春也不顾一切地跟着站起来，抓住后边跟着的一个劫机者的手，死死挡住他，不让他偷袭卢立兴。周围几个男乘客跃跃欲试，可是互相看了几眼，都没敢站起来。

"小心啊！"李若颜想去帮卢立兴，结果被两人的身体一撞，直接飞出去，摔倒在两排之外的座椅上。

"怎么回事？！"头目终于被惊动，领着五六个人赶过来。

这下形势瞬间逆转。李春和卢立兴脖子上架着刀，不甘地喘息着，跟头目怒目而视。

"行啊，有胆量……"头目一伸手，手下递上一把刀，他直冲卢立兴而来。

"别！"李若颜挣扎着站起来，挡在卢立兴身前，"都是我不好！我忘了把手机上交了！"

她紧紧抓着头目的衣服，泪水涟涟地仰望着他，亮出手机屏幕。

"真的没什么啊，只是推送消息！"她苦苦哀求，"我这就上交！我再也不敢了！求求你！"

头目看看李若颜，又走到卢立兴面前，跟他长久地对视。

"你的妞？"他皮笑肉不笑地问。

卢立兴还没说话，李若颜又挤了过来。

"他是我男朋友！"她满脸汗水，脸颊通红，"他只是想保护我，我求求你，求求你……"

头目听着李若颜的哀求声，似乎非常受用。

"情有可原，"他哈哈大笑，一挥手，带着手机和手下转身离去，"有意思……"

客舱又安静下来。卢立兴和李若颜并肩而坐，大口喘着粗气。

"你没事吧？"卢立兴问她。

"我没事……谢谢……"李若颜抬头冲他一笑，然后看到他额头的青肿。

"疼吗？"她的手温柔地抚摸着。

"小伤……"卢立兴笑了一声。

两人的动作似乎都定格了，直到李若颜不自然地把手挪开。

"手机上……"卢立兴小声问。

"有个消息，他发的……"

卢立兴点了点头。

"他是……"沉默了一会儿，他忽然问，"你男朋友？"

李若颜微微张口，却什么也没说。

她深呼吸了一下，目光找到杜应龙，冲他使了个眼色。杜应龙偷偷瞟了一眼四周，飞快地摇头。李若颜无奈地挪了过去。

卢立兴没头没尾的叹气声从背后传来。

她停顿了一下，最终没有理会。

"杜总，"李若颜终于来到杜应龙身旁，"我这里有个名单，你听听，看里边有没有跟你有仇的人……"

"啊？"杜应龙意外地抬起头，"哪儿来的？"

"刚才我趁乱，在手机上看到的消息……"李若颜小声催促他，"你觉得有嫌疑的，请立刻告诉我——张继业，许名，崔爱红……"

李若颜不知道短信里的名字是徐猛从张泉的通信录里抄的，但出于绝对的信任，她毫不犹豫地背了下来。

名字一个个说出，杜应龙却没有反应。

"一个都没有？"李若颜失望地看着他。

"不是没有，而是这些人都有可能啊！"

"那你想想，哪个最有可能？！"李若颜彻底失去了耐心，咬牙切齿地抓着他的领子摇晃着。

杜应龙却如老僧入定，闭目不应。

经过了漫长的一分钟，他忽然睁开眼睛，伸出食指，激动地晃动着，嘴上说道："有了……"

"杜应龙！"一声大喊把所有人吓了一个哆嗦。抬头一看，头目领着两个手下直奔这边而来。

"杜总，让我好找啊……"头目一挥手，两个劫机者把杜应龙架起来，朝后舱拖过去。

他真的是目标！

说啊！说他的名字！

李若颜的眼睛瞪得眼眶都不见，只希望杜应龙能说句话。然而杜应龙却像个耍赖的小孩，只顾双脚腾空，徒劳地挣扎着。

眼看他就要消失在隔帘后边，李若颜再也忍不住了。

"杜总！"李若颜不敢说别的，只大声地呼喊。杜应龙终于被这喊声惊动，好像突然醒来一样，跟李若颜目光相碰。

"是不是他叫你干的？！"杜应龙愤怒地扭头看着头目，"赵友军！是不是他？赵友军？！"

杜应龙和喊声一起消失在隔帘后边。

李若颜浑身一软，像失去了主心骨一样瘫软在地。良久，她才脸色煞白地朝口袋的方向小声说了一句。那里边，是她刚才假装拉架摔倒时从椅缝里抠出来的卫星电话。

"徐猛，你听到了吧？！"

_12时20分_
距离爆炸 _还有_ _39分钟_

第六章

玉石俱焚

「必须动手了!」卢立兴气喘吁吁,「我看到,炸弹被拿出来了!还在倒计时!」

　　九安高新开发区的边缘，岳尊大厦门口值班室里，保安不时打着哈欠。近几个月，公司总部一直门可罗雀，跟之前忙碌的景象形成鲜明对比。一滴汗沿着脖颈流下来，浸湿了黑西装的衣领，他难受地松开领扣，骂了一句。空调显然又坏了，找人修也不现实——后勤的人都解雇了，找修理工都要打报告。

　　"这破公司，"他不停摇头，"什么新概念，什么新霸主，共享这个共享那个，结果摊子刚铺开，没钱了！"

　　保安愤愤地把报纸往桌子上一扔。经济板块的记者好不容易找到个软柿子，兴奋得不行，隔三差五就出一篇深度报道，把赵友军近在咫尺的失败分析一遍，搞得他一个外行都明白各中原因。

　　"××，好不容易找人进来，还送了那么多礼……本来以为靠上大树了，没想到眼看着就不行了。员工解散得没剩几个，这挨千刀的老板还摆谱，非让穿什么西装领带，搞得跟黑社会一样，不穿就扣工资……"

　　想到工资，他更生气。

　　奖金先不说，上个月工资都拖了俩星期了。

　　想到这里，他把西装外套脱下来，解下领带。他打定主意，要是这会儿主管破天荒露面，干脆辞职不干了……

　　就在这时，他的抱怨停住了。

　　他看到一个清洁工颤巍巍地推着小车朝大门走过来。

　　"哎，你，"保安拿出豪门看守的派头，"你哪里的？谁让你来打扫的？"

那人充耳不闻，还在慢慢走着。

保安摇摇头，走出值班室。

"我说，我问你话呢……"他走到清洁工面前，拍了拍他的肩膀。

清洁工抬起头来，看着他。

他觉得这人的眼神有点怪。

还没来得及反应，那人的胳膊忽然闪电般绕上了他的脖子……

值班室里，徐猛大汗淋漓地把失去知觉的保安放在地上，拖到看不见的角落。他看了看表，骂了一句。找到这里并没有花费太多时间——他上网一搜就找到了地址，然而开车过来却没法省时间，午餐时间的塞车又耽误了他不少时间。

只剩 20 分钟了！

"来得及，来得及……"徐猛喃喃自语，飞速脱下保安的衣服，给自己套上。

2

电锯的利齿噬咬钢板的声音时断时续，像一把小刀在缓缓切割着飞机上所有人质的神经。李若颜却充耳不闻，入神地看着一扇没有关严的舷窗。不知什么时候，太阳改为从另一边照进来。

"我们在朝回飞，"赵宁若有所思地说，"他们要把飞机弄回去……"

"是要提条件跟政府谈判吗？"郑俊红恍然大悟，"会不会是用杜总换钱？或者释放什么恐怖分子？"她把所有电影上看过的情节都搬了过来。然而卢立兴却不肯顺着她自我安慰。

"不太像啊……"他的声音里透着疲惫，"我刚才打听过，他们从来没试着跟地面联系过……"

"那是因为咱们把卫星电话藏起来了，他们现在锯开地板，可能也是因为这样才能拿到下边的卫星电话吧？"郑俊红连连点头，"一定是要谈判，一定是的……"

"那样的话，"赵宁缓缓摇头，"他们应该知道，警察弄不好会强攻飞机……他们只有刀，根本没有希望……再说，那样的话，他们应该严密监控咱们，让咱们坐在窗边当肉盾才对……现在让大家挤成一堆，倒像是……"

"像是什么？"

"像是在凑合，"李若颜忍不住插嘴，"反正不长时间内就能达到目的，凑合到那时候就行了……"

"什么目的？多短的时间？"

"比如说，"李若颜亮出手表，"二十分钟！"

所有人都打了个冷战。

一直以来的侥幸心理让大家把倒计时这件事都抛在脑后，觉得这不过是个备用计划。然而，结合李若颜的话一想，恐怕只有把爆炸当成目的，才是更合理的解释。

"不可能！"郑俊红突然连连摇头，"那个炸弹不可能是定时的——要是定时的，怎么样都要炸，他们还劫持飞机干什么？"

"肯定不是怕炸弹不炸，"李若颜寸步不让，"恰恰相反——卫星电话是一个保险程序。他们除了劫持飞机，在下边肯定还有同伙在干什么见不得人的事！一旦那伙人得手，就来电话，关掉倒计时……"

这下大家都开始默默思索。

"他们……"郑俊红结结巴巴地说，"会来电话吧？"

"那可没准。"李若颜坚定地摇摇头，"我可不会把希望寄托在恐怖分子身上！"

这时，李春悄悄摸了回来。他刚才在周围慢慢转圈，做了不少乘客的工作。

"怎么样？"卢立兴关切地问。

"串联好了，三十多个人，就等你一句话了！"

卢立兴没有立刻回答，思考了足足两分钟。

"帘子后边有什么，人手是怎么布置的，必须搞清楚……"

"怎么搞啊……"李春已经急不可耐了。

"很简单，我自己去看看！"

"什么？"李春不敢相信自己的耳朵。

"他要是过来，就把他抓住！"

说完这句话，卢立兴猛地站起来。

"我要见你们头！"他朝前方的劫机者喊话。

"别……"李若颜急了，死死揪着他的裤腿。

"没事……"卢立兴低头冲她一笑，在她手背上拍了拍，然后定定地看着李春。

李春眼圈红了，跟身边几个乘客使了个眼色。

劫机者愣了一下，跑到帘子里边。

不一会儿，他伸出头来。

"你自己过来！"

卢立兴走了过去，消失在帘子后边。

"不会出事吧？"过了几分钟，李春和赵宁心急如焚地对望。

好在，就在这时，卢立兴出现了。

他被押送着，回到原地。

"怎么样？"李若颜问。

"我进去假装跟杜总交代，说万一这趟出事了，让他给我妈寄一笔钱，他们信了……不过……"

"不过怎么样？"

"必须动手了！"卢立兴气喘吁吁，"我看到炸弹被拿出来了！还在倒计时！"

3

呼吸，再呼吸。李春从来没觉得氧气如此珍贵。卢立兴在紧张地小声向大家介绍里边的情况，然而他的话传到耳朵里，却像是在信号极差的时候视频聊天，一句一句根本连不起来。

"地板已经被打开，里边的人钻出来了……"

"人质在两旁，炸弹被拿出来，放在最后一排的座椅上……还在倒计时……"

"帘子外边只剩两个人，里边有两个人，都在后排守着炸弹，其他的钻到货舱里不知道干什么……"

"他们只有刀，咱们有机会！"

"只要拿到炸弹，把洞口封住，他们就傻眼了……"

"李春，你来带领！"卢立兴突然叫他，把他吓了一个激灵。

"好！"李春回过神来。

"我去搞定驾驶舱那两个！"卢立兴偷偷回头看了一眼，"必须控制飞机！赵宁！"

赵宁答应了一声，慢慢挪过来。

"餐车呢？"

"都在茶水间呢。"

"待会儿我一上，你跟郑姐就把餐车推出来，一个堵住驾驶舱的门，另一个推到后边，等控制住经济舱，就推过来压住洞口……"

"李若颜，"他终于回过头来，"卫星电话能找到吗？"

她这才想起，自己忘了告诉他电话已经找到了。

不过她也没解释，点了点头。

"找到它，待会儿要跟地面联系。万一事情不成，就靠你让他们知道，这里发生了什么！"

然后，就是一片寂静。

"我再说一遍，可能会死人的！"卢立兴一字一顿地做着最后的动员，"谁不想参加，现在可以退出！"

李春看着周围一张张紧张的面孔。

"我干！"一个穿着橄榄球夹克的小伙子用拳头捶了一下地板，"得拼一下！我练过拳击，能打。"

他的态度带动了其他人。

"我是铁人三项运动员，"一个西装革履的男子坚定地看着卢立兴，"算我一个！"

"我年轻的时候当过兵……"

"算我一个，我天天去健身房……"

"也算我一个，我是市田径队退下来的……"

不知不觉，李春已经热泪盈眶。他激动地跟卢立兴对视。

"也算我一个吧，"最后说话的，是一个瘦弱的中年人，"我什么也不会，但是我老婆孩子都在这儿……"

"好！"卢立兴挥挥拳头，"等我招呼！"

李春的眼睛紧紧盯着前方。大概是劫持飞机过于顺利，这些劫机者现在有些松懈。经济舱后排，两个劫机者无精打采地坐在那里，轻声聊天。回头望去，驾驶舱的门大开着，两个看守的人在茶水间找饮料。

李春往前挪了一步，身后立刻一片窸窣声，回头一看，两条过道里，至少有三十个身强力壮的乘客唯自己马首是瞻，不光有中国人，也有外国人，甚至还有那个之前被冤枉的黑人。

这是飞机上全部的抵抗力量，成败就在此一举！

他回头跟卢立兴点头示意，然后面朝机尾，悄悄摸过去。李若颜紧紧握着卫星电话，手心全是汗。她的眼前，一片强壮的脊背缓缓前行。他们先是半蹲，然后弓腰，最后站直身子，朝着经济舱后排冲过去！

"动手！"卢立兴的喊声传来。

他猛地扑过去，一拳就打翻了一个劫机者，然后压倒另一个，在地上翻滚。赵宁和郑俊红立刻跳起来，飞快地跑向茶水间。她们打开插销，推出餐车，猛地抵住驾驶舱的门。

"上！"

一阵呐喊声中，在李春的带领下，乘客们像猎人扑向猎物般奋不顾身地冲过去。

一个劫机者大声呼喝着，手中的刀刺来，李春闪身躲过，一拳把他打倒。另一条过道，那个练拳击的小伙子已经把目标撂倒，带着身后的乘客呐喊着，冲过隔帘。

"成了！"赵宁急忙推着餐车朝那边跑去。

"堵上！堵上！"李春回头冲她大叫着。

赵宁以最快的速度飞跑过来，然而地上乱七八糟的东西卡住了餐车的轮子，猛地停住，她的肋骨狠狠撞在餐车上。

她惨叫一声，倒在地上。

"给我！"那个中年人接过餐车，朝前方大喊，"让道！"

乘客纷纷让开路。他的呼吸急促，视野因为激动而不停颤动。他看到，劫机者已经被压倒在座椅上。激动的乘客们呐喊着挥动拳脚，而他们身后，洞口已经无人看守。再往后，那个炸弹就孤零零地躺在那里！

他听到自己的心在狂跳，听到自己的肺在嘶吼。

他仿佛看到了机组人员在欢庆，看到了所有参与这场生死搏斗的勇士们被簇拥，看到了妻子欣喜的眼泪，看到孩子天真的笑脸。

机场的跑道，舷梯缓缓放下，所有人站在坚实的地面，拥抱着庆祝劫后余生。

这一切一切在他眼前交织，而他要做的，就是推着这个铁家伙，跑得快一点，再快一点！

近了，更近了，只要一步，这架飞机就回到了我们的手中！

砰！

这声不期而至的巨响像是暂停键，让所有人的动作都中断。推车的人忽然身体一挺，好像看到了美杜莎的眼睛，瞬间变成石像，连同餐车一起停了下来。

他倒下了。

随之露出的，是一个刚从洞里爬上来的劫机者。

他的手里，端着一支枪！

他们有枪！

势不可挡的气势霎时间变成了惶恐，随之而来的就是溃败。他们纷纷朝后跑去，而枪声却没有停！

劫机者从洞里接二连三地爬出来，肆无忌惮地开枪。如此近的距离，子弹弹无虚发。尖叫声中，人们一个个倒下。要么喷着鲜血横着躺下，要么惊恐地高举着双手跪在地上。李若颜看着这一切，面无血色，双腿好像失去了控制，半步也不能移动。她唯一能做的，就是拨通电话，朝徐猛绝望地呼喊。

"徐猛，我们反抗失败了！还剩十五分钟，唯一的希望就是你找到赵友军，让他给这些人下命令！就靠你了！"

4

"若颜！"徐猛冲着电话呼喊着。断线的"嘟嘟"声像冲击钻一样一次次击打着他的神经。

只剩十五分钟了！只剩十五分钟了！

这是最后的机会！

周围的空气火舌般舔舐着皮肤，令他浑身变得滚烫。耳朵里轰鸣着，他什么都听不见，眼前的视线窄到只剩一扇门的宽度。他大步流星向前走着，从墙上撕下紧急疏散地图，看了两眼就扔在地上。走廊尽头，他往左一转，抬脚把一扇小门踹开。热浪扑面而来，墙上无数断路器、开关、接线。他走进去，伸手拉下了电闸。

"怎么停电了？"无线电里终于响起了人声。

徐猛拿起来，按下通话键。

"大老板呢？"

"顶层。怎么了？"

徐猛关上无线电，走出变电室，右肘一捣，保护玻璃被打破。

他狠狠地按下了火警按钮。

十六层总裁办公室，赵友军坐在沙发上，闭目养神。房间里八个保镖屏息静待，谁也不敢出声。过了一会儿，赵友军睁开眼，抓起手机，拨了一个号码。等了良久，他不耐烦地挂了电话，拨打了另一个号码。依然是不在服务区。

"老林，"他回头问保镖主管，"他家也没人？"

老林摇摇头。赵友军"嗯"了一声，背着手在办公室走了两圈，然后猛然抬起头。

"他……不会骗我吧……"

忽然，办公室的灯黑了。保镖们面面相觑。

"不会电也断了吧？"赵友军无奈地一摊手，"电费交了吗？"

"不至于，"老林也摸不着头脑，"断了也该有备用电源啊……"

话音刚落，火警警报响了。

"董事长，这边走！"

保镖们训练有素地开门，给老板拿东西。赵友军面无表情地朝着门口走去，然而走了两步，又停了下来。手机响了。老林想劝他等会儿再接，却被他抬手制止。赵友军看了看屏幕，是张泉。他犹豫了一下，还是按下接听键，然而手机里传来的，却不是张泉的声音。

"你等着，我来找你了！"

"董事长？"老林看到赵友军已经面无血色。

"我不走，你们，挡住他！"赵友军叫起来。

"董事长，是谁啊？"老林一挥手，六个手下掏出家伙，出门戒备。

赵友军此时已经摆脱了慌乱。他从酒柜里拿出一瓶白兰地，倒了一杯，一饮而尽。

"张泉出事了。想要我命的人，来了！"

5

电梯在不停上升。徐猛知道，它用的是另一条供电线路。他听不到外边的声音，但是他知道，此刻楼里的人应该都在沿着楼梯飞速撤离。至于赵友军，徐猛知道他接到自己那个电话之后，应该不会走得那么快。

不，那种有钱又没种的人，肯定连门都不敢出！

你这个坏种！你这个懦夫！为了钱，居然要把飞机炸掉！你怎么能为了钱，毁灭那么多美好的东西？！

电梯停在 15 层，徐猛走了出来——保险起见，他没有直接坐到顶层，而是飞跑到楼梯间，果然，几个黑衣人迎面奔来。

"你怎么上来了？"来人光看衣服还以为是同事，朝徐猛吆喝着，"哪里着火了？"

回答他的是迎面一拳。

一声惨叫，那人的脸好像从中间陷下去，整个人往后飞起，撞在墙上。

"你……"

惊呼未定，徐猛的手已经抓了过去。脚下一蹬，另一个倒霉蛋像个麻袋一样凌空飞起，带着骨头破碎的声音摔在地上。第三个人要跑，被徐猛一步赶上，一别一推，额头"咚"地撞在楼梯上，昏了过去。眼前只剩一个两股战战的人，连逃跑都做不到。徐猛看也不看，从他身边走过时按住头往墙上一掼。飞奔而上的身影背后，那个人的身体像一团被扔在墙上的湿泥，慢慢滑下来。

"若颜，等着我！"短短的距离，他跑得气喘吁吁，"我一定能救你！"

那张脸在他眼前晃动着，微笑着，好像在提醒他："只剩11分钟喽！"

阶梯一级级消失，徐猛的眼圈红了。他这才发现自己是怎样一个蠢货。

若颜，你一定要活下来！

你才19岁！

未来的日子那么多，我们一起度过的才那么少！

我会听你的，我会向你道歉，哪怕你冤枉了我！

去他妈的面子！

去他妈的江湖规矩！

去他妈的"这算怎么回事"！

去他妈的"要是李经武活着会怎么想"！

去他妈的一切！

再给我一次机会，让我明明白白地告诉你，我只要你！

6

老林紧张地站在原地，掏出枪。他的身后，赵友军被另一个保镖护在沙发背后，用身体掩护着。火警警报早就停了，门外死一般寂静。

"小孙，汇报。"他通过无线电问道。

"没看到什么，我下去？"

"别，到楼梯口就行了……"

"收到。"

老林跑到落地窗旁边看了一下，除了忙着逃命的寥寥几个员工，没有看到别的什么。

"董事长，不是警察吧？"他小声问。

"不是，"赵友军苦笑着摇摇头，"要是警察，我至少还能活命……"

就在这时，步话机里传来一阵杂音。

"小孙？！"老林急忙问，可是没有回应。

他正要出去查看，外边却开始热闹起来。厮打声、惨叫声、撞击声，越来越响，越来越近。然后，又是一片寂静。

老林招了招手，一个保镖悄悄走到门边，背靠墙，举着枪戒备起来。老林自己正对着门蹲下，举枪瞄准。

墙上的钟滴答走着。门纹丝不动，门里面的人也纹丝不敢动。谁也不知道，外面藏着一个什么样的怪物。

忽然，老林鼻翼耸动，扭头说了句："不好。"

烟正从门缝里涌进来。

他在放火！

老林再也忍不住了，朝着门开了枪。震耳欲聋的枪声连响了七下，门上出现了七个洞。"扑通"一声闷响，一切再次安静下来。

老林做了个手势，保镖点了点头，脱下外套，套住滚烫的门把手，打开了门，大叫着冲了出去。老林示意董事长等着，自己先跟着走了出去。

门外浓烟滚滚，烧了一半的地毯堆在门口。目力所及之处，地上横七竖八躺着的全是身穿黑西装的同僚，一个个不知生死。老林的手开始颤抖。干这一行十几年，他从没见过这样的场面。他和保镖小心地朝前摸索着。他们没有想到，会有一具穿着黑西装的"尸体"在他们身后悄悄站起来……

几声惨叫从门框外传来，每次都让赵友军浑身一颤。他明白，到了背水一战的时候了。奔到办公桌前，他打开抽屉，拿出一支手枪，悄悄挪动脚步，朝着门口摸过去。他的手在颤抖，他的脚却无比坚定。他知道，这是决定生死的时刻。

"这样的场面你见过啊，你活下来了。"赵友军在无声地鼓励着自己。他贴着墙挪到了门边，外边的声音再一次消失。

必须出手了。

"这次你一定能行！"一股力量从脚底直升上来，让他抛却了一切胆怯、算计、犹豫和卑劣。那一瞬，他又成了当年那个端着刺刀面对越南特工的少年。

嗖！

一个黑影快得简直看不见，像是从地板里冒出来，直接出现在他的面前。赵友军手指一勾，枪响了，枪口前边却是一片虚空。一阵剧痛从手掌传来。白光一闪之间，他右手三根手指带着血飞速逃离。枪掉在地上，紧接着对方一个直踹，正中胸口。赵友军整个人离地，朝后飞去，重重地摔在地上。

视线模糊了一会儿，又变得清晰。他看到一个穿着黑西装的保安打扮的人凶神恶煞地跑过来，揪着自己的领子把自己拎起来，吼叫着。

"快打电话！把炸弹倒计时关掉！"

赵友军目瞪口呆，一声不吭。

"打电话！"徐猛朝着他的肚子狠狠一拳捶下去。赵友军趴在地上，痛苦地干呕着。徐猛抓住他的胳膊，用力一拧，"咔嚓"一声，对方惨叫起来。徐猛像翻王八一样把他翻过来，用脚踩着他受伤的右手，不停地用力跺着："打电话！给老子把炸弹关掉。"

赵友军满脸满嘴都是血，却没有求饶，反而大笑起来。

"你？你居然是……谁派你在我这儿卧底的？"

徐猛一咬牙，把他拎起来，一把扔到办公桌上，然后从地上捡起枪，直接顶在赵友军的额头上。

"我没有时间了！！我数到三，你不打电话，我就杀了你！"

"炸弹？"赵友军癫狂地笑起来，"你怎么知道我能让它停下？"

徐猛抬手一枪，把一扇落地窗打得粉碎。狂风吹进来，把所有的纸片卷起来，四处飞扬。

"你以为我不敢开枪？！你以为我不敢？！"徐猛狂叫着。

"你见过炸弹？你见过我装的炸弹？！"赵友军依旧在笑。

徐猛朝着他的大腿就是一枪，说道："飞机！你他妈的疯子，你装在飞机上的炸弹，我都知道了！"

徐猛的吼叫声中，赵友军杀猪般狂叫着、挣扎着。

忽然，背后有人说话，徐猛吓得一个激灵，转身就要开枪，不过他马上就发现是一场虚惊。赵友军压到了遥控器，电视被打开了。画面上显示的是一架飞机。

下面的字幕是特大字号的"突发消息"。

"我台消息，"播音员的语速略慢，深沉而庄肃，"北京时间1月23日5时，麒麟航空公司一架波音777型客机执行从北京飞往洛杉矶的QA931航班任务，机上共搭乘255人，包括180多名中国乘客。经过几个小时的搜寻，麒麟航空刚刚正式确认，飞机与地面失去联系。麒麟航空公司发布声明，称其正与搜寻救援机构合作，以确定飞机的位置……"

滴滴。

滴滴。

徐猛觉得自己失明了。眼睛瞪得生疼，却什么也看不到。唯一能听到的信息，就是手机的报时声。

一个恶魔般的声音在脑子里"嗞嗞"作响，传达着最可怕的消息。

时间到了……

炸弹，爆炸了……

"若颜……"这个声音传入耳朵，他才知道是自己说的。

他觉得自己在经历一场地震，脚下不停晃动，世界的一切都在脱落、下坠，带着死亡的尖叫朝着自己砸下来。

"若颜……"

他觉得自己应该有魔力，好像说一遍这两个字，就能把时间翻转，能扭转一切，能像上次一样，再将她救回来。然而电视里的声音却打断了他的幻想。面对记者的话筒，乘客家属哭天抢地的声音让徐猛回到了现实。他觉得自己的血在燃烧，自己的骨头在生刺。他双眼血红，扭头去找赵友军。

他要复仇，他要把他大卸八块，剥皮凌迟，他要……

然而他却愣住了。赵友军不知什么时候站了起来，他站在那扇没有玻璃的窗边，盯着电视画面，脸上的表情，跟自己一样。

"飞机……炸了……"他梦呓般地来回念叨，"炸了……飞机……"

说了五六遍，他忽然大笑起来，笑声中带着哭腔。

"你干的……"徐猛死死地盯着他，眼神能杀死一头狮子。

"好，好，厉害……"赵友军像喝醉了，又像是犯了癔症一样，冲着空气鼓掌，笑得满脸都是泪水，"没想到啊没想到……终于……我终于……厉害啊！服！不服不行！大手笔！够狠！"

"是你干的……"又重复了一遍，徐猛却发现自己哭了。有生以来第一次，他在敌人面前痛哭流涕。愤怒的质问变了腔调，目光也变了方向。他看着天上的云，放声怒骂："我××××，为什么啊！！"

"是，没错……"赵友军结束了癫狂的笑，仰头长叹一口气，然后镇定地看着徐猛，"一切都是我干的。你想要我的命？我告诉你，我的命三十年前就该丢了。活到现在，也成了一笔债。冤有头债有主，今天，我就还了吧……"

徐猛猛然觉得不好，立刻朝赵友军扑过去，然而还是晚了半步。赵友军纵身一跳，消失在天空中。空旷的房间里，留下的只有徐猛和他无处宣泄的悲伤。

第七章

复仇

没有了她，他根本不知道自己还能去哪里，还能干什么。他曾以为自己是不死的，这时候他才发现自己错了。

徐猛不知道自己是什么时候离开的。他恍惚记得走出大厦，沿着开发区空旷的水泥路往外走的情景。远处传来了消防车的声音，街上看热闹的人也开始朝这边聚集过来。

　　他不知道自己满身烟灰、满脸鲜血的样子有没有引起别人的注目——至少没人叫警察拦住他。

　　他一度想起，赵友军的办公室里可能还有什么值得一搜的东西——毕竟到现在他也不是很清楚这个人为什么要炸飞机，但是他忽然发现，自己完全不在乎了。

　　他不在乎自己的安全，不在乎真相，不在乎这个世界上的一切。

李若颜死了。
世间万物就都失去了意义。

　　他行尸走肉般毫无知觉地一直走，脑子木木的，满头的虚汗。一个卖水的老太太给了他一瓶水，他接过来，好像说了声"谢谢"，又好像没有。一口气喝完一瓶水，他才意识到自己站在马路中间。整个九安的车和人似乎都在这里，在他面前飞驰而过，交织穿梭。他看着这些，像个刚来地球的外星人一样目瞪口呆。

　　就这么站了不知多久，一辆出租车停了下来，司机探出头来问他要去哪儿。他这才发现自己的生活有多么不真实，不真实到跟这个世界的唯一联系，只是一条脆弱的生命。

　　没有了她，他根本不知道自己还能去哪里，还能干什么。他曾以为自己是不死的，这时候他才发现自己错了。

　　光天化日之下，他就这么当着一个陌生人的面泪如雨下。

2

房间的门洞开，一个人跌跌撞撞地走进来。他蹒跚到客厅中央，停了下来，四下打量着房间。

"哥们儿，到底去哪儿？"一刻钟之前，出租车里，司机从后视镜里看着他痛哭流涕的样子，摇了摇头。徐猛本来是漫无目的的，但是在脑子思考之前，地址就脱口而出。

他来到了李若颜的家。

李若颜的钥匙依然安静地躺在擦鞋垫底下。徐猛弯腰去拿的时候恍惚觉得门好像在动。他猛地直起身子，久久地等待，等待门会像以前一样被忽然打开，露出一张笑嘻嘻的脸。

"吓到你了吧，傻瓜！"

李若颜的房间同以往一样，乱得可怕。看样子赶飞机之前她又起晚了，徐猛能够循着衣服和鞋子被遗弃的顺序看到她手忙脚乱急着出门的样子……

一切一如往昔，就好像她出门办点事，马上就会回来。

徐猛跄跄几步走到卧室，坐在她的床上。李若颜的床铺就没有叠的时候，今天也不例外。头痛欲裂，身体一阵晃动，他双手拼命撑在床上才没倒下。把手收回来时，他发现手指上缠着一根她的头发。阳光照在那根头发，为发丝镀上一层金光，让徐猛想起无数次偷看她时，她就这么发着光，把一切连同自己都变成透明。

她就是他的光。

没有她，世界比地狱还要黑……

徐猛终于倒下了。他伏在她的被褥上，身体剧烈地颤抖、抽搐，无声地抽泣。阳光从窗户射进来，把床单晒得暖洋洋的，就像她的体温。她的气息不肯散去，却只能把他刺得更痛。他不知道自己除了流泪，还能做什么。他只能一遍遍轻声呼唤她的名字。

"若颜……"

阳光慢慢改变了角度，徐猛像恐怖片里突然苏醒的僵尸，站起来机械地在房间里走动着。他找来几个纸箱子，开始收拾她的东西。徐猛也不知道自己这么干是为了什么，他只是觉得，她的东西除了自己别人不能乱碰。首先收拾的是她视如珍宝的化妆品和首饰，看样子李若颜把钱用在了刀刃上——高档的上飞机全带走了，剩下的都是便宜货。然后他又打开她的抽屉，把里边乱七八糟的小东西装了整整一盒子。其中有个本子，看样子是她的日记。徐猛拿起来，犹豫了一会儿，没有打开看，直接扔了进去。桌子上摆着一张合影，是她和李经武。这个东西以前每次看到他心里都难受半天，此刻却双手捧起，恭恭敬敬地放在箱子最上面。

他打开衣橱，想收拾衣服，却发现这是个不可能的任务——纸箱再多十倍也不够。李若颜显然比看起来节俭很多，衣服从来不扔。最左边那件夹克徐猛一眼就认出来，是当年她出院时穿的。那时候他以为她被绑架了，把她救了出来。那件毛衣，他也见她穿过，那是两人在夜市一起吃烤串的时候。那条藕色的围巾，两人在冬天散步时曾为她抵挡寒冷。那件白色的 T 恤，曾陪着她在学校门口迎接自己……

每一件衣服都是她往日的一部分。抚摸着这些衣服，让徐猛觉得自己像个可怜的法医，徒劳地想把每她生命里的每个碎片拼起来，让她起死回生。徐猛再也支撑不住。他抓着大衣，慢慢跪下，委顿在地。哭声从涓涓细流变成滔天巨浪，不可抑制。他自己都吓到了。因为记忆所及，自己从来没有哭得这么惨过。

他从没想到，自己有一天会哭得像个受伤的孩子。

不知过了多久，哭声终于还是停了下来，因为一个声音执着地响着，从若有若无到隐隐约约，就像细小而锋利的针尖，即使隔着巨大的哭声，还是能戳到徐猛的听觉神经。

他侧耳倾听了好一阵才确认这不是自己的幻听。

真的有东西在响……像是……一串铃声……

手机？！

徐猛急忙掏出手机一看，不是自己的电话。

李若颜的手机带上飞机了，会是谁的呢？

他触电一样起身，疯狂地翻找。

他的心里有一个荒唐的想法。

也许，李若颜没有死。

也许，只要自己接了这电话，就能让她活过来，就能再次听到那个声音。

"傻瓜，我跟你闹着玩呢！"

抽屉里没有，床下没有，桌上也没有。徐猛趴在地上找的时候才确认了声源——在那个装抽屉杂物的箱子里。他把箱子一倒，好不容易整理好的东西又被扔得到处都是。就在那个日记本旁边，徐猛终于看到了一部不停跳动的手机。这个手机型号非常老，还是翻盖的，上面划痕累累，怎么看也不像女孩子用的。徐猛像抓住救命稻草一样抓起它，按下接听键。

里面传来的声音令他大失所望。是个男人。

就在他以为是广告电话想要挂断的时候，里边的人说话了。

第一句就让徐猛浑身一震。

"李哥，赵友军死了！"

"啊？"徐猛无意识地出声回应。他已经明白了这是谁的手机——李经武死了，她还留着他的手机，还充满电，珍藏在抽屉里……

他的心里一阵刺痛，随即他又开始批判自己，怎么能这么想。但是接下来听到的话让他终于走出了这些无谓的情绪。

"李哥你不让我联系你，我一直听你的，但是现在不联系不行了，我怕了！老板疯了，赵友军八成是他杀的！那个飞机，弄不好就是他……"

徐猛的脑子"嗡"的一下，一片空白。

"不是赵友军炸的？"一句反问如脱缰野马，不受控制地脱口而出。

"赵友军？他只是小鱼！你想想，他的钱是哪里来的？"对方忽然停了一下，"李哥，你的声音……"

过了两秒钟，对方终于意识到通话的不是李经武，惶恐地挂断了电话。

"嘟嘟"的盲音中，徐猛在原地一动不动。钢铁般的外壳里面，痛苦如同汽油遇到火星，一下子燃烧起来，掀起滔天巨浪。

赵友军只是小鱼！炸飞机的主谋不是他！

他一下子站起来，愤怒火山爆发一样冲击着他的胸膛。他仰起头，发出的吼声像受伤的狼。

"报仇！"低下头，他的眼神里只剩下凶狠和仇恨，"我要给你报仇！！"

3

房间再次变得凌乱不堪，无数东西被翻出来，摆了一地。着手进行复仇计划之后，徐猛发现这事并没有那么简单。唯一的线索只有一句话——赵友军的钱从哪里来？而说这句话的人自从发现接电话的不是李经武，大概吓得不轻，怎么打都不接。徐猛试了二十多次之后，叹了口气，打开手机浏览器开始搜索。他当初学会搜索就是因为李若颜说，网络是个好东西，什么都能在网上搜到。既然是她说的，徐猛就深信不疑。然而这会儿他发现李若颜有点言过其实。

赵友军这种不大不小的人物，能搜到的无非是公司公关文章、经济报道，连个出生年月都没有。至于公司资金来源，更是无迹可寻。几回下来，徐猛急得抓耳挠腮，要不是看在李若颜的分上，李经武的这个破手机恐怕当场就被他摔了。也就是在克制自己脾气的同时，他忽然悟到一件事：既然李经武的手机她都留着，如果有其他更重要的东西，她一定也没扔。

于是李若颜的房间又被翻了个底朝天。徐猛这回什么都不肯放过，就连他最恨的带字的纸都一一过目，然而还是一无所获，找到的无非是上课的笔记、考试的卷子。经过这一番折腾，之前情绪起伏的恶果终于袭来。徐猛疲惫不堪，坐在地上，不停地捏着鼻梁。

"还漏了哪儿呢，还漏了哪儿呢……"

他不停地自言自语。

然后，他发现自己其实一直知道答案。

那个自己无比好奇，却又无比恐惧的东西——李若颜的日记。

徐猛把日记本拿在手里。这个硬皮本子掂起来很轻，但是拿在手里却好像有千斤重。徐猛的手微微发抖，始终没有掀起来。他也不知道自己害怕看见什么。就这么愣了好久，他一咬牙，不管不顾地翻开了本子。惊喜就是在这时候出现的。他发现这不是李若颜的日记。

"十一日，东巷抢劫案有线报。刘，手机号138……"

"三日，车站西路有新团伙。线报，郑，手机号……"

"十六日，东巷抢劫案线报查实。团伙首犯徐茂。刘备案。"

……

这是李经武的记事本！

徐猛翻了几页就明白了，这里记载的全是线报。他记得李若颜说过，电脑资料有可能被偷，看来这就是李经武选择纸笔的原因。他飞速翻阅着，终于找到了自己想找的东西——那个神秘人物的手机号。然而却没有记载姓或者名，连个代号都没有。至于他上榜的原因，跟赵友军的关系也很勉强：

"提及曾经济问题。关联：赵有军（音）。下周去省监核实。"

"曾？"徐猛皱了皱眉头。他想往后翻，看看这个线报的后续，却发现这是笔记的最后一页。看来这是李经武殉职前的最后一案。他不禁想象着，李经武在笔记上记下这最后一笔，然后合上笔记本，起身离开房间，投入他最后一个案子的侦破——那个让他丢了性命的连环杀人案……

一个推想不期而至：难道，是这个姓曾的知道李经武在查他，所以向李若颜报复？或者，李经武把什么情报留给了李若颜？徐猛思索片刻，又看了看表，下了决心，合上笔记本，猛然站起来。

"省监是吧？"

4

13时50分

爆炸过后 50分钟

高墙，电网。

角楼上，端着枪的武警目不转睛地注视着大院中间的操场。午休刚刚结束，犯人们正排队在院子里放风。二队的队长老郭背着手，眯着眼抬头享受着阳光，慢悠悠地沿着墙根转圈。这是他十三年来养成的习惯，也是他一天中最幸福的时刻。一般来说，不会有人在这时候打扰他。队里的人都很知趣，工作上的事，可以待会儿上工再谈。别的队的人也不愿得罪他，因为他的本事可不小。

然而今天，老郭闭着眼睛就有不好的预感。那双帮着他溜门撬锁五年没有失误，也让他失去十八年自由的耳朵敏锐地察觉到，有人在向自己接近。睁眼一看，是刘庆。

老郭皱了皱眉头。

这是个怪人。没记错的话，这小子是两年前进来的，故意伤害罪，刑期八年。此人身强力壮，但本性老实。进来的前三年什么事都没惹，让干什么干什么。然而那年他在工厂被机器砸到，去了趟医院，又是手术又是输血，差点把命丢了，回来就五迷三道的。先是不认人，别说队长，连邻铺的哥们儿都叫不上名。后来是不认账，队里不上纸面的规矩，比如敬烟啊、扫卫生间啊、打钱啊，一概不知道，还得重新教一遍。然而你教他，他有时候听，有时候直接不搭理。对此，六队的老人很气愤。曾有人去教训他，结果这个家伙暴露出恐怖的战斗力，一个人干倒了五个。更吓人的是，他第二天就能换上一副笑脸，对昨天被自己痛打的狱友嘘寒问暖，好像压根忘了发生过什么。混过的人都知道，这种手黑的笑面虎、精神病最可怕。从那以后，他就成了监狱里的一个例外。人人都不敢跟他计较，也不敢跟他深交。

老郭叹了口气。看样子，又有一场麻烦。

果然，刘庆走过来，一句客气话没有，没头没尾地劈头就说："帮我个忙，打听个人。"

老郭本来想直接说不认识，可又怕被他惦记上——还剩三年，别惹麻烦了。

"谁？"老郭面无表情地看了他一眼。

"赵友军的人。朋友的友。军人的军。"

刘庆这回的表现还是上道的——他伸出三个手指头。这表示，会给老郭打三百块钱。老郭满意地点点头。

"下午。我找你。"

5

徐猛第一次以刘庆的身份醒来时，感觉哭笑不得。本来坐牢是他极力避免的事情，结果现在成了上班一样，几乎每周都得在监狱里度过一天。这并不是说他害怕监狱生活——全国各地的监狱和看守所他都很熟悉，里边的生活很简单:几点该睡觉，几点该放风，几点该工作，按部就班，只要你不跟狱警对着干，就没什么可怕的。让他觉得不自在的是时间。监狱里的钟，指针好像比外边沉好几倍，不管你忙了多少事，抬头一看，才过去五分钟。而这一天不过完，他就见不到李若颜——在监狱里搞不到安眠药，午睡他根本睡不着。于是每到这一天，他心里就像有几百只老鼠在连抓带咬。

不过李若颜却丝毫不为这事着急。

"你啊，不用为我担心。"

"见不着你，我不知道你是不是出事了，我怎么能不担心？"对她这种对安全不上心的态度，徐猛恨铁不成钢，"你想想，世上那么多坏人，光咱们就遇到过多少？"

这话徐猛说得并没有那么硬气。一开始他的确是这么告诉自己的:你着急是因为担心李若颜遇到什么不测。然而仔细推想，他又发现自己拿不出任何她可能遇到危险的证据。几次之后，他终于惊恐地意识到，原来只是见不到她，就让自己如此难受。

这话完全没有效果。

李若颜听了丝毫没有严肃起来的意思。

"那好办，我让你见着不就行了。"

徐猛当时就觉得她目光很狡黠。果然，不久后，他在打扫卫生的时候听到了一个意外的消息。

"刘庆，有人探访。"

他去了探访室，就见到捂着嘴笑个不停的李若颜。

"你怎么到这儿来了？"徐猛差点跟她急，"你想什么呢？"

"我没想什么，"她笑得前仰后合，令探访室值班的狱警频频侧目，"我就是想看看，你穿着囚服剃光头大概是什么样子哈哈哈……"

徐猛对这种态度丝毫不能理解，还觉得很无聊。

"这又不是我……我的样子，这是一个流氓的身体……"

"你本来的样子，我是永远见不到了，"她终于笑够了，把双手放在桌上，"弥补一下遗憾，不行吗？"

说着，她朝徐猛挤了一下左眼。徐猛看着她，最终也没了脾气，跟着一起笑了起来……

"刘庆！"狱警威严的呼喝声打断了徐猛的思绪。他放下手里的缝纫机，起身、立正。

"张思祖！储键！武大旗！"

几个犯人也站了出来。

其他埋头赶工的队友不时侧目，露出羡慕的目光。

"付力，"狱警扭头看着六队队长，"还有别人吗？"

"报告！"队长付力点头哈腰，"没有了，这几个够了。"

然后他对几个人招了招手："来，跟我去仓库理货。"

"开始了。"徐猛心说。

果然，背着两捆成衣到了仓库，他就看到老郭和三四个人在朝自己招手。

放下东西，付力跟老郭点了点头，带着其他几个人干起活来。徐猛径直走到老郭面前。老郭用下巴一指，几个人推了他一把，大家一起走到仓库最里边的角落里。徐猛看到，那里蹲着个络腮胡子。

"这是五子，你跟他聊吧。"老郭指了指，"快点啊。"

徐猛点了点头。

老郭往外走了两步，又想起什么。

"你在这儿看着。"他指了指其中一个手下。

"哥们儿你名声在外，我也不想惹什么麻烦。不过，甭担心。他聋，什么也听不见。"他笑着跟徐猛解释，"另外我跟五子事先说好了，你要给他买五包方便面。"

"你找我？"五子看了徐猛一眼，"你打听赵哥干吗？"

徐猛心里放松了一些。至少没找错人。

"你跟赵友军是什么关系？"

"你打听这个干吗？"五子还是不拿正眼看他。

徐猛摇摇头，走上前去，蹲在五子身旁。

"别紧张，自己人。"他从兜里掏出一根烟，递给五子。五子一惊，急忙接过来，藏在衣兜里。

"你是赵哥安排进来的？"五子有了点笑脸，"不对啊，你进来时间可不短了。"

"不是我，是赵哥，"徐猛故作神秘，"赵哥快进来了。"

"什么？"五子的脸一下子沉了下来，"赵哥也栽了？"

"进看守所了，判也就是今年的事。"徐猛一边观察他的表情一边编着瞎话。

"什么血？"五子开始说黑话。

"托二八了。"这当然难不倒徐猛。

"这事……"五子震惊之余，还有点不相信，"我怎么没听说？"

"知道的，也就是身边那几个……"徐猛露出蔑视的神情，"干好该干的事，少问少说话。"

五子被他的气势压住了，认孬点头。

"找你也没大事，就是我大哥让我跟你打个招呼，等赵哥进来，大家相互照应下。"

"你大哥……"五子犹豫了一下，最终还是按捺不住好奇心，"是哪位啊？"

来了！

"罩着赵哥的，给他钱的，还有谁？"徐猛不屑地笑着。

五子琢磨了一下，恍然大悟。

"哦，是凡哥啊！"

徐猛心里"咯噔"一声：这个凡哥，是不是李经武笔记里那个姓曾的？万一不是怎么办？该怎么套他的话呢？

"哥，你跟凡哥……"五子还是有点半信半疑，"铁吗？"

"你觉得呢？"徐猛不耐烦地敷衍他，同时在心里想对策。

"你……你是不是替凡哥料理人进来的？"五子压低了声音。

徐猛瞪了他一眼。

"别老问我啊，"灵机一动，他想起了李若颜当年盘问自己的技巧，"该我问你了。这活可不是白干的，钱一部分要打到你账户上。你说你是赵哥的人，我也不知道真的假的……"

"我还用问？"五子愤愤不平，"我给赵哥开了多少年的车啊……"

"别别别，该问的还是得问：你老家哪里？"

"辽宁。"

"你跟赵友军什么关系？"

"我是他老乡啊，他在九安扎根之后，我就通过我二姨的表哥……"

"你见过我大哥吗？"徐猛打断了五子摆亲戚关系的长篇大论。

"见过见过，好多次呢。"

"我大哥大名叫什么？"

"曾……曾凡！"

徐猛按捺住激动的心情，把手指掰得咔咔作响。

"我大哥怎么没提起过你？"

"我一开车的，你大哥什么身份，当然记不住我了，"五子的笑得谄媚，"你大哥的司机，他认识我，就是不知道他还干着吗……"

"我大哥的司机叫什么？"

"铁柱啊。"

"大名叫什么？！"徐猛一瞪眼。

"史……史什么来着，"五子皱着眉头想了半天，最后无奈地摇摇头，"真想不起来了，我进来时间太久了……"

徐猛假装思考了一会儿，然后满脸怀疑的表情，严肃地看着五子。

"其他人你也问问。你大哥好几个司机，都认识我……"五子又报了几个人名，可是也都是外号，名字一个也不知道。徐猛真想踹死这个不长脑子的。

"这么着吧，你说说手机号。谁的都行，我让人验证一下。"

"我记不住了……"五子为难地挠着头。

"你都记住什么了？"徐猛差不多要发火了。

"有一个是九安的。他们家住址我知道。"

7

九安市金城小区的一座楼门前，一辆车急刹停下。开车的人急匆匆下车，三步并作两步跑上三楼，敲响了308的房门。开门的中年妇女看着来人陌生的面孔，露出疑惑的表情。此人穿着一身120的急救制服，开口语速又急又快。

"您好，我们医院接收了一名车祸伤员，他说他的地址是这里……"

女人听到这里，腿一软，差点摔倒在地。

"不可能啊，老石中午还给我发微信呢……"她哭了起来，"是不是搞错了，他说他叫什么了吗？"

"您别急，也有可能搞错了，他只说了地址就昏过去了，就是这个小区，哪个楼的308我也不知道……您快给您爱人打个电话……"

"对，对……"女人急忙掏出手机，结果被救生员一碰，手机掉在地上。

"您别激动，您看您手都抖了，我来打吧……您说号码……"

女人结结巴巴地把号码报上，救生员拿出手机拨号。

"对对……哦，这样啊，好，好……"他回头跟女人说，"搞错了，我去别的楼看看，对不住啊……"

然后他不顾女人在身后问了什么，飞速下楼。上车之后，他拿出手机，看着那个拨打之后又立刻挂断的号码，再次拨了出去。

"您好，我是速达快递的，您有个包裹……我也不知道，反正是保价的……就说东西挺贵的……是不是您家人或者同事订的啊……嗯，好好……对了，我们今天单很多，能不能在地下停车场……"来这里之前，他就去公司总部踩过点了，发现门口门庭若市，"对，您签收了，我好赶紧走，您那个楼挺高的……好的好的，谢谢理解。十五分钟就到。"

8

徐猛躲在地下停车场的角落里，静静地抽着烟等着。回想刚才的经历，他真有点佩服自己。放在两年前，他肯定不可能这样不用一点暴力就套出地址，把人骗出来——好吧，监狱里那几个人可能会对刘庆突然冲着墙撞头把自己撞晕感到震惊，但他们再震惊也没法把消息传出来，可以忽略不计。

"我真的变了……"徐猛心说。

一年多的时间，他融入了每一个意识转移对象的生活，掌握了他们的工作技能，了解了他们的工作习惯，能够模仿他们的语言，揣摩他们的特长和用处，并在这种时刻灵活运用。他可以伪装成任何人，在城市的任何角落出现。

他意识到，这是一种多么可怕又可贵的能力。

他明白自己该感谢谁。

"每天换一个身份有什么不好？你体验到的人生，是常人的多少倍。换了我是你，就认真把每一个人生都活一遍。"

李若颜的话当时他并不以为然，可是她却很认真地督促着，每天像检查作业一样让他复述当天的经历。徐猛抱着"反正也没事干"的心态姑且配合着，没想到有朝一日真的能用上。他忽然意识到，她对于自己，不光是知己、是朋友，她还是更高意义的存在。她造就了今日的自己，把自己变成了一个可以在文明社会生存的人。然而完成这一切之后，她却永远地离开了自己……

一声咳嗽，前方有个人影走了进来，左右张望。徐猛冷冷地扔掉烟，从黑暗里走出来。

"原来你在这儿，"司机石兵岩叼着烟，没有仔细看来人的脸，只是大声问道，"我看看，是什么东西啊？"

徐猛一句话不说，低着头大步走上前去。

"包裹呢？"石兵岩看到他手里没有包裹，猛然发觉不对劲儿，然而已经晚了。一阵刺痛，徐猛手中的麻醉针剂已经扎进了他的脖子。

第 八 章

凡帝国际

徐猛还是掏出了刀子。
石兵岩看了一眼刀刃，
认命地闭上眼睛。

石兵岩醒来时，发现自己坐在汽车驾驶座上。头很痛，颅骨里好像有一锅热水，不停地冲击着太阳穴，想喷出来。不过与此同时他略微松了一口气：看来刚才那些惊悚的经历——人影、针管什么的——只是一场奇怪的噩梦。

"最近睡得太少了……"他想着，抬手要从口袋里拿点药吃，一阵意外的阵痛从手腕传来，他这才发现，一根捆扎带把自己的手跟方向盘缠在了一起。诧异中，脖子上一根纤细而坚韧的绳子骤然收紧，窒息的痛苦沿着呼吸道迅速漫上来。

"不想死的话，就老老实实回答问题。"一个声音从后座传来，"明白你就点点头。"

绳子松了，石兵岩咳嗽着。

"你是谁……你你你你要干什么？"

徐猛双臂一使劲，石兵岩的声音被切断了。

"你仔细听好，我问，你回答。我不问，你别说话。懂了吗？"徐猛这回让他遭罪的时间比上回长了两秒才松手。石兵岩咳嗽得比上次厉害许多，忙不迭地点头，不敢再说话。

"我问你，你给曾凡开车？"

石兵岩点点头。

"你知道曾凡在哪儿吗？"

石兵岩摇摇头。

徐猛狠狠一拽，驾驶座发出"咚"的一声。石兵岩的脚拼命朝前蹬，手在方向盘上徒劳地挣扎着，喉咙里挤出的"咝咝"声清晰可辨。

"我告诉你，我今天非找到他不可！"徐猛的语调机器般冷酷，"你告诉我，我保证不杀你。你不说的话，那就没办法了……"

他松了手。石兵岩这回咳嗽的时间空前的长。徐猛静静地等着。

"你听我说……"石兵岩的声音像是刚刚游完三千米，拼命用每一毫秒来换气，"给凡哥开车的，有五个人……我……我不是他的亲信啊……我是酒精厂的，被他合并了之后因为合同问题留下来，后来他发现我技术好，才留在车队的啊……他出去谈生意才用我，一礼拜也就见他一回……"

"赵友军的司机可不是这么说的……"绳子慢慢收紧，石兵岩的身体剧烈颤抖起来。

"等等等等！赵友军？赵友军我知道！他的哪个司机？刘军？五子？老朱？你问他！我跟他对质！我说的都是实话！"窒息的痛苦让他声音变了调，"我求求你，我还有老婆孩子……我妈在化疗……我不能死啊……"

他号啕大哭起来。

绳子停住了，徐猛觉得心里好像有什么东西在碎掉。他当然知道，这可能是谎话。当年每个面对他手里的刀子的人，只要有机会，都会抬出自己的八十老母、老婆孩子，完全忘了自己在道上塑造的硬汉形象。那时的他，对这些话完全免疫，听了顶多冷笑一声，然后该干什么干什么。然而现在，他忽然发现自己做不到了。

不知从何时起，脑子里老是有一个奇怪的换算公式在干扰他做决定：

每个妻子和母亲，年轻时都可能是李若颜；

每个孩子和父亲，都可能曾是那个迷失在歧途的自己……

他悲哀地发现，自己已经被李若颜永远地改变了。

他忽然觉得自己非常需要香烟。

"烟？有！"石岩兵听到这个奇怪的问题，像抓住了救命稻草，急忙点头，

"换挡杆那里的储物箱……"

徐猛拿出香烟，以最快的速度点上，缺氧般地猛吸。

"兄弟，我……"石岩兵小心地开口，"我没看到你的脸，我真的没看到……"

"你跟你老婆，是怎么认识的？"徐猛把头靠在椅背上，用吐烟圈的气息带出这么一句。尽管他也不知道自己为什么要问这个。

"我……我们是同学，以前都是十八中的……"石兵岩虽然不知道他这么问是为什么，但他知道，老老实实回答是保命的唯一机会。

"你们那时候就在一块儿？"

"不是。那时候吧，她学习好，我不行。她是学习委员，特聪明。我们是一个院儿的，老师就让她给我家传话。传的当然不是什么好话，我怕她，就贿赂她，给她买点零食什么的……"

徐猛听到这里，脸上竟然露出了微笑。

"结果她吃了两次之后不要了，跟我说，你要是真想让我高兴，就好好学习。我说我不是那块料啊，她说我帮你……"

石兵岩说到这里，也带着战栗笑了起来。

"你后来学习好了？"

"还行吧。上了中专，进了酒精厂。她进了国纺。我费了好大劲，想把她调过来。刚调过来，酒精厂就不行了……"

"她没怨你？"

"当然怨过，"石兵岩苦笑一声，"每次吵架都说这事……"

"那你还想着她？"

"结婚都十八年了……"石兵岩叹了口气，"都成亲人了……到了一定岁数，哪还有什么感情不感情的，都是习惯，都是责任……"

他顿了好久，忽然问："我能来一根吗？"

徐猛把点着的烟塞进石兵岩双唇之间，他贪婪地吸着。

"兄弟，你是好人，"石兵岩抽了两口，脑子灵活了些，"我知道，你肯定也有感情，也有惦记的人，你能不能看在……”

徐猛一抬手，制止了他。

“的确有那么一个人，”他长长吐了一口烟，声音轻得像飘在空中的烟圈，“帮我，救我，改变了我，把我变成好人。我不知道，我跟她算什么……朋友？亲人？”

石兵岩静静听着，不敢插嘴。

“她有男朋友。我每次看她跟那人在一起，就难受，就……胸口疼，你懂吗？”

石兵岩使劲点头。

“我知道，我跟她……不可能，我不配！但是我要的不多啊！我就想这辈子，每天都能看见她，都能跟她说会儿话。看着她，守着她。我要看她上大学，找个好工作，过上好日子，然后……”徐猛停下来，闷头抽了好几口烟，“然后结婚。我希望她每天都高高兴兴的。等再以后，她能跟她的孩子提我一句，就说……就说你有个叔叔，当年对我可够意思了，是个好人，你想不想……想不想见见他？”

石兵岩恐惧地发现，这个疯子哽咽了。他的手脚冰凉，不祥的预感从头顶浇下来。

“可是，就是这么一点愿望，都不留给我……”徐猛的声音一下子哑了，再开口的时候，他的喉咙里好像有两只巨大的生锈的齿轮在相互摩擦，“她……她死了！你们老板，曾凡！还有赵友军！他们把她……炸……炸死了……”

石兵岩恐惧地听到绳子在脖子上窸窣作响。

“我不想杀你，但是你要知道，我为什么要找曾凡。你要明白，为了找到曾凡，我什么都能干得出来！”

徐猛的声音跟绳索一起慢慢收紧，像一条慢慢盘上来的蛇。

“我懂！我明白！”石兵岩连忙大叫起来，“兄弟我把我知道的全告诉你！就算你不信，杀了我，我也认了！”

"曾凡的确是没拿我当自己人,他让我开车的时候都是大白天,从公司出发,去见的也都客户,再就是火车站啊、飞机场啊什么的。我连他家在哪儿都不知道。他晚上出门从来不叫我。我开的是大众,车队里最差的车。他的奥迪、奔驰,都是他那些小老乡在开。他们不跟我说,但是聊天的时候我也听过一耳朵。他们拉着老板去见的,都是投资人啊、朋友啊什么的……"

徐猛面无表情地听着。他知道石兵岩还有下文。他不傻,不会拿自己的性命开玩笑。

"但是我知道两个地方,可能对你有用。"果然,石兵岩及时说出了保命的情报。

"最近吧,大老板有点怪。我有俩星期没见他来公司了。最后一次他坐我的车,去见的就是那个赵友军。他没在赵友军公司下车,但是接他的是赵友军的司机。他让我出去兜一圈,过一个钟头来接他。我转了一圈,他上了车就开始打电话,别的电话我没留意,但是有一个我觉得挺奇怪……"

"什么?"

"接通了之后他说找赵医生。"

"赵医生?叫什么?"

"不知道,但是他提了一句,'董事长'一定要治好,确保他上飞机。"

"飞机?"徐猛顿时紧张起来。

"对,飞机。我当时就奇怪:我们公司董事长不就是他自己吗?他自己上飞机还需要什么医生开证明?不会是他得了绝症,公司要倒闭吧?兄弟你知道,我这种经历过一次的人,怕的就是这个。于是回了公司,我找其他司机打听了一下,这个赵医生是谁。结果真查到了。赵医生叫赵明,他的诊所好像叫'德明'诊所。"

"德明……"徐猛记下了这个名字,"还有吗?"

"还有一条，可能更有用。大老板好像有个办公室，他经常去，但是从来不让我拉着他去。每次去，他都让史斌出车。"

"那你知道在哪儿吗？"

"有一回，史斌没留神，把我的手机装兜里了。我回家以为丢了，我老婆说可以追踪定位、发警报声。我说好啊，你弄吧。弄完了没几分钟，我们家座机就响了。史斌说你××××的吵死了，赶紧关了。关了之后我看了一眼定位……"

"地址！"

"观山路 172 号。"

徐猛激动地推开车门要下车，却在后视镜里看见石兵岩乞求的眼神。

他打开驾驶室的门，看着石兵岩，犹豫不决。

"求求你……求求你……"石兵岩尽量控制着自己的情绪，可还是禁不住泪流满面，"我说得都是真的……"

徐猛还是掏出了刀子。

石兵岩看了一眼刀刃，认命地闭上眼睛。然而徐猛却一刀挑断了捆扎带。

石兵岩剧烈地喘息着，难以置信地看着徐猛。

"把车开走。去沙河那边，下周再回来。"徐猛的声音又变得冷冰冰的，"我知道你住在哪里，你要是敢耍花招，我的人就在你们小区外。走！"

3

观山路徐猛大概知道，位于西郊边缘。以前有个批发市场，有些旧小区，还有个职业技术学校。但是开车去了一看，一切都物是人非，大部分建筑被夷为平地，没有拆的也都人去楼空。172号所在的楼群就像碉堡一样显眼。这是三栋中等规模的写字楼，有十层的样子，外观很新，让人不禁纳闷，怎么会有开发商消息如此不灵通，在要拆迁的区片白扔钱。

徐猛把车停在不远处的一座桥边，步行过去。这里还有几条老街幸存，红砖平房，有几家修理摩托车的门头和卖包子馒头的小商贩。徐猛在凹凸不平的马路上慢慢走着，观察着地形。走到一半，他拐进胡同，转了几次弯，迂回到172号的后门。这里面对着的，只有大片的废墟。他左右观察了一下，外边没人。透过一楼窗户上生锈的防盗栏杆和堆着厚厚灰尘的玻璃窗可以看到，里边也没人。抬头观察，没有一扇窗户亮着灯。

徐猛后退两步，然后助跑、起跳。这个救生员的身体素质显然不错，他毫不费力地就抓住了一楼防盗窗的上缘。双臂一拉，徐猛蹬住了铁棱，然后又伸手抓住二楼的空调箱。如此几下之后，他已经站在了二楼窗台上。伸手一试，窗户锁着，徐猛又朝三层爬去……

一直到六层，依然一扇没锁的窗户都没找到。徐猛失去了耐心，用胳膊捣了几下，打碎玻璃，钻了进去。

这是一间从没用过的办公室，除了桌椅一无他物。他打开门，小心地朝走廊两端看了几眼，确认没人之后，他开始一层层搜查。大部分办公室都是空空如也，只有五楼尽头的一间除外——打开门，屋子里齐全的办公桌、电脑和文件柜告诉他，找对地方了。

还没开始搜，他就感到此行不虚。桌子上摆着一张合影。照片里勾肩搭背的两个人，一个是赵友军，另一个就是曾凡。照片里曾凡笑着，就跟他在网上的照片一模一样。

徐猛摔碎相框，把照片揣进口袋，然后开始到处翻找。电脑的线都被扯断了，他就搜文件柜。里边成排的文件夹，打开来，每页纸上密密麻麻的都是字。徐猛耐着性子看了几页，恍然大悟。

"这是财务报表！"

徐猛知道这个，还是李若颜逼的。

"会计？"徐猛到现在还能想起她夸张的表情。

"嗯。"

徐猛提起这个就烦。别的职业还好，使使劲都难不倒他。唯独会计这个工作让他头疼不已。他除了每到那一天就吃安眠药睡过去之外，毫无办法。

"多好的机会啊……"

"好什么好？！你说我怎么学？"徐猛对她的反应很不满，"我能到了单位之后问同事：我什么都不记得了，你能从头教我做账吗？"

对此，李若颜的回答是第二天的一堆书。

"正好我也不懂，咱们一起学！"

"你到底图什么？"一起钻研了俩小时的复式记账，徐猛崩溃了，"为什么要逼我学这么多东西？我这辈子就这样了，你就不能放我一马？"

徐猛记得，那是两人重逢之后的第一次争吵。

"我还不是为了让你能过上正常人的生活！"李若颜也急了，"你怎么就不明白呢？"

"我能过什么正常人的日子？我算什么正常人？我就是个怪物！我都认命了，你为什么不能？！"

徐猛还记得，李若颜看着自己，眼神里充满了怜悯和无奈。

"我不是什么好东西，"徐猛的心里像是被什么东西堵住了，"我差点把你撞瘫痪了，你忘了？我把你牵扯进了那件事，差点害你丢了性命，你忘了？我有今天，都是我活该。你饶了我吧……"

"我不能改变你的过去，"过了好久，她才幽幽地说，"但我真的想改变你的未来。让我试一次，好吗？"

往事如水，滴在眼前的纸上，霎时间把字迹变得模糊一片。徐猛稳住心神，强迫自己认真看起来。没过多久，他就找到了自己想找的东西——曾凡的公司曾几次向赵友军的公司注资。更复杂的东西他看不懂，但是这个是准确无误的。他的心情振奋起来，又去文件柜里搜，想找找能确认曾凡行踪的东西。

就在这时，他听到了门外的脚步声。

"就在里边，他跑不了了！"

"快点，把老板叫上来！"

来人显然不少，说话肆无忌惮。

徐猛苦笑了一下。

那个司机显然还是放错了，但是他不后悔——如果李若颜还活着，如果她知道自己也曾有过一念之仁，她会高兴的。

另外，这也省了他好多事——从对话来看，曾凡就在楼下！

徐猛把文件放在桌上，深吸一口气。

"来吧。"

4

门猛然被拉开，门外全是惊诧的面孔。这些人对徐猛做过各种估计——困兽犹斗也好，跳窗逃走也好——但是主动开门应战显然不在计划之内。就在这一愣之间，徐猛大概看清了人数：至少十个人。要过这一关，关键就在这个门框之间，而且要先动手。

嘿！

一声怒喝，徐猛连刀都没拔，突然出手，直接朝着最前面的对手一拳挥出。"咔嚓"对方下巴中拳，连哼都没哼一声便倒地不起。放弃拔刀是险棋，但赢得的大约一秒的时间是值得的。另一个打手以最快的速度扬起棍子，但依然慢了一拍。劲风扑面，徐猛左拳已经迎面轰来。"咚"的一声，人影石像般直挺挺倒下，似乎意识也一同被击碎，散落一地。

　　垫步抢身，徐猛右腿长枪般朝着第三个人的小腹刺出。对方惨叫一声向后倒去，压住了后边两个同伴。趁着这难得的机会，徐猛拔出匕首，抬手便刺。可对方此时已经从被突袭的震惊中恢复过来。霎时间，门口已是拳脚如雨、枪棒如林。徐猛的右手被棒球棒打中，匕首横飞出去。他忍痛后退半步的空当，一个人已经冲进了房间。

　　"出去！"

　　扭腰伸臂，徐猛一把把桌上的显示器抄在手里，当头就抡。一声巨响，显示器在那人的天灵盖上化为碎片。他的惨叫声让身后的同伴略一迟疑，堵住了门框。徐猛一个跨步，左腿如离弦之箭，闪电般踹在那人的胸口，一百多斤的身躯凌空飞出，引起门外一片惊叫。

　　门口空出一片，徐猛抓住机会，抄起掉在地上的铁棍，冲出门外。狭窄的走廊里，袭击者被徐猛一分为二。

　　对方显然被徐猛的战斗力震惊到了，一时没人敢贸然出手。而徐猛也趁着这难得的间歇休息着，同时观察着形势——前边有六个，后边有两个……走廊的宽度，只容两个人并列……

　　"一起上，弄死他！"走廊的尽头，一个声音高叫着。黑衣人们谨慎地挪动脚步，慢慢围拢上来。

　　曾凡！

　　徐猛的心脏像发动机般瞬间启动。他疯牛似的主动朝着面前的六个人发起进攻！

　　"这人疯了！"身后的两人大步向前，手中的铁棍朝着徐猛的后脑抡了过去。

　　然而徐猛左脚落地后，身子像弹簧一样收缩，扭腰转胯，猛弹回来。

　　上当了！待到身后的打手明白之时，徐猛手中的棍子已经到了眼前。"噗"的一声，他喉咙被点中，捂着脖子痛苦地在地上乱滚。他的同伴反应神速，手中的球棒半空变向，朝着徐猛的胳膊砸下去。这一棍又快又狠，无从躲闪，正中臂弯。徐猛咬牙闷叫一声，手中的武器落在地上，在走廊里回响不绝。

只要再一棍！他就完了！

然而这人始终没有机会收回棍子。徐猛身子一扭，左手五指如钩，一把抓住他的手腕，右膝铁锤般抡起，把他的躯干狠狠砸在墙上。

那人面条一样顺着墙滑到地上。

徐猛慢慢转身，气喘吁吁地面对剩下的人。汗水沿着脸颊慢慢滴下来。他死死地盯着走廊尽头的那个身影。

曾凡！你今天别想跑！！

他俯身捡起两根铁棍，一手一根，朝着对方走了过去。

剩下的打手互相看了一眼，扔下棍子，掏出匕首冲上来。

当啷！

黑影一闪，最前边两人刺出的匕首同时被打飞。扔下铁棍，徐猛水蛇般抢到中线，抓住衣领一提一绊，一个对手的身子被他用巧劲横抡起来，猛地把旁边的伙伴砸倒在地。破空之声响起，又一把匕首刺了过来。徐猛精准地抓住持刀的手腕，右手掌根猛地朝对方下巴一击……

又是几具躯体倒在水泥地上。踏着痛苦的呻吟，横流的鲜血，徐猛面无表情地朝着最后一个对手走了过去。

"滚开！"两人几乎面对面，徐猛看着对方抖如筛糠的双手，狮子般怒吼着。果然，对方如惊弓之鸟，扭头就跑。徐猛捡起匕首，继续朝前走。前方不远处，一直在后边运筹帷幄的大老板已经失去了镇定，双手拼命摆着。

"兄弟，有话好说……"

徐猛的眼睛好像要喷出火，手紧紧攥着匕首，一步步朝着他逼近。他那无数次生死相搏练就的眼神显然不是常人能够承受的。对方双腿一软，摔倒在地。

徐猛走过，俯视着这个害死李若颜的人。

"你还有什么话要说吗？"他决心要活剥了这个混蛋。

然而等来的回答却出乎意料。

"大哥！"对方已经被吓得痛哭流涕，"钱我不要了还不行吗？！"

5

"这么说，"徐猛倚墙而立，铁棍无意识地敲着左手手掌，每敲一下，地上蹲着的十几个人就哆嗦一下，"你们不是曾凡的人？"

冷静下来对比了一下照片，长相有点相似，但对方的确不是曾凡。

"误会误会，大哥，我们可不是曾凡的人，"领头的人再笨，也猜到了徐猛跟曾凡有仇，"我们……我们也在找他……"

此言一出，蹲着的一群轻重伤员纷纷点头。

"大哥你好功夫，多谢你手下留情！"

这话说得徐猛也有点后怕——说实话，他没动刀纯属侥幸。

"你们找他干什么？"

"哎呀，我们确实是跟他有深仇大恨！"提起这事，领头的人咬牙切齿，"要不然也不会干这种玩儿命的事！"

领头的人叫顾大明，是九安东海钢铁公司的老板。他这么一说，徐猛有了点印象。他记得这是个很大的企业，在工业区有不小的厂区。杨叔有一回让他去那里教训过一伙偷煤的。

"那是！"说起当年的辉煌，顾大明顿时神采飞扬起来，"早些年，我们是九安数得着的纳税大户！私营钢铁厂里数一数二的！"

徐猛看着他脏兮兮的旧大衣，有点不信。

"唉，形势比人强啊。"顾大明叹了一口气，"市场饱和，政策也不支持，效益不行了。这时候曾凡的企业就做大了。你知道他做什么吧？"

"房地产吧？"徐猛其实也不大清楚。网上这类公司的介绍都有个共同特点，那就是看完了让你觉得他除了发射卫星没有不干的。

"他一开始是做房地产的，后来搭上了见岳集团，弄了几块地，然后就发了。发了之后，他就开始搞别的。一搞就搞大了——凡帝国际！金融业啊！"见徐猛没有反应，他立刻意识到自己面对的是个外行，"就是吸纳存款，返还你多少个点，跟银行差不多。资产一下子就上百亿了！"

"上百亿？！"徐猛之前并没有意识到自己对付的是什么人，猛一听还真有点震惊。

"他发了之后就开始牛逼了，收购这个收购那个，什么都搞。妈的，搞着搞着就惦记上我的工厂了。"

曾凡来找顾大明提出收购的时候，顾大明虽说舍不得自己十几年的心血，但心里还是高兴的。因为连年亏损，干着实在很累。

"一切都谈得挺好，我们搬迁，把厂区腾出来，到别处去搞个新厂区。我当时还存了个心眼：钢铁这些年又不赚钱，国家也不提倡，你图什么？我就到处打听了一下，结果吓了一跳。他把整个工业区的几个厂都买了，全部要搬迁。我问他你这是要搞什么，他说他要造汽车。还说老顾你建个新厂来升级一下设备，搞高级钢材，正好当我的供货商。我一听好事儿啊，就答应了。结果没想到……"说到这里，顾大明气得直捶地，"合同签了，第一批款到位了，旧厂搬空了，新厂买了地，设备订了，结果他出事了！"

"出什么事了？"

"他搞的那个草鸡毛金融业务，资金链断了！"

顾大明伤心得说不下去了。旁边的跟班给徐猛讲了一下经过。大意就是曾凡的头号债主见岳集团突然发表声明，说凡帝国际债务违约。一下子引爆了这颗炸弹。

"不可能啊，"徐猛表示不信，"没钱了？我到他公司总部去过，门口很多人，不像要关门的样子……"

"那都是去维权的！"顾大明激动地站起来，"那些人把一辈子的积蓄都给了他，指望着钱生钱，结果都被他玩没了。不光总部，他几个办公室整天门口都有人堵着呢！"

"我说那些人看着不像上班的……"徐猛回想了一下，恍然大悟，"这是什么时候的事？"

"没几天！就俩礼拜吧。现在官方还没立案，所以大家都着急要钱，一旦立了案，除非他真肯吐出来，不然恐怕一分钱也要不回来了！"顾大明又来了精神，控诉起来唾液横飞，"新厂建不起来，设备没钱付款，我们厂上千员工都要吃不上饭了！这些都是跟着我一起奋斗的老弟兄啊，我不能眼睁睁看着大家上街要饭啊！"

徐猛没说话，头脑里一个念头一闪而过，一时抓不住。

"我打了几千个电话，黑道白道找他，都找不着。没办法，我就找了厂里一些会两下子的弟兄，成天堵他。他那些办公室，我们都是晚上和凌晨蹲点。大白天的去了也挨不上号。再说曾凡也不傻，不可能到那里露面。这个地方，一般人都不知道。我有一次派人跟踪他，才知道的，后来就一直派人盯着。今天你……大哥你进来的时候被我的小兄弟听到了，结果就……"

顾大明好像浑身的力气都泄了，蹲在地上，垂头丧气。其他人也没说话。不知是谁先抽泣起来，没过多久，走廊里满是低沉的哭声。

"都起来吧，"徐猛忽然对这些人心生同情，但是要他道歉，他又做不到。于是他走到几个伤员身边，帮助他们包扎伤口，给关节复位。

"大哥，我看出来了，你是好人啊，"顾大明哭得一把鼻涕一把泪，"你是为什么找曾凡？他欠你钱吧？"

"不，"徐猛低声回答，"他欠我一条命！"

此言一出，鸦雀无声。

"大哥，"顾大明琢磨了好久，才壮着胆开口，"你可别先把他弄死啊，我还想要钱呢……"

徐猛回头瞪着他。

顾大明不敢对视，低下了头。

房间里顿时死一般寂静。

"这样吧，"徐猛发现自己真的变得心软了，居然狠不下心戳破他们的幻想，"这里有些账本，你们帮我看看，有没有线索……"

"我早就看过多少遍了，"顾大明不以为然，"这里我也搜了多少遍了，没找到什么……"

"我知道，曾凡身边有个卧底……"

"卧底？"顾大明眼神里露出惊喜，"大哥，还是你上道啊……"

"别打岔！这个卧底不想跟我联系，你对他的人熟悉不熟悉？"

"太熟了！那一阵称兄道弟的时候，他们公司的我都见过。"

"那个人说，他知道曾凡给赵友军不少钱……"

"钱的事……"顾大明敲着额头，"能知道这个的，我估计就他的几个高管，加上财务的几个头，二十几个人吧……"

"二十几个？"徐猛很沮丧，又陷入沉思。

"这个人，说话有没有口音？"顾大明忽然问。

"口音？"

"比如说，东北口音？两广口音？"

徐猛仔细回忆了一下，然后摇了摇头。

"一点口音都没有？"

"一点都没有……"徐猛叹了口气。

"那我知道是谁了！"

徐猛惊讶地看着他。

"他信得过的，都是东北老乡，还有广西的几个老战友。这些地方的人，口音一辈子都改不了。"顾大明洋洋得意起来，"走南闯北的人都知道，一个人说普通话一点口音都没有，十有八九是哪里人？"

徐猛摇摇头。他从来没总结过这种规律。

"河南人！"顾大明激动地用食指指指点点，"他的财务二把手就是河南人！叫黎玉成！"

徐猛一拳砸在桌子上。他掏出李经武的手机，开始编辑短信。

"你再不接我电话，我就把你的名字公布……"

就在这时，手机忽然一阵震动，有个电话打进来。

徐猛一看，就是那个神秘号码。

黎玉成！

徐猛示意大家安静，然后按下接听键。

"你到底是谁啊？"徐猛还没来得及说话，对方气急败坏的声音已经传来，"你到底在搞什么？！"

徐猛深吸一口气，开始了赌博。

"黎玉成！"

"你！你怎么……"对方被吓傻了，说话磕磕巴巴，"你别……"

徐猛不说话，等着他。过了好久，对方终于认输。

"你是警察？"

"见面说。"徐猛语调波澜不惊。

"我们不能见面！"黎玉成急了，"你在哪里，身边有谁，我都一清二楚，那个办公室，有监控！"

徐猛一惊，抬头扫视屋顶。

"别看了！隐蔽摄像头。我能看到，曾凡看没看到我不清楚……他这人可怕就可怕在这里！你不知道他在观察什么，计划什么！"

"你为什么不报警？"

"别提这个词！谁知道有没有人在……我的老婆孩子！我×你个鳖孙儿……"黎玉成终于气得露出乡音，"好，我见你！你自己来！我也不知道自己有没有被监视！一个小时以后，宝城广场，肯德基！"

电话挂了。

徐猛消化了一下内容，做了一些推测，做到心中有数，抬腿就朝门口走去。

"大哥！"顾大明赶紧跟上来，"你有曾凡的消息？"

"可能会有，"徐猛指了指屋顶，"你们快走吧，这里有监控。"

顾大明惊诧地看着屋顶，然后又露出不出所料的表情。

"大哥你可别忘了我的事啊。要不……我跟你去吧！"

此言一出，十几个人都随声附和。

"我们要找不到曾凡，都得喝西北风啊！我们都是上有老，下有小啊！"

顾大明又哭了。

徐猛看着这些人，犹豫不决。

真带他们去赴约是不可能的，这些人会把所有人都吓走。

但是不带……

最终，徐猛有了个主意。

"带你去可以。但是你要帮我一个忙……"

第九章

暗室

徐猛没有说话。他蹲在地上，捡起一根空心钢管，手指一探，就摸到了里面的膛线。

「他在造枪！」

徐猛来到宝城广场的时候，离约定时间还有将近半个小时，但他发现自己已经来晚了。他让顾大明开车绕着广场转了三圈，十几分钟的时间里，一个穿着蓝色夹克的人在快餐店门口的长椅上就没动窝。

徐猛在车上换上一件便宜西装，套上一条红色绶带，上面写着某快餐店的名字——这是他从某个身份的工作单位顺手拿的，同时顺来的还有几百张优惠宣传传单。

他从广场中心开始，见人就发一张，慢慢移动到快餐店附近。传单接受的有之，拒绝的有之，大部分都是摆摆手，漠然走过去。但是一个穿黑色运动服的人既不接受，也不走开，而是在喷泉附近走来走去。心里有数之后，徐猛走进宝城购物中心，把绶带和传单扔进垃圾桶，只留下一张，然后走到购物中心通往快餐店的门口，偷偷观察着店里的情景。

顾大明的描述还是很精确的。他没费多大劲就看到了黎玉成——一个花白头发的小个子。他旁边的座位上，一个穿着短袖衬衫的人面无表情地观察着店里的食客。形势很明显，黎玉成要么是不信任自己，要么是跟曾凡一起在诈自己。

徐猛略一琢磨，又走出购物中心，慢慢走到东门，来到那个踩点时发现的氢气球摊位。

"多少钱？"

"八块一个。"

"给你十块。"徐猛掏出钱，"那个纸箱子能给我吗？"

快餐店里，黎玉成心烦意乱地喝着饮料，不停看表。时间已经过了两分钟，依然没有电话打进来。他看了看身边的人，对方没说话，微微摇了摇头。

门口的风铃忽然响了，一个人打着手机走了进来。短袖衬衫一个激灵，差点站起来，但是他马上就发现自己太冲动了。

"喂，儿子，我在快餐店呢，你猜爸爸给你买了什么？"

那人抱着一个彩纸包装的礼物盒，手里抓着个氢气球，向洗手间走去。

一个典型的奶爸。

"再等等吧，"短袖衬衫对黎玉成说，"他应该会来的。"

徐猛走进洗手间，找了个隔间进去，锁上门，打开空纸盒，把氢气球扣在里边，放在地上。然后掏出剩下的一张传单，小心地点燃，塞进纸箱里，快步走出来。

"洗手间坏了，"他拦住一个要去上卫生间的食客，"我跟店员说一下。"

"五，四……"徐猛默数着，假装找人，朝着黎玉成的座位慢慢移动过去。

"三……"他的手里，倒扣着从夹克里拿出来的注射器。

"二……"黎玉成抬起了头。他看到了徐猛，徐猛也看着他。

"一！"

"砰"的一声，氢气球被点燃。在纸箱这个密闭空间里，氢气爆炸发出与本身体积不配的巨大声响。

"煤气爆炸了！快跑！"徐猛大叫一声，店里顿时尖叫一片。客人们蜂拥往外跑。外边的两个人也听到了声响，想冲进来，但是面对汹涌的人流，毫无办法。他们连店里什么情况都看不见。

"快走！"短袖衬衫意识到不好，架起黎玉成就要冲出去。可是后腰忽然一阵刺痛，他停了下来。他慢慢转身，看着徐猛，身体软了下去。

徐猛一步踏上，胳膊绕住了黎玉成的脖子。

"别动！"他小声说，同时指缝里夹着的刀片顶住了黎玉成的喉咙，"不想死就跟我走……"

两人安静地从通往购物中心的门出了快餐店，快步朝西出口走去。一阵汽车发动声，顾大明开着车出现在门口。

"嘿！"一个人影忽然从旁边朝着徐猛扑过来。徐猛把黎玉成朝那人一推，趁着他迟疑地空当，一把抓住他的头发，朝墙上狠狠一掼。

"老顾，原来是你搞的啊！"上了车，看到司机，黎玉成恍然大悟。

"我？我可搞不了这个！"顾大明得意扬扬地踩下油门，"都是你们自己作的。"

车子开进车流，消失在主干道尽头。

2

"那几个人是谁？"后座上，徐猛一边观察外面的情况一边问。

"兄弟，你是……"黎玉成还不死心，想问出徐猛的底细。

徐猛根本不回答，朝着他肚子就是一拳。黎玉成惨叫一声。顾大明看着后视镜，不敢说话。

"那几个人是曾凡派的？"徐猛冷冷地问。

"曾凡？"黎玉成疼得龇牙咧嘴，"我也找不着他。那是我的人，我也害怕啊……"

"你跟李经武说了什么？"

"我告诉他，"黎玉成再也不敢反问徐猛，"曾凡的资金来源有问题，账目也有问题，有大笔开销不明不白。我那时候怕以后真出什么事，我要跟着进监狱的。结果他跟我说，曾凡不是小人物，需要详细的证据。他让我继续调查，并且不要跟他联系。他会联系我。这个手机号是他给我办的。几个月前我有了新发现，不联系他不行了，我真怕了……对了，李经武到底干吗去了？他怎么不跟这个案子了？"

"李经武死了，"徐猛看着他，揣摩他是不是在装傻，"死了快半年了。"

黎玉成顿时呆若木鸡，过了半晌才"啊"了一声。

"曾……曾凡干的？"

这种傻问题让徐猛觉得他不像是装的。

他摇了摇头。

"你既然又有了新的发现，为什么不直接去报警？"

"我当然想过，但是我不敢啊……"黎玉成哭笑不得，"你以为曾凡对我没有留一手？我老婆怀孕，他小三也怀孕，他就非得安排两个女人一起去美国生孩子。我老婆孩子在美国，身边全是他的人，你说我敢吗？！"

徐猛沉默了一会儿，仔细推敲黎玉成的话。与此同时，他指挥着顾大明连转三次弯，好确认后边没有尾巴。

"那你为什么还要找李经武？曾凡又干什么让你害怕的事了？"

"我领你去个地方，你自己看吧。"黎玉成叹了口气。

"你要是耍花招，"徐猛掏出刀子，"我保证你活着下不了车。"

"你爱信不信吧，"黎玉成有气无力地说，"前边，往南拐，到工业西路。"

"啊？"一听这个地址，顾大明先叫了出来，"那不是我们旧厂吗？"

3

工业西路尽头，汽车开进了一片无人区。九安市曾经的旧工业区已经被拆毁殆尽，仅剩的几座零星高楼茕茕孑立，似乎是一个个怀旧的老人，在无声地诉说着往日的辉煌。车子缓缓前行，残垣断壁在车窗外一一闪现。看着自己昔日的心血落得如此下场，顾大明忍不住擦拭着眼角。

前方，一个人忽然从蓝色铁皮搭建的小屋里钻出来，挡住去路，朝着车子挥手。黎玉成朝着徐猛摆了摆手，示意他别担心。

"是我。"打开车窗，他把头探出去。

"哦，黎总啊！"工头认出了人连忙走上来递烟，"您怎么来了？好久不见了。"

"是啊是啊，"黎玉成接过烟，"来看看进度怎么样……"

"我说黎总，你说这活儿算怎么回事——先是左催右催，好好的机器都让我毁了当废铁卖。我设备租了一堆，又说不急，还要把我们撵出去一个月，你们拆机器，结果回来你们也没拆完，还得我继续卖废铁。我还没卖完，又催，机器都不要了就要炸楼。我炸药都装好了，嘿，你们那边负责人找不着了，你说是炸还是不炸？还剩五十多万，你们不给我可不炸啊……"

"这不是市里开会吗，先停一会儿，不着急……"黎玉成随口敷衍着，工头发完牢骚，闪到一边。车子继续前行，拐了个弯，在一栋外层瓷砖都被扒干净的大楼前停下。

"下来吧，"黎玉成叹了口气，"我走前边。"

走进楼内，视线一黑。拆除工作很彻底，照明、地板、装潢、门窗都已经无影无踪，到处是裸露的水泥和红砖。承重墙边还扔着打炮眼的工具和一些剪断的细钢筋。某些车间里，一些锈得没法卖的机器还矗立在那里。在黎玉成的带领下，三人穿过一间间空房间，来到大楼东头，又拐到楼梯间。这里阴暗逼仄，是埋伏的好地方。徐猛暗暗把匕首反握在手里，提防黎玉成玩什么把戏。楼梯上到处是水泥屑和碎砖，黎玉成沿着楼梯走下去，脚下发出沙沙的碎响。徐猛和顾大明跟着走下去，来到地下一层。一片漆黑中，黎玉成拿出打火机，照着亮，在地上寻找着什么。

"这是废水车间啊，"顾大明也拿出打火机，"这里就是个空盒子，什么都没有……"

话音刚落，黎玉成站定在原地，用脚跺了两下。脚下发出空洞的金属碰撞声。

"钢板……"徐猛明白了。

"来，帮把手……"黎玉成对徐猛说。

徐猛走上前去，跟他一起在地上摸索，没几下，就摸到了一块钢板的边缘。两人一起用力，钢板被抬了起来，露出一个四四方方的暗门。

"这……"顾大明惊讶得合不拢嘴，"这是……你们修的？"

黎玉成点了点头。

"账目上不对，我就暗中来看了一下，偶然发现的……"

暗门上有锁。徐猛找来一根钢筋，用力别了几下，锁断了。暗门被打开，露出一截梯子。黎玉成小心地爬了下去。然后他又打着打火机，忙活了一会儿，"啪"的一声轻响，暗门的入口亮了起来。徐猛趴在地上，探下头去张望。

"下面有什么？"顾大明急不可耐地问。

"你下去看看就知道了。"徐猛神色严肃，沿着梯子爬了下去。顾大明跟着他进了暗室，立刻惊讶得合不拢嘴：平整的地面和墙壁，崭新的机器，堆砌整齐的钢板。不知什么时候，曾凡在这里修建了一个完整的车间！

顾大明急速走到墙边，看着工作台上的家伙。

"焊机、试管、搅拌机、振动筛……"

徐猛跟着走过去，伸手摸了一把桌面，放在鼻子前一闻就知道这是火药残渣。

"这……这……"顾大明走到另一边，指着一台台机器，结结巴巴，"车床……铣床……钻机……他这是……"他转过身，看着徐猛，表情像做梦一样，"他这是在干什么？"

徐猛没有说话。他蹲在地上，捡起一根空心钢管，手指一探，就摸到了里面的膛线。

"他在造枪！"

4

"当时，我就躲在这里，"黎玉成指着角落里的橱柜，说起来依然心有余悸，"哎呀真是吓死了，差点就被突然回来的人发现……我亲眼看着他们造枪、造子弹……我到现在也不明白，他到底图什么？他这么有钱，什么买不到？为什么要自己造？"

"你以为中国是非洲啊？"顾大明不屑地说，"买黑枪风险大着呢，万一路上被查到就完了……不过他要枪干吗？难道是要把我们这些找他要钱的都杀了？"

两人讨论的时候，徐猛在研究另一个工作台上的工具：坩埚、模具、手动冲床……

他伸出手，从冲床角落里抠出一块黄灿灿的金属。徐猛一眼就看出这是半枚弹头。上面纵横交错的细纹说明，它是由金属碎块直接压制而成的。徐猛明白这些人似乎是在自制子弹，但是动机却百思不得其解：打中人体就会碎掉的弹头有什么用？手工做个几百枚，够干什么用的？

"我亲眼看到他们贴在墙上的飞机照片和结构图，在仔细研究。当时还没反应过来，今天看到那架飞机失联的新闻才恍然大悟：他们研究的飞机上，标志就是麒麟航空！"

黎玉成的这句话让徐猛灵光一闪：做这种子弹是为了避免穿过人体，打坏机舱！它是劫机使用的！曾凡，就是策划劫机的人！

"曾凡都有什么仇人？"徐猛转头严肃地问两人。

"他现在仇人可多了，"黎玉成叹了口气，"资金链断裂，他觉得所有人都要害他。大客户，银行，连以前的大恩人、大财神林云嵩都闹翻了。两人在酒桌上打起来了……"

"林云嵩是谁？"徐猛一头雾水。

"林云嵩你都不知道？"顾大明瞪大了眼睛。

徐猛摇摇头。

"中国富豪排行榜第……第几来着？见岳集团！秀林影业！泰云娱乐！都是他的！你不知道他？"顾大明尽量控制自己，才没表现出对乡巴佬的蔑视，"不过话说回来，林云嵩怎么会撤资呢？他又不是没钱……再说他和曾凡关系那么好……"

"我估计俩人闹掰就是因为这个——你有钱，为什么不投我？我听说的情报是林云嵩要收购麒麟航空。"

"麒麟航空？"顾大明不屑地一笑，"人家卖吗？"

"对啊，我听说麒麟的老板杜应龙不想卖，所以提出了林云嵩也出不起的价格。可能是要筹钱。"

"哎呀，之前就收购了那么多家，"顾大明艳羡地感慨，"再收购了麒麟，中国私营航空业就真姓林了……"

"对啊……不过这么一说，人家可不光是个商人，那可是半个政治圈的人，曾凡不至于敢动刀动枪吧，除非他疯了……"

"林云嵩现在在哪里？"徐猛忽然有了个猜想。

"我怎么可能知道？"黎玉成不明白他的问题。

"我知道！"顾大明意外地给出答案，"美国！我买了他们集团好多股票，妈的买完就跌。前一阵忽然又涨了点，就是因为林云嵩宣布，下礼拜要在美国敲钟上市。他的美国总部也要投入使用了……"

"他会不会，昨天才坐飞机走？"徐猛的声音微微颤抖着。

顾大明和黎玉成面面相觑。

"有个医院，叫德明医院，"徐猛压抑着破解谜题的激动，"你们听说过没有？"

黎玉成和顾大明回忆了一下，然后都摇头。

"我听人说过，曾凡前不久给这个医院打过电话，让那里的医生确保'董事长'的健康证明，确保他能准时上飞机。这个'董事长'……"

"是条狗。"黎玉成打断了他。

"什么？"徐猛没反应过来。

"'董事长'是林云嵩的宠物，德牧，特大，我见过。林云嵩每次跟曾凡见面都带着它。我听说值好几百万呢……"

"几百万？"顾大明惊呆了，"一条狗？！"

"你不懂了吧？你想林云嵩那种身份的人，跟这条狗形影不离……"

"形影不离？"徐猛忽然插话。

黎玉成茫然地点点头。

"也就是说，这条狗上了飞机，林云嵩也就应该在飞机上？"

黎玉成琢磨了一下，又点了点头。

徐猛一拳狠狠擂在墙上。一切都明白了：曾凡要杀的，是林云嵩！为了私仇，他不惜炸毁飞机。为了掩盖罪行，他不惜杀死所有知情人。就是他，杀死了李若颜！

忽然，徐猛把手指放在唇边。顾大明和黎玉成顿时闭上了嘴。徐猛趴在地上，耳朵紧贴地面，仔细倾听着。

"有人来了！"他像受惊的动物一样忽然跳了起来，沿着梯子爬上去。顾大明和黎玉成互相看了一眼，也急忙跟着上去。刚上去徐猛就不见了，两人没胆子在黑灯瞎火的地下一层待着，听着脚步声，沿着楼梯往上跑。终于，他们在三楼看见了藏在破墙边眺望的徐猛。同时，他们也看到了几辆朝着这里开来的面包车。

徐猛回过头，看着他俩。两人一个激灵，同时摆手后退。

"不是我，"黎玉成汗如雨下，"真不是我……"

"别说废话了！"徐猛急切地左右打量，寻找武器。然而这里除了被切成几块的巨大钢管残骸、几件工具和遍地钢筋砂石，什么都没有。远处传来刹车声，第一辆车停在了蓝色工棚前。黎玉成紧张地望过去，看到包工头拦住了车辆，上前跟车上的人说着什么。

"拦住他们！拦住他们！"黎玉成神神叨叨地自言自语。

车门打开，一个人走了下来，掏出手枪，朝着包工头胸口就是一枪。清脆的枪声飘荡得很远，然而想让工业区外的人听见是不可能的，它只能让顾大明和黎玉成面如土色。

"有射钉枪吗？！"徐猛的头上也见了汗。

"拆除作业，不用那个啊……"黎玉成结结巴巴地说。

"这是什么？"徐猛看到一个喷枪一样东西，抓起来大声问道。

"这……这是……"顾大明吓结巴了,"这是工人切钢管用的……但是离远了打人不可能啊……"

"这玩意儿我用过。"徐猛猛然想起自己当建筑工人时的经历,"多少兆帕?!"

"多少来着?"顾大明心慌意乱,说不清楚,"看这样子大概50? 80?"

清晰的刹车声传来。黎玉成瞥了一眼,三辆面包车已经停在了楼下。车上下来的人个个端着长枪。

"下边好像有射钉枪!"顾大明一拍脑袋,抬腿就朝下跑去,"我去拿!"

"你不要命了?!"黎玉成朝他的背影大喊。

"怎么办?怎么办?!"他急得团团转,回头一看,徐猛却在墙边摆弄电源、水管。他按下开关,那个看似不大的机器发出惊人的怒吼。

黎玉成又跑到墙边,朝下偷看。车上的人都下来了,至少二十多个。他们没有急着上楼,而是往头上套黑色冷帽、拉动枪栓、检查枪械。这时,一个人影忽然从楼门口冲出,朝那些人跑去。

是顾大明。

他看到顾大明跟领头的人说了些什么,然后朝三楼一指。

"妈的,这个混蛋!"黎玉成破口大骂。

"兄弟!"顾大明朝楼上喊,"我也是没办法!我要是不跟曾老板合作,我的钱就要不回来了!得罪!"

他合起双手,朝楼上作了个揖。领头的人一挥手,枪手们分散开,小跑进了楼。

黎玉成脸色煞白,回头一看,徐猛还在观察仪表指数。

"怎么办?!怎么办?!"他抓住徐猛的袖子疯狂地吼叫。

"你给我冷静!"徐猛抬手给了他一个耳光,"听着,你要想活下去,就来帮我!"

黎玉成被打蒙了,机械地点了点头。

"来,跟我一起推钢管!"

通往三楼车间的楼梯有两条。左边的楼梯间，三个枪手排成品字形，枪口上指，小心地前进。

一层、二层……

十五个台阶之后，他们就要面对敌人。

领头的做了个手势，三人放慢脚步，悄悄摸上去。

楼梯旁边的混凝土墙后，徐猛和黎玉成屏住呼吸，静静等待。黎玉成的汗水已经把衣服全都湿透。徐猛站在他身边，慢慢地把一截细钢筋插进喷嘴里。鞋底踩碎水泥渣的沙沙声从楼梯下边传来。徐猛默默数着。

"十一，十，九……"

声音越来越近。黎玉成必须用手紧紧按住下颌，才能止住牙齿打颤的声音。徐猛抓住他的手，按在那截好不容易才推过来的钢管上。

两人目光接触。黎玉成哆嗦着点点头。

"七、六、五……"

到时候了！

徐猛浑身肌肉一紧，左脚狠狠蹬地，扬起一片被踩碎的水泥尘埃。楼梯上的三个枪手顿觉眼前一黑，一个人影出现在楼梯的尽头，挡住光亮，拿着一根长长的管子，正对着自己。

扫码收听
精彩音频

"嗖！"

扳机按下，高压水流以每立方厘米 600 公斤的力道狂喷。喷嘴上的细钢筋利箭般飞出去，晃动着、尖啸着，直直扎进最前面的人的胸膛，从后背一透而出！

"啊！"那人发出骇人的惨叫，手指紧紧扣住扳机，仰面朝后倒去。子弹在楼顶上划出一道弯曲的线。

随之而来的水箭打中了第二个人，直接把他的脸割出一道触目惊心的口子。

"动手！"

楼梯里，叫喊声和乱射的枪声响成一片。震耳欲聋的恐怖声音使得黎玉成五脏六腑一起共振起来，令他脑子里一片空白。他忘记了害怕，忘记了死亡，大喝一声，用尽全身力气把钢管朝着楼梯口推过去。一阵令人毛骨悚然的隆隆声，几百公斤的钢管沿着楼梯滚了下去，激起惨叫的涟漪。

徐猛看也不看，拖着水管朝另一边的楼梯狂奔，一边跑一边把另一根钢筋插进喷嘴。

他跑得离边缘太近，几颗子弹呼啸着从楼下射过来，险些击中。

下边还有人！

这一步的耽搁，另一边的枪手已经爬了上来。两个人转过拐角，看见徐猛，拼命把枪口扭转过来。

汗水沿着发梢飞散在空中，眼睛瞪得似乎要破裂，手臂上的肌肉紧绷，青筋暴起。肾上腺激素和吼声一起迸发，撞针后撤，前冲！

砰！

徐猛卧倒在地，躲开第一颗子弹，扣动扳机。飞蛇般的黑影在空中飞舞，带着令人牙酸的呼啸声一飞而过。鲜血横飞，两个人被近一米长的钢筋生生串在一起！

徐猛以最快的速度跳起来，向楼梯口扑过去。准备好的钢管就横在那里，但已经没有时间用了。他知道很可能过去就会面对枪口，但是此刻已没有选择。

生死在此一举！

枪声大作，子弹飞舞。徐猛从楼梯口一跃而过。他顾不上检查自己有没有中弹，落地一滚，滚到两具糖葫芦一样、还在抽搐的尸体旁边，伸手抢下枪，回头朝着楼梯口扣动了扳机。枪火绽放、弹壳飞舞、石屑四溅。爆豆般的巨响中，一个枪手浑身冒血，抽搐着倒下。徐猛起身拿起另一支枪，一脚把钢管踹下去，同时把所有子弹都倾泄进楼梯间。

最后一颗弹壳发出清脆的落地声。楼梯里只剩一片寂静。

偌大的车间两头，徐猛和黎玉成喘息着对视。

"成功了？"黎玉成问。

"砰"的一声巨响，黎玉成的脑袋像个西瓜一样被打碎。两个人吊着绳索出现在外墙的缺口，持枪扫射。

楼后边还有人！他们是从后边绕到顶楼的！

徐猛别无选择，抱头从楼梯滚下去。

他滚到二楼，浑身沾满了血，站起来时脚下一滑摔了个跟头。头顶上，子弹呼啸而至，打在水泥墙里，碎屑如雨点般落在他的身上。徐猛摸到一把枪，看也不看疯狂朝着前方扫射，飞身跳下通往一楼的楼梯。

绝对的黑和炫目的白在眼前交替。他觉得自己的肺都要炸了。对方人数太多了，不管跑到哪里，迎接他的都是滚烫的弹雨。子弹打光了，他只能跑着、滚着，跟枪声、子弹、疼痛和混凝土做殊死搏斗，一路向下，向下……

地下一层通往秘密地窖的口透出的光在召唤着他。徐猛一咬牙，顺着梯子滑了下去，落地后一脚把梯子踢翻。他疯狂地扑到墙边，关上了灯。一片漆黑中，他转身朝着入口的方向，剧烈地喘息着，听着自己汽锤般的心跳，等待着。

上面传来急促的脚步声，然后忽然一片寂静。徐猛在黑暗中蹲下，在地上摸索着，想找一件可以当武器的家伙。然而还没找到，就听到了一阵令人头皮发麻的窸窣。

扑通。

有人下来了。

徐猛屏住呼吸，在黑暗中朝着声源摸过去。目不见物，他把左手伸在身前，每前进一步，就在空中慢慢画一个半圆。这是唯一能找到敌人的方式。即使是他，也觉得这像用胳膊在钓鳄鱼一般愚蠢。

一步，两步。

忽然，手臂上有触感传来，徐猛想也不想，一拳直捣过去。拳头落空，对方的膝盖带着风声撞过来。徐猛左手一挡，右手五指成爪，狠狠朝前抓去，指尖蹭到衣服，却被对方挣脱。狭路相逢，短兵相接。两人在黑暗里短打硬拼起来。呼喝连连，拳头与肉体的碰撞声如同爆豆，不绝于耳。徐猛挨了几拳，也打中了对方几拳，但谁也没倒下。就在这时，又传来"扑通"一声！

又下来一个！

徐猛急得耳边嗡嗡直响，决定马上解决这个人。

一阵拳风袭来，直指太阳穴。徐猛没有躲闪，而是左手高抬，冒着被当场打晕的危险朝对方怀里顶过去。对方意识到拳头落空的时候，右臂的袖子已经被徐猛死死抓住。

起！

徐猛扭胯转身，一顶一拉，对手再也无法脱身，被一个漂亮的"盖步揣"扬到空中，狠狠摔在水泥地上。"咚"的一声闷响之后，再也听不见动静。

一口气都没喘完，身后风声又起，徐猛刚刚转身，对方的腿已经像鞭子一样抽在他架起的双臂上。脆响爆开，徐猛整个人被震得向后一跃。

好大的力量！

破空之声再次响起，又是一腿横空扫来。徐猛撤身慢了半拍，皮鞋刷的从胸口蹭过去，感觉像是有块烧红的烙铁从胸口滑过。

"嘿呀！"对方脚刚落地，左臂已经横扫过来。徐猛觉得耳边像是敲起了一面大锣，左腮被击中，满嘴的血像破裂的自来水龙头一样喷涌不止。

"啊！"他疼得惨叫，一张嘴，先喷出来的却是三颗脱落的牙齿。

又是"呼"的一声，对方一个直踹过来。徐猛侧身闪开，抢身而上，抱住对方。这么近的距离，对手的膝肘都失去了作用。徐猛大吼一声，用尽浑身力气，勒住他的腰，要施展抱摔。眼前忽然金光一闪，疼痛像个装满开水的气球一样在脸上爆开。一个坚硬的球体狠狠砸在鼻梁上，一片金星，双耳轰鸣，徐猛几乎晕倒。

"又是用头？！"徐猛的神志开始恍惚，"这帮人都练这个？！"

对手铁铸般的双膝连续撞过来，骨肉相撞的声音连绵不绝。徐猛别无他法，只能双臂被动格挡。几次格挡之后，手臂传来的剧痛使他忍不住叫出声来。徐猛知道，必须反击了。否则这样下去，只要被击中一下，就是肋骨断裂的下场！

又是一记膝撞，徐猛右臂屈肘，用尽全身力气，把手肘狠狠朝左下方砸去。"砰"的一声，对手的左腿被巨大的力量荡开，带着身体偏离了中线。

霎那间，两人不是正面相对了！

徐猛终于脱离了他双手的控制，身体往右一闪，同时胳膊水蛇一样从对手左臂之上滑过去，双臂一绞，勒住了他的脖子。

"去死吧！去死吧！！"

徐猛怒吼着，双臂如蟒蛇般越勒越紧。

终于，对方身子一软，不再抵抗。

"哈哈，哈哈……"徐猛肆无忌惮地笑起来，疲劳和杀戮使他陷入了一种久违的癫狂状态，仰着头嘶吼着，"我就在这里！有本事你们就下来！"

黑暗中，死一般的寂静笼罩着一切，汗水滴在地上的声音清晰可闻。

"这个口，只能一个人通过，"等了好久没有动静，徐猛恢复了一点理智，摸到一根钢管攥在手里，"人再多，也只能一个个下来……来吧，都来吧！我就不信……"

就在这时，他听到了汽车发动的声音。

"走了？难道就这么走了？"徐猛不敢相信。

他正在犹豫要不要追出去，脑子里突然被一点火花点燃，一个令人恐惧的念头浮现出来——

"不好！他们要炸楼！"

一连串的巨响，山摇地动，天与地都伴随着热浪坍塌下来……

17时 49分

爆炸过后_4小时 49分钟_

第 十 章

你到底是谁

心跳得急促，他稳了一会儿神才又再次上前。

火光下，他的猜想被证实了——墙里面，竖着一具尸体。

一滴，两滴。

水沿着瓦砾的缝隙渗下来，慢慢滴在地上，形成一个不规则的圆形。水面映出一张扭曲的脸。汗水在污渍和血迹中冲出一条条弯曲的沟壑，脸上每一块肌肉都在抽搐、颤抖。徐猛趴在地上，紧咬牙关，不让自己惨叫出来。地下室没有完全坍塌，但是塌了的那一半给他造成了很大的麻烦：一根钢筋扎进了他的小腿，钉在地上。造成的伤既死不了，也昏不过去。

他被困在这个痛苦的活地狱里。

徐猛用颤抖的手伸进夹克里摸索，发现里边完好的针剂只剩两个。

目不见物，他也不知道这两个都是用来干什么的。一静下来想事，痛苦顿时不可抑制，加倍袭来。徐猛拼命咬着自己的袖了。

"赌一把……"他拿起一个针管就往皮肤里扎。可是半路上又停了下来。

李若颜的仇还没报呢……

徐猛不得不面对现实：现在，是他离曾凡最近的一刻。假如就此昏过去，再回来的时候，天知道那些人已经跑到哪里。

"曾凡……"徐猛把针管收起来，脱下夹克，把衬衣撕成一条一条的，"我就是用手挖，也要出去找你！"

他把布条连接成绳子，扎在伤口上方，在地上摸到一根钢管，插进绳结，用力拧了几圈。

剧痛使他纵声惨叫。叫声渐渐低下去，徐猛喘息着摸了摸伤口，确认血大概止住了。他开始小心地用手感知插在小腿里的钢筋。钢筋大概二尺长，小指粗，上端连着一块混凝土，把水泥地砸出一个小坑，钉进地里半寸多。

他用手晃了晃，立刻疼得发疯。不过换来的情报也是有价值的：不算沉，能抬起来。

"不能晕，不能晕……"他大口喘着气，把夹克咬在嘴里，运了运气，双手用力抱住混凝土块，猛地一提。

一声悠长而模糊的叫声在地窖里久久回荡。

徐猛抱着腿在地上不停地打滚。疼痛让他用头撞地，让他到处乱滚，让他想死，让他想杀人。徐猛也不知道自己在地上滚了多少圈，等到终于能控制疼痛的时候，他发现自己已经滚到了地下室的另一头。终于，他恢复了控制肢体的能力，像以前还能做梦时无数次梦到的场景一样，舒展四肢，放松身体，躺在水泥地上，感到无比的舒适。也就在这时，他感觉右手摸到了一个柔软的躯体……

徐猛费力地把伤腿拉过来，靠着墙坐下。伸手确认之后，他明白了两件事：

第一，自己现在的位置离入口不远。地上这个被自己打倒的人就是佐证。

第二，自己摔人的时候用力还是有点不对。

因为这个人还活着。

徐猛伸手在这个人身上摸索着，最终从他口袋里找到一个打火机。"咔嚓"一声，火光晃得他睁不开眼，眨了好几次眼才恢复了视力。他忍痛爬到刚才疗伤的地方，找到了针筒。他终于看清，一个是抗生素，一个是兴奋剂。

他把抗生素打进大腿，拿着兴奋剂低头沉思了一会儿，又爬回那人的身边。他用手拍了拍那人的脸，又扒开眼睑，检查瞳孔。好消息是这个人没有受什么致命伤，瞳孔活动正常，脑子大概也没事。坏消息是四周都是水泥墙水泥地，除非还能找到一台挖掘机，否则即使换一具健康的躯体，也未必能出得去。

"操……"徐猛合上打火机，又靠在墙上，想不出该干什么。

他掏出手机，想查看时间，却发现有一条未读消息。

发信人是李若颜！

徐猛心跳骤然加速，脑子里"嗡"的一声。

怎么会？！

难道……她没死？

他呼吸急促地点开微信，发现这是一条语音消息，发在一个只有两人知道的群。两人曾约定，这个群不到万不得已不要用，因为群成员除了李若颜，还包括徐猛的每一个意识转移对象。徐猛点开，里边传来的果然是那个让他永生不能忘怀的声音——

"徐猛，炸弹快爆炸了，我没有别的办法了……"

徐猛眼睛里的光芒渐渐暗了下去。

那是炸弹爆炸前发出来的。

"飞机上网络时断时续的，我也不知道你什么时候能收到这条……"李若颜的声音里夹杂着沉重的呼吸和一种徐猛从来没有听到过的慌张，"徐猛……我……有话我一直想对你说，可我不敢，也知道不该说……我觉得我对不起李经武，我觉得我狼心狗肺……可我现在顾不上了……"

徐猛的呼吸变得跟她一样急促，可她偏偏不说了。她停顿了那么长时间，让徐猛一度以为她的话已经说完了。

"徐猛，谢谢你救了我，谢谢你一直陪伴我。我……我……"

语音在这时中断了。

徐猛张大了嘴，茫然地沉入黑暗里。他的手无意识地滑下来，手机掉在地上。过了不知多久，抽泣声滴入黑暗里，溅起撕心裂肺的哭声。徐猛抓着自己的头发，纵声长啸。他从未如此地痛恨自己。

李若颜真的死了。而他，却连为她去死都做不到。他只能在这个水泥棺材里等着自己失去意识，在不知什么地方醒来，面对无从继续追查的线索。徐猛狠狠地把头往墙上撞。他从未如此地想要杀死自己。

然而渐渐地，徐猛的疯狂举动慢了下来，最终停止。他费力地转过身去，伸手在刚才撞头的水泥墙上摸索。摸了好久，他手忙脚乱地掏出打火机，点着火。微弱的火光下，徐猛的身体急剧地颤动、抽搐，最终，他仰天大笑起来。因为他发现，这面水泥墙居然是新砌的。

它还没有干。

2

挖！拼命地挖！

徐猛手持钢管，满头大汗地在墙上凿、挖，紧张和兴奋使得腿上的伤似乎都不疼了。这面墙做工很差，水泥配比不对，再加上地下室没有光，水泥根本没干透，最外层用钢管一砸就往下掉渣。至于里面更是松软，比湿沙子强不了多少。

真不知道这活是谁干的。砌成这样，整面墙没塌算是运气。

"对，就这样，就这样……"徐猛自言自语，好像在给墙鼓劲。

忽然，钢管发出"铛"的一声。徐猛身子一震，停下了手中的动作。他停在原地，胸口不停起伏。他当然知道，自己出去的希望还是很渺茫的——天知道这层水泥后边是不是还有一层混凝土。然而当这个预感真的成真了，他一时还接受不了。

身体松软下来，疼痛和疲劳一起涌上来，让他觉得天旋地转。独自支撑身体的腿开始发软，他把手无力地前伸，想撑住身体。

"××……"他不知道自己该怎么办。

然而骂了一句，他就愣住了。

他的手摸到了粗糙的砖块。

"砖墙？"徐猛急切地摸着砖缝。这堵砖墙显然也是同一批人砌的，歪歪扭扭，马虎得令人难以置信，更奇怪的是，宽得不像话的砖缝里，是松软的水泥，一点沙子都没有。

"不是混凝土就好……"徐猛又拿起一个钢筋，试了几下就把缝里的水泥刮了出来。

然后，他成功地拿出一块砖。

徐猛欣喜若狂，手上动作更快。

不一会儿，砖墙就被拆开一个大口子。

"后边是土！后边一定是土！"徐猛祷告似的自言自语，把手伸进洞里。他希望能摸到松软的泥土，而不是坚硬的混凝土。然而结果却出人意料。他摸到了更软的东西。

徐猛触电似地把手缩回来。空气中一股越来越浓烈的气味让他有种不祥的预感。他颤巍巍地站起来，再次打着打火机，慢慢移向洞口。

"啊！"徐猛一声惊呼，往后退了几步。

心跳得急促，他稳了一会儿神才又再次上前。火光下，他的猜想被证实了——墙里面，竖着一具尸体。

徐猛见过很多尸体，从没有哪一具像现在这样让他感到害怕。不是因为这个东西能活过来吃人，他怕的是一个可能存在的、最坏的真相。

他一把扯掉尸体上蒙着的塑料布，恶臭扑面而来。徐猛一手捂着鼻子，一手继续撕塑料布，直到尸体的面容露出来。打火机的火光下，他的手开始剧烈地颤抖。从皮肤状态来看，这个人死了可能还不到一天，还没有走形的五官和额角那颗大黑痣清楚地告诉徐猛，这就是曾凡。

徐猛抓着头发，他觉得脑子里一片混乱，一个早就存在心里的直觉跳了出来，嘲笑着他的愚蠢。

曾凡能自己造炸药，干吗要买雷管的和引爆器？

曾凡能买枪，干吗要弄一个车间自己造枪？

答案只有一个：嫁祸。

真正的幕后黑手故意留出这些破绽，而这些破绽只能追查到曾凡身上。

"你是谁？"黑暗潮湿的地下室里，徐猛第一次感觉到寒冷。

他向着眼前的黑暗发问。

"你到底是谁？"

3

钢筋水泥像纸牌被风吹倒一样分崩离析，灰色的烟尘压着地面滚滚而来，把所有人淹没。烟尘散去，工棚旁边的车上都蒙着一层厚厚的土。

"你怎么了？"黑色的奔驰旁边，一个穿着西装的人问顾大明。

"没……没什么……"顾大明擦干眼泪，不停摇头。

"还处出感情来了？"

"没有没有……"顾大明赶紧澄清，"路军你看你说的……我就是……这是我的楼啊……"

路军没说话，冷笑了一声。

"我说，打电话的时候咱可说好了，我的钱……"顾大明换上一副笑脸，"什么时候能给啊？"

这话像石头扔进无底洞，没有任何回应。

"把事情干完了，就会给你。"良久，路军慢条斯理地点上一根烟，吐了一个烟圈。

"还有什么事？"

"我要挖点东西。"

地面忽然开始震动，尘土飞扬。四周堆砌的砖石瓦砾随着节奏活跃起来，像刚捞上来的鱼。

徐猛一愣，马上明白了：是挖掘机。

警察吗？徐猛表示怀疑。附近根本没有能报警的人。

如果不是警察的话，又是谁？

震动越来越强烈，徐猛的目光移动到那个晕倒的人身上。就是他！这帮人不想留下尸体。他们是真凶的人，真凶怕追查到自己身上。这样的话，他们挖出尸体之后……

徐猛一下子振奋起来，再次检查这个人的健康状况。浑身的骨头都没有断，没问题，可以用……

转换身体这件事徐猛可谓是驾轻就熟。他四下打量了一番，马上有了主意。他捡起衬衫，撕成布条，系成一个死结，独腿跳到对面，把它挂在对面一米多高的一根暴露的钢筋上。然后他又拖着伤腿蹒跚回来，拿起兴奋剂和自己的那一管血，给那人注射了进去。

"不过……"他忽然发现一个问题：假如那些人问自己问题，或者对暗号，怎么办？

这是唯一的机会！唯一找到真凶的机会，不能放弃！

徐猛决心已定，抄起钢筋，狠狠朝着那人的腮帮子捅了下去。

鲜血流出来，那具躯体反射性地跳动了一下。

事不宜迟，再不动手他自己就醒了。徐猛又往他的耳朵捅了一下，然后以最快的速度跳到对面，把脖子伸进绳圈，然后把身体前倾，慢慢坐下。身体的重量都压在一条腿上，他的呼吸开始急促起来。

"哥们儿，我不想你死，"徐猛自言自语，"可我没办法，这是唯一直接找到真凶的机会。我醒了之后，一定尽快来救你。对不起了！"

话音刚落，徐猛一咬牙，猛地把腿一踢。脖子上一紧，紧接着就是一阵天旋地转……

5

"挖开了挖开了！"顾大明看着一群人朝着缺口走去，欣喜地回头跟路军说道，当然他的潜台词是，"可以给钱了吧？"

路军点点头，把烟一扔，戴上手套，朝着挖掘机走过去。

"路总，"顾大明跟在后边殷勤地笑着，"你们是不是要把尸体运走啊？"

路军看了他一眼，点了点头。

"高！"顾大明伸出大拇指，"凡哥的人，办事就是仔细啊！这样以后也不会……不会有什么娄子……"

路军没理他，继续往前走。

"其实这也不算什么大事，"顾大明也不知道这话是不是在宽慰自己，"做大事的人，几条人命怎么了？我当年押车的时候，在青海无人区，遇到扒车的也是直接冲脑袋上一铁锹，死没死谁知道……"

前边的枪手们忽然一阵喧哗。一个人回过头来，用一种奇怪的语言叽里呱啦地说了些什么。

顾大明愣了——这是什么话？

更令他吃惊的是，路军马上也用同一种语言大声说了句什么。

"路总，这不是广东话啊，"顾大明一头雾水，"难道是苗语？"

路军摇了摇头："缅甸语。"

"厉害，"顾大明又及时拍马屁，"你还懂外语啊！"

"顾总，"路军笑了笑，没接话茬，"那个搅局的小子，真不是你的人？"

"哎呀你看你说的，"顾大明赶紧澄清，"要是我的人，我能卖他吗？他不知道哪里冒出来的，咋呼着要凡哥的命。我一看这不行啊，我跟凡哥生意上是有点误会，但是不能玩真的啊！所以我才找机会给你发定位……"

路军慢慢点了点头。

前边的人架着一个满身是土、满脸是血的大个子走了过来。路军用缅甸语问了他几句，那人捂着脑袋，指了指脸上和耳朵上的伤，摇了摇头。路军伸手摸了摸他的脸，猛地用手指捅了伤口一下。那人疼得立马大声叫了起来。

路军点了点头，叫人把他架上车。后边的人从里边抬出一具尸体，顾大明看得心惊胆寒。刚才已经有几具枪手的尸体被扔进面包车，他看得够多了。所以路军的手拉他的胳膊时，他吓得浑身一哆嗦。

"顾总，"路军微笑着拉着他往废墟入口处走，"曾凡欠你多少钱啊？"

"不多，"顾大明底气不足，"两千四百……就算两千万吧……"

"怎么能说不多呢，"路军摇摇头，"我雇这些缅甸人，才花了不到两百万。"

顾大明不知怎么回答才好，只好赔笑。

"这些人我雇来要干什么你知道吗？"

"保护凡哥吧……"顾大明壮着胆子猜道。

"这个答案不错。"路军轻轻点头，"曾总得罪了那么多人，肯定有不少人想要他死。你不知道他收到过多少恐吓信。那些人为了几十万、几百万，就威胁要杀他全家、要跟他同归于尽，简直无法无天了。你说，可怕吗？"

顾大明连忙点头。那个黑漆漆的洞口就在眼前。路军探头看了看，然后打开手电筒，拉着顾大明往里走。顾大明不敢不跟着，只好小心地踩着土石瓦砾，走了进去。潮湿恶臭的空气一下子把他包围，令他恶心欲呕。他想尽快离开这里，路军却好像不急。他从兜里掏出一个喷漆罐，有条不紊地摇晃着。

"钱啊，都是为了钱。"路军发着不明的感慨，"这些人投钱，是曾总逼他们的吗？不是。归根到底，是他们自己太贪，想提前拥有自己不配拥有的钱，结果赔了，这能怨谁？"

"那是，那是……"

"你刚才说曾总欠你多少来着？"他在墙上喷着什么字，同时用聊天的语气问道。

"两……算一千七百万就行了！都是自己人……"顾大明满头大汗，也不知是因为闷热还是紧张。

"一千七百万也不少了，"路军喷完了字，把喷漆罐拿在手里把玩，"足够让人想杀人灭口了，你说是吧？"

"路总！"顾大明当场给路军跪下了，"我真的……我真的是没别的意思啊！我只想要点钱补上欠款。一千万！只要一千万就够了！我要是有别的歪心思，我，我不得好死！"

路军看了他半晌，忽然哈哈大笑起来。

"顾总，我跟你开玩笑呢。"他把顾大明扶起来，"凡哥确实有点生气，所以让我挤兑你两句，你看看你怎么认真了呢？"

顾大明心里一块石头终于落地，擦着汗，不好意思地笑了起来："应该的应该的，这事我做的确实不对，有空得向凡哥当面道歉……"

他只想赶紧离开这个鬼地方。

"路总，咱们到底什么时候走啊？是不是还要把那两个人的尸体也挖出来？"

"那两个人？哦，那小子和黎玉成对吧？"路军摇摇头，"不用了。"

顾大明一脸迷惑：不用？那你把缅甸人的尸体运走是图什么？

"他们的尸体，很合理啊——你想，以后警察挖出来一看，会怎么想？肯定是被欠钱的某个疯子绑架了黎玉成，还想在这里杀死曾凡，然后自己自杀，对不对？可是还会有人觉得不对，他一个人，会有这么大的胆子吗？背后会不会有什么帮手？你说对不对？"

路军忽然把喷漆罐递给顾大明。顾大明脑子里一团乱麻，下意识地接了过来。他纳闷地看着那个东西，忽然很好奇路军用这个写了些什么。洞口里透进来的光线不足，他不得不走到墙根才得以看清——"曾凡，这就是你耍我的下场。我跟你同归于尽！"

震惊之余，他又看到了落款：顾大明。

他的脑子里霎时间一片空白，汗水湿透全身。他猛地转身，迎接他的是路军手中枪口的火光一闪。

路军独自从洞口走出来，一个缅甸雇佣兵走过来，朝洞里查看。

"洞口不用封死了，"路军用缅甸语跟那人说道，"咱们走！"

<h2 style="text-align:center">6</h2>

徐猛坐在轿车的后座上，低头沉默不语。他看到这些人没有把洞口封上，心里轻松了许多。他本来还担心那个救生员苏醒后能不能坚持到他报警，现在看来没这个必要了。

腮帮子和耳朵上的伤口疼得厉害，不过跟刚才腿上的伤比起来，还是可以忍受的，更何况他发现自残是绝对必要的——真问起来的话，别说回答，自己连问题都听不懂——这帮人居然是外国人！

"这是哪儿的话来着？"

车上的三个人在不停地叽里呱啦地聊天，吵得徐猛头疼，他觉得这种语言腔调非常熟悉，有些词自己甚至听过，却想不起在哪听的。

琢磨了一会儿，他不再想这个问题，他不在乎。

管你们是哪里来的，管你们有多少人。我只要跟着你们，你们早晚会把我引到你们老板那里。

你们的老板是谁我也不在乎，我只要见到你。

我要杀了你！我要为李若颜报仇！我要为我自己报仇！

你杀死的不只是一个人。你还杀了我。你杀死了我继续活下去的理由。

可是我又死不了。

你让我永远卡在这个地狱里。

那么只有让你也尝一尝地狱的滋味！

徐猛开始偷偷观察车上这几个人。坐在他左边的是一个二十来岁的年轻人，右眼的绷带让徐猛意识到，这是个老熟人——用狙击枪打死张泉的就是他。此人剃着平头，肤色黝黑，肌肉发达，但是脑子似乎不太好使。证据就是他一直在吃一种气味很难闻的水果，还递给徐猛一个。徐猛不得不指了指自己血肉模糊的腮帮子。

右边坐着的人年龄相对大一些，满脸胡子，长发披肩，干瘦干瘦的。这人看样子不善交际，上车之后话不多，只是每隔几分钟就撩起衣服，挠着腰上和肚子上的一些圆形的旧伤疤。

徐猛一眼就看出，都是枪伤。

徐猛没看到司机的全部面孔，只是从后视镜里偶尔能看到他的眼睛。这双眼睛细长而深邃，更重要的是，只看一眼，徐猛就有了一种似曾相识的感觉。这是目睹了多少尸体、鲜血和子弹才能锤炼出的眼神。坐在副驾驶上的人徐猛看不清长相，只能从后脑勺来判断，此人脸很长。他上车后就一动不动，像一尊木偶。

"大概他是个头头。"徐猛想。

车子一直在开，出于谨慎，徐猛只能偶尔偷看窗外的建筑，这样一来，他就搞不清自己的具体方位。但是他的身体可以感知一些信息：车子每颠一下，伤口就疼得要死。疼痛越来越频繁，说明车子已经驶出了平缓的市区，来到郊外。过了一会儿，颠簸又少了起来，说明车子又进入了某个城区。

到底要去哪里？徐猛越来越疑惑。

副驾驶上的人忽然转身。徐猛看到，此人肤色比较白，长脸黄牙，上唇和下巴留着小胡子。他的手里拿着一张五寸见方的纸。长头发接过来，看了两眼，又递给徐猛。

这是一张照片。清晰度相当不赖。照片上是一个中年男子，端着咖啡杯，短发、西装、皮带腕表。

这人是谁？

没等徐猛反应过来，照片被左边的平头一把抢走。他一边嚼着水果一边端详，然后抬头问小胡子："阿基阿凯？"

小胡子点了点头："阿基阿凯。"

徐猛的脑子里响起闹铃般的声音，把他带回许多年前，那时候他还在杨千里手下干活。

如前所述，杨千里从缅甸起家，发明了一种奇特的人才培养模式。他把徐猛从街头上带回来，把他塑造成一台战斗机器，然后把他放出去，料理自己的对手。这种孩子杨千里当然养了不止一个——徐猛刚刚知道这一点的时候，还颇为伤心——他不知不觉中把杨当成了自己的父亲，他希望父亲只有自己这一个孩子。因此他对其他同僚很不客气，瞧不上眼，但是还是暗中观察这些人的本事。其中有好几个黑不溜秋的孩子，私下聊天的时候，就管杨千里叫"阿基阿凯"！

原来那些孩子是外国人啊！

"阿基阿凯"就是老板的意思？

照片上这个人是老板？他们的老大？

徐猛的心跳开始加速。

幕后黑手就是他？！

他是谁？

徐猛痛恨自己当年没跟那些小孩搞好关系，要不然学两句外语，这时候也能问一下。

如今掏空脑袋，他能想起的也只有一句"卫生间在哪里"。

正在他自责的时候，车子停了下来。

"到了？"

一抬头，徐猛知道自己猜错了。

前边是红灯。

徐猛忍不住环视四周，想看看自己到底身在何处。他的头转到右边，就像定住了一样再也没转回来。马路边的巨型广告牌上，工人正在脚手架上加班加点，贴一张新海报。徐猛干过这活，知道这玩意儿其实没那么大，都是切成一块一块的往上贴。现在工人们刚刚从右上角开始覆盖原来的广告，看样子还要干很久。

这都不是重点，重点是那副旧海报还没被覆盖的部分。

那是一堆照片组成的大杂烩，里边有高档办公楼，有豪华电影院，有正在起飞的飞机，有劈波斩浪的油轮。孩子们在游乐场的笑脸，俊男美女隔着会议圆桌在握手。

这一切之上，一个男人穿着黑色西装，抱着双臂，坐在几个有立体效果的大字之上。

"见岳集团董事长林云嵩向九安人民问好！"

林云嵩！见岳集团！

这几个字像一颗巨石，在徐猛的脑海里激起一片浪花：

——曾凡搭上了见岳集团，弄了几块地，发了……

——他和曾凡关系那么好……

——林云嵩你都不认识？

——中国富豪排行榜第……第几来着？

——曾凡有很多仇人……连以前的大恩人、大财神林云嵩都闹翻了……

——林云嵩要收购麒麟航空……

——麒麟的老板杜应龙不卖，所以提出了林云嵩也出不起的价格……

——再收购了麒麟，私营航空业就真姓林了……

——我明天走啊，麒麟航空的飞机……

各种声音和影像乱成一锅粥，盘旋、冲撞，让徐猛眩晕、恶心，最后变成地图一般清晰的图案。

林云嵩要收购麒麟航空，麒麟航空开了个高价想回绝。林云嵩和曾凡有仇，他故意激怒曾凡，让他对自己起杀心。林云嵩让人把自己的宠物狗运上飞机，造成自己在飞机上的假象，然后他冷眼旁观曾凡笨拙地找人买炸弹、造枪，留下磨灭不掉的证据链。等一切准备就绪，林云嵩抢先下手，炸毁飞机，杀死所有知情人。留下的证据，只会指向曾凡，然后再杀死曾凡，让他不能为自己辩白，只剩一个知情过少的赵友军来背黑锅。之后麒麟航空的价格肯定会一落千丈，这样一来……

中国私营航空业就真姓林了！

拳头越攥越紧，徐猛紧咬着牙关，好不容易才止住血的伤口崩裂，脸颊上的洞又开始血流不止。

杀死那么多人，就为了钱？！

一百多条性命，就是为了账目上几个数字？！

徐猛自己觉得见过无数恶人，但是这一次，还是觉得汗毛倒竖、骨头里发冷。

他曾经以为，只有黑帮、毒贩才会拿人命不当回事。现在他知道自己错了。

真正视生命如草芥的，正是这群富可敌国、衣冠楚楚、养尊处优的禽兽！

"钱是吧？"徐猛的眼睛死死盯着前方，暗下了一个无比坚定的决心，"今天我就让你明白一个道理，死人是不会花钱的！"

7

18时49分

爆炸过后 5小时49分钟

汽车的速度慢了下来，车窗里，葱郁的树木开始出现。人烟稀少，几辆车也不再掩人耳目，开始堂而皇之地结成车队，浩浩荡荡地行驶在山路间。

爬坡，下坡，转弯，加速，经过二十多分钟的跋涉，车子终于停了下来。坐在左边的平头激动地推开车门，徐猛跟着下了车。这里是山路的尽头，四周树木低矮，草丛茂密。前方不远处，一座规模惊人的、灯火通明的独栋别墅出现在眼前。

"你住在这儿是吧，林云嵩？"徐猛阴狠地看着那些灯。

缅甸人还剩十四个，加上徐猛在内三个伤员。领头的是跟顾大明说话的那个路军。他的身后，紧跟着一个带着鸭舌帽的络腮胡子。

路军一挥手，所有人都跟在他后边，朝别墅走去。徐猛走在最后边。他的鞋踩着青草，踩着树叶，踩着干燥的泥土，他的眼睛始终在打量身边两个拿枪的人。他不知道，自己会不会直接见到林云嵩——这取决于这些人是来干什么。假如是要报酬，那么可能只有领头的可以见到。

所以待会儿必须夺枪。拿到了枪就好办了……然后，他就畅想该怎么收拾林云嵩。

"一枪打死肯定不行。我要用刀……用刀也不行，李若颜可是……"想到这里，他的心抽搐了一下，令他决心找点汽油，"门口有汽车，抽点汽油不难。可是要把他倒吊起来，还得找个绳子……自己搓一条吧，用衣服……也不行，会烧断……得用铁链……"

队伍停了下来。徐猛抬头发现自己意淫的功夫，已经到了离别墅门口不远的地方。别墅果然气派非凡，周围一圈三米高的围墙，门口还有警卫室。门口挂着一块根雕艺术品似的木牌，上面写着"林宅"两个字。

就是这儿了！

领头的人跟路军小声说了些什么，然后回头伸出手，指向几个人。被指到的人纷纷向前一步。徐猛也想往前走，却被他挥手制止。徐猛只好停下。看看左右，他明白了。两个人跟他一起被安排留在外面。

"怎么办？"徐猛有点急，"待会儿怎么找机会进去呢？"

"走！"正在想办法的时候，路军发令，随即走出树丛。缅甸人跟了上去，一路小跑，径直冲向别墅大门。他们离警卫室还有五米左右的样子，前方出现了两个身穿保安制服的人。他们看来不认识路军，打手势让他停下。

"看来这些人以前从没来过这里。林云嵩显然做事很小心，不到最后一刻，不跟这些手上沾血的人接触……"徐猛暗自琢磨着。

忽然，他发现自己的思路有个盲点：万一林云嵩不在这里，而是派别人来付钱，那怎么办？

砰！

一声巨响打断了徐猛的胡思乱想。林中飞鸟惊起，悲鸣着振翅高飞。

是枪声！

徐猛抬起头，看到一个不可思议的场景像慢镜头一样在上演。缅甸人抬起枪，冲着保安扣动扳机。两具尸体像木头一样硬邦邦地倒在地上。

这他妈到底是怎么回事？！

徐猛脑子全乱了。他目瞪口呆，眼睁睁看着这帮人捣烂警卫室的玻璃，爬进去按动按钮。大铁门缓缓开启，所有人拉下冷帽的面罩，端着枪冲了进去。紧接着，就是一阵叫喊和枪声。

"他们要干什么？！"徐猛完全失去了头绪，"难道是黑吃黑？"

他飞速转头，看看左右两个缅甸人，发现他们毫无惊讶的样子，还气定神闲地互相点烟。

"难道……"一个徐猛不愿接受的真相不期而至,"林云嵩不是他们的老板!林云嵩是他们下一个目标!"

"亚普（站住）！"一声呼喝把徐猛震醒。他这才发现,自己已经不由自主地走出树丛。他慢慢转过身,不出所料,几步远的地方,两个缅甸人正端着枪对着自己。他们脸上带着疑惑和戒备的神情,大声吆喝着。

不用翻译,徐猛也知道他们在问"你他妈想干什么"。

"阿恩塔——"没有别的选择了,徐猛深吸一口气,放轻松表情,捂着小腹,快步朝两人走去,"阿恩塔——贝——马累？"

两个缅甸人一愣,正要回答,忽然奇怪地互相看了一眼。徐猛相信,他们不是在互相咨询"卫生间在哪里",也不是在奇怪"在林子里找什么卫生间",而是在疑惑:这孙子口音怎么变了？！

不对,是"他怎么忽然能说话了"？！

啪!

徐猛左手抓住枪管,右拳如箭般刺出。"砰"的一声,那人的脑袋猛地向右上方的天空一冲,像是要起飞,却又被脖子拽住。一声巨响。缅甸人显然被打了个猝不及防,右边的人居然这时候才开枪。然而此时的距离对长枪来说太吃亏了。徐猛身子一侧就躲了过去,左手弹出,把他的枪身牢牢抓住。劲风扑面,徐猛的肘尖如钢枪一般直捅过来。骨肉相撞的"咔咔"声中,缅甸人惨叫着捂着鼻子后退不止。徐猛夺枪在手,朝着地上那个正在试图抓自己脚踝的倒霉蛋就是一枪。

调转枪口,眼前忽然火星四溅。对手绝非庸手,鼻梁断裂的疼痛未消,手里的飞刀已经掷了过来。枪掉在地上,徐猛不顾出血的右手,一步抢上,跟对手肉搏起来。缅甸人拳脚膝肘如同车轮一般,攻势一浪接着一浪,凶狠凌厉。徐猛小心应对,不敢近身用关节技。因为之前的教训说明,这些人还善于用头攻击。但是他更明白，这场战斗绝对不能拖下去。

徐猛瞅准机会，架住对方右拳，右臂一绞，别住了对方的左臂。他拼命下沉重心，令对方无法用膝撞。"呼"的一声。果然，对方的头铁锤一般撞过来。

等的就是你！

徐猛脑袋往后一躲，左手闪电般撤下，四指成剑，狠狠朝着对方暴露的咽喉戳去。

噗！

对手像喝醉了一样，捂着喉咙，向后退却。徐猛抢上一步，右拳闪电般轰了出去。缅甸人一堵墙一样倒了下去。徐猛顾不上查看他的死活，捡起枪朝着别墅大门飞奔而去。

8

徐猛冲过大门，冲进巨大的庭院。两条一米多宽的弧形甬道环抱着整齐的草坪，在前方别墅正门处交汇。一个持枪的人沿着甬道跑过来，看见徐猛，大声地朝他嚷嚷着，大概是在问外边怎么了。

回答他的是两颗子弹。

顺利撂倒第一个敌人使徐猛意识到自己的优势。他决定继续利用下去。他把长枪背在背后，手枪暗暗握在手里，光明正大地穿过被路灯照亮的草坪往前跑。门口出现的另一个缅甸人看到一个同僚空着手朝自己跑来，丝毫没有防备。徐猛慌慌张张地回头，伸手朝门口指去。那人立刻眯着眼睛朝门口瞄准。

徐猛跑到他身边，枪口几乎顶在他的太阳穴开了枪。鲜血喷出，他一声都没哼就倒了下去。然而好日子也就在此时到头了。洞开的大门里，子弹暴风雨一样飞出来。一个枪手看到了这一幕，一边开枪一边呼喊着几个单调的音节。

徐猛相信，这是在说这具躯体的名字。他们知道出了一个叛徒。

徐猛躲在门外，纹丝不动，直到扫射声停止。然后他猛地转身、开枪，打出几个点射。惨叫声中，正在换弹夹的雇佣兵中弹倒地。

徐猛从地上捡了几个弹夹，换上一个，其他的塞在怀里，悄悄走进别墅。洁白的墙壁，金碧辉煌的吊顶，精细的鎏金顶饰，庄严的十六边形柱子。徐猛背贴着墙，缓缓朝前移动。别墅里已经成了一个屠宰场。一个穿黑西装的保镖倒在离玄关不远处的大理石雕像脚下。往前几步，一个老年男子躺在血泊中。一个保姆模样的女人背上带着三个弹孔，趴在走廊尽头。她看来是从别的房间逃出来的，可惜没能快过子弹。

拐过弯，两个男人保持着跪姿，向前倚在走廊的墙壁上，整面墙被染成红色。这不是战斗，这是屠杀，是灭门。徐猛不禁想，这些人到底受谁指使，而指使的人跟林云嵩到底有什么深仇大恨。

前方客厅的门虚掩着，一丝声音都没有。徐猛不难推想，里边有人正在等着自己。他捡了一把长枪背在背上，一把手枪塞进腰带里，推开一扇小门，躲了进去。里面没有人，只有一些电脑，墙上是几块监控屏幕。

居中的画面上，就是客厅。四张宽大的真皮沙发摆成口字形，在壁炉前隔出一个舒服的议事空间。三个人正持枪对着客厅大门。他们的脚下是四具尸体，有男有女，个个衣着考究。壁炉旁还有两个蒙面人持枪站在真皮沙发两侧。沙发后边，一个人蜷缩在那里瑟瑟发抖。

这应该是林云嵩……

画面的边缘，能看到白色的栏杆和木质地板铺就的回廊。客厅这里的两层是打通的。

徐猛略一思索，掏出手机，拍下监控画面。他悄悄走出储藏室，慢慢挪动到客厅门口，然后趴下。他一手持枪，一手拿着手机，根据手机上的画面调整了几次位置，然后默默祈祷。此刻没有香烟，也没有硬币。他能依靠的信仰，只剩下一个。

李若颜，帮帮我，给我一点运气……

砰！

徐猛扣动了扳机。他连发五枪，屋里的惨叫声骤然响起的同时，子弹穿过另一扇门，把正对面的墙壁打成马蜂窝。徐猛非常确定自己打中了——否则还击的子弹会从正对着自己的角度穿出来。他跳起来，飞跑到楼梯上，以最快的速度跑到二楼。楼下枪声正酣，徐猛猛地推开正对着楼梯的门，朝着楼下开始扫射。

弹雨倾泻而下，徐猛瞬间撂倒门口的两个人，然后往旁边纵身一跃。子弹雨点般泼来，打在他原先站着的地方——其他人显然也看到了他。

徐猛连滚带爬，一边飞快地转移，一边估算着对方的子弹。

枪声连绵不绝，然而大部分都穿不透回廊的混凝土地板。转角的柱子就在眼前，徐猛利用它作掩护，把两支长枪伸出去，手指把扳机扣到底，让两支长枪的子弹胡乱喷出去。对方被压制住的一瞬间，徐猛扔掉长枪，掏出手枪，飞身翻过栏杆，跳了下去。

子弹追着他下落的轨迹打过来，可是都打空了。徐猛知道这有多难，一般人都做不到。他准确地落在沙发上。柔软的表面缓冲了冲击力，他的左手在空中抓着右手的手腕，一瞬间完成了平衡。

砰！砰！

两声间隔短得几乎混为一体的点射。路军和最后一个缅甸人胸口中弹，干脆利落地倒了下去。

徐猛从沙发上爬起来，一边换弹夹一边走到壁炉边，一脚踹开沙发。后边的人颤抖着抬起头来。正是林云嵩。

"不要杀我！"他悲鸣着伸出双手。

"你给我起来！"徐猛抓着他的领子把他拎起来，用枪口顶着他的额头，"这些人是谁？！谁派他们来的？！告诉我！！"

腮边的伤口又裂开了，可他好像完全感觉不到疼。

"我……我怎么会知道？！"林云嵩被问得一愣，"他们明摆着是要杀我啊！"

徐猛撤了枪，走到每一具尸体旁边，撤下面罩。然后，他把林云嵩揪过来。

"这个人你不认识？！"满嘴鲜血的他指着满脸鲜血的路军，"你认不认识？！"

"这……这不是路军吗？"林云嵩一脸惊讶，"难道……曾凡？！"

"不是曾凡！"徐猛丝毫没有耐心，粗暴地一脚把林云嵩踹得跪在地上，"曾凡已经死了！快说，还有谁会想杀你？！"

"我真不知道啊！"林云嵩哀号着。

忽然，一个念头不期而至，令徐猛手里的枪狠狠顶住林云嵩的后脑。

"你……你杀曾凡，你炸了飞机，这些人也许都知道？"他指着那些手无寸铁的尸体，"也许，是你让这些缅甸人来灭口的……"

"缅甸人？你在说什么？"

徐猛眼睛里复仇的火焰开始燃烧。

"你听我说，"林云嵩终于稳住了情绪，声音洪亮而清晰，"他们都是我的高管、我的保镖、保姆！他们就是我的家人！公司遇到事情了，我请他来开会商量，谁知道这群人冲进来，见人就杀，要不是你，我也死定了啊！"

"我不信！"徐猛的拇指打开击锤。他的直觉告诉他，开枪八成不会错。实在是没有更合理的解释了。

"我数三下，你再不说实话，我就毙了你！"徐猛让林云嵩站起来，用枪指着他的眼睛。

林云嵩看着枪口，剧烈地喘息，却一句话也说不出来。

"三……"

"你听我说，你听我解释……"林云嵩伸出双手，不停摆动。

"二……"

"我真的没有啊，我这种身份的人，怎么会干这种事……"

"一……"

"你要多少钱，我可以给你啊……"

徐猛扣动了扳机。

林云嵩的眼皮和身体同时一震。然而片刻之后，他就意识到枪没有响。睁开眼，他看到跟自己同样大汗淋漓的徐猛疲惫地扔掉手枪，坐在沙发上，绝望地双手抱着头。

拷问失败了。哪怕是他见过的最坚强的硬汉，这一招也百试百灵。林云嵩没有说谎。他真的什么也不知道。所有的线索都断了。

林云嵩看着徐猛，不敢走，也不敢停留。几经思想斗争，他开了口。

"兄弟，你是中国人？"

徐猛抬头看了他一眼，苦笑了一声，没有回答。

"你刚才说，炸飞机？是怎么回事？"

"麒麟航空 QA931 航班，就是新闻上那一架飞机，被炸了。我本来以为是曾凡干的，后来又怀疑是你，可到现在……"徐猛说不下去了，不停摇头。

"那架飞机……"

"上面有一个人！一个对我很重要的人！"

"他……他叫什么？"林云嵩小心翼翼地问。

"李若颜……"徐猛的声音低沉下来。他像入定一般瘫坐着，连移动手指的力气都没有。

"她是你女朋友？"

"她死了……她才 19 岁！"徐猛抬起头，两眼血红，"就这么死了！她对我那么好，可我，我就连给她报仇都做不到！！"

徐猛情绪失控了，跳起来朝着沙发猛踹，一直到把这件价值不菲的意大利进口货踢成一堆木头和皮革的零件。客厅里死一般寂静。林云嵩不敢说话，徐猛不知道还有什么能说的。就在这时，一阵清脆的铃声忽然响起，把两人吓了一跳。

徐猛身体一震：铃声是从他的口袋里传出来的。是谁？看着陌生的号码，徐猛手指在屏幕上一红一绿两个按钮间犹豫再三，终于接听。

"喂？"他说。

结果对方第一句话就差点把他吓死。

"徐猛，我是李若颜啊！"

第十一章

Q 先生和 007

有我的财力和技术支持，你可以成为美国电影里的超级英雄！我给你提供钱，给你提供装备。你当007，我当你的Q先生！

红色的数字飞速变化，越来越小，最终归零。屏幕上的六个"0"闪烁着，一阵尖细的滴滴声响了起来，几个劫机者的膝盖不禁一软。然而，炸弹却没有爆炸。响声持续了十秒之后，屏幕上的数字停止了闪烁。劫机者的头目掏出卫星电话，拨打了一个号码。

"老板，按照您的吩咐，输入了应急码……接下来，请指示……"说完，他屏住呼吸，等待着对面的指示。

对于老板这个人，越接触就越让人觉得难以捉摸。想当初，老板刚抛出这个计划的时候，不管谁听了都吓得要死，觉得他精神失常；可是讲几遍流程之后，又人人都觉得构思精巧，不成功都难。接触到行动细节之后，他更是对此人的算无遗策和冷酷无情敬畏三分：看守炸弹的人没有应急码，不知道怎么制止炸弹爆炸；他知道应急码，却又接触不到炸弹。不难看出，只有劫机成功，两人才能见面，制止炸弹爆炸。这明摆着逼人不成功便成仁，所以几个小时前，一个消息让他觉得自己的心脏都要停跳了——最坏的情况发生了：有人打乱了他们的计划——原计划无法完美进行，这就意味着大家都要给飞机陪葬。可偏偏大老板却不急不躁地三下两下弄出个备用计划，大家又不用死了……

"猜不透啊……"他在心里长叹着。

"泄密的人，有没有收获？"话筒里终于传来那个熟悉的、被变声器加工过的声音。

"这里没有收获。应该不是飞机上的人……"

"好，不用管了。按照我之前交代的，原计划已被破坏，新计划开始执行。"

"明白！"头目跑到桌旁，把卫星电话小心翼翼地摆在炸弹旁边，按下免提键，然后打开计时器后方一个独立焊接的小铁盒。电话话筒里传出一种尖细的噪声，时高时低、若有若无，让人耳膜不舒服。过了大概十几秒，小铁盒里的电路板上亮起一盏红灯。

嘀！嘀！嘀！

三声急促的警报声过后，计时器的屏幕一亮，数字又开始跳动。

09：59：59……

"声波遥控……"头目拿起已经挂了的电话，心里再次叹服，"你果然是一点空子都不给人留啊……"

"弟兄们，"他转过身去面对手下，"按照老板的指示，任务第二阶段按原计划进行！"他的目光依次扫视着每个人的面孔，寻找着可能的退缩和怯懦。大家也都知道这目光的含义，因此个个怒目圆睁。

"看到了吗？"头目把炸弹转过来，让每个人都看清上面的倒计时，"这次倒计时没法再关掉！我们只有十个小时！想要生存，就要齐心协力！这回，是不成功便成仁！"

驾驶舱里，机长汗如雨下，机械地操控着飞机。枪声一响，他就明白发生了什么。劫机者们闪电般冲进驾驶舱，不由分说地把他跟副机长揍了一顿。

"看到了没有！"头目此刻像一头发怒的野兽，揪着他的头发，强迫他走出驾驶舱，走过商务舱，看着交战现场的惨状，"这就是你们反抗的下场！"

机长的嘴唇哆嗦着，"扑通"一声跪下来，抱着郑俊红的尸体号啕大哭。头目粗暴地把他拽开，他只能眼睁睁看着她的尸体也被拖到机尾，扔进地板上那个方形的洞里。尸体掉下去，没有发出任何声音，可在他耳朵里，却像是全世界所有的火山同时爆发，把他的心烧成灰烬。

他精神恍惚地被驾回驾驶舱，按在驾驶座上。枪口顶着他的后脑。他一句话也没有说，眼泪无声地在脸上横流。副机长也被吓得不敢说话，驾驶舱就这么沉寂着，过了不知多久，劫机者的头目走了进来。

"我警告过你们，不要耍花招，可是你们不听，所以这些命，要算在你头上……"头目的语气轻描淡写，显然还不打算真的算账，"接下来，你可得好好听话了。待会儿，我让你呼叫地面，你到时候最好给我听话……"

副机长奇怪地看了他一眼——通信系统明明全都失灵了，为什么……头目显然注意到了他的目光，冷笑着从口袋里掏出个电视遥控器似的东西，拇指一按，副机长马上发现，通信信号灯已经奇迹般地恢复了正常。

"别乱动啊……"头目嘴里发出"啧啧"的挑逗声，又按了一下按钮，再次切断了所有对外联系，"告诉下面的，飞机出现故障，请求迫降！"

副机长看着机长像个傀儡般把手伸向通话按钮。虽然两人没有对话一句，但是他心里明白，机长已经垮了，剩下的只是一具任人驱使的躯壳。

2

广桥机场空管中心。

各种仪器的噪声和对话被耳机隔绝在外，管制员专心致志地观察着雷达屏幕上密集的符号。一架架飞机被简化成带着尾巴的圆点和一行数字，但是没人敢在心里把它们看得简单，因为大家都知道，每个点都满载着几十上百条生命。

忽然，一个陌生的符号闯入了雷达界面。管制员的眼睛瞪大了，他观察着、确认着、通过无线通信询问。几分钟之后，他站起来召唤上级。主管走了过来，不一会儿就找来了主任。雷达界面前聚集的人越来越多，最终，主任一路小跑，闯进旁边的指挥中心。

"QA931！"推开门，他喘得上气不接下气。

会议室改成的指挥中心里，焦急的等待中，楼市长先开了口："怎么了？"

"QA931出现了！"主任激动得声音都变了调，"它飞回来了！"

"QA931，QA931，请回话……"

无线电里响起了久违的呼唤。副机长兴奋得浑身发抖，可是看着身边三个手持刀枪的劫机者，又瞬间泄了气。既然这批人能随心所欲地控制机上的对外联络，那么要在他们眼皮底下搞点什么肯定难于登天，更何况机长的精神状态显然也搞不了什么诡计，他连话都说不出来。

枪口在机长后脑上一顶，他的脑袋猛地往前一低。

"说话！"劫机者头目喝令道。

机长慢慢抬起头，眼睛盯着前方，像没听见一样毫无反应。

"QA931，请立即表明身份并对失联进行说明，否则你机将被空军拦截……我重复一遍，请立即……"

"说话！"头目的声音再次提高，"照我教你的说！"

副机长紧张地看着毫无反应的机长。他不知道这人是疯了还是消极抵抗，但是他知道再这么下去，除了挨一颗子弹不可能有别的下场。事实证明他的紧张是必要的，头目略一思索，往右跨了一步，枪口顶住了副机长的脖子。

"你不说，我先杀他！"

机长终于转过头来。看着脸色煞白的同事，他叹了口气，手指伸向了COMM1面板的按钮。

"这里是QA931，我是机长秦平，个人识别码是……"

枪挪开了，副机长浑身脱力，满身大汗地瘫在座椅里。

"……经过长时间的检修，我们终于确认故障来自于……"按照劫机者头目的交代，机长老实地汇报着，"……故障排除后，本机已无危险，所以没有备降，但是油料已不足以按原计划执行航班任务，因此本机决定转向返航……"

机长说完，看了看头目，脸上万念俱灰。无线电沉默了好一阵子，看来对方也需要时间消化这个故事。

"蹲下！"劫机者头目忽然大声命令。

外面一阵嘈杂，驾驶舱里的劫机者霎时间全部蹲在地上，好像在玩藏猫猫。

副机长立即转头朝窗外望去。果然，两侧的舷窗里各出现了一架战斗机，距离是如此之近，透明的歼 -10 驾驶舱里，飞行员直接用肉眼观察客机驾驶舱里的情况。

副机长紧张地跟机长对视。他明白，要是地面上觉得客机动向不对，这些战斗机就是要负责发射导弹的。

无线电里还是静默。第三架战斗机如同魅影般从天而降，挡在了客机正前方。

副机长咽了口唾沫。他知道，要是这架飞机忽然开始摇动翅膀，那自己八成活不过今天了。

"QA931……"无线电终于响了。机长犹豫了一下，按下了通话按钮。

"这里是 QA931，请讲。"

无线电里一阵阵杂音，所有人大气不敢出，侧着耳朵倾听，生怕漏掉任何一个音节。

"QA931，请回答，是否有疑似 7700 情况？"

"没有，飞机安全。"机长重重地闭上了眼睛。

那边停顿了一会儿："QA931，是否需要空军引导？"

"我机设备一切正常，不需要引导，谢谢。"

"明白。批准你的降落请求，右转航向 020，上升到标准加 5400 保持……"

三架战斗机机身一侧，潇洒地飞走。关上通信频道，机长长出一口气，松开了领带。劫机者们站起身来，大笑着互相击掌。

"干得不错，"头目用枪身拍了拍机长的脸颊，"待会儿还得麻烦你。"

3

经济舱的后排，劫机者们在谈笑风生。最后的反抗者要么被消灭、要么投降，他们终于彻底控制了飞机，这些人不由得松懈了下来。一些重伤的乘客被抬到这里，他们就任由通往货舱的洞口大开着，方便这些重伤员断气之后往里扔。经过特殊处理的弹头，进入人体后就会化为金属碎片，优点是不会穿透人体，不会打碎飞机的玻璃。但是缺点也很明显，那就是它会引起巨大的痛苦，而且根本无法救治。几个小时里，经济舱后排一直被呻吟声笼罩着，最坚强的一个人挣扎了六个小时才咽气。

劫机者们骂骂咧咧地把最后一具尸体扔进货舱，然后把洞口盖住。货舱里，微弱的应急灯光时亮时灭，似乎是不忍心勾勒出眼前这幅惨绝人寰的画面。

一阵窸窣，一只手忽然从死人堆里伸出来，然后是另一只手。一个浑身是血的女孩爬了出来，歇息片刻，她又爬回去，把另一个女人拉出来。两人靠坐在舱壁上，大口喘息。然后，她们看着眼前的尸堆，痛哭流涕。

"先别哭了……"李若颜安慰着赵宁，虽然她自己也是泪流满面。赵宁点了点头。两人爬得离尸堆远远的，直到精神再也支撑不住才停下来。

"他们都死了……"赵宁上气不接下气，"怎么会这样……"

眼见劫机者开枪的时候，她的神经彻底崩断，整个人不知所措。就在这时，李若颜把她压倒在地。她立刻就明白，这是要装死。

"要睁着眼！"李若颜拿着一把可能是捡来的小刀，在她衣服上戳了几个洞，在她耳边小声嘱咐着，"我见过很多死人！相信我！"

几分钟后，满身鲜血的两人被当成尸体扔了下来。然后她们以惊人的毅力和胆量在死人堆里藏了整整六个小时，直到洞口被封死才爬出来。

"咱们完了……"赵宁抽泣着，"咱们死定了……"

"不会的，"李若颜给她看了看夜光表盘，"时间已经过了，炸弹没有炸！他们一定有别的计划……"

"还不是一样……"赵宁万念俱灰，"咱们在这里，什么也做不了……"

"不一定……"李若颜说着，返身跑回尸堆，在里边扒翻着死人。赵宁愣愣地看着她，手足无措。

不一会儿，李若颜跑了回来，她手里拿着的，正是那部卫星电话。

"电话怎么会在这儿？"赵宁的表情像做梦。

"我自己的手机从那个箱子里掉出来，我捡到了。卫星电话我藏在别的尸体上……"她一边说一边按下重播键，"我就琢磨着有什么不对……"

电话接通了。

"徐猛！"她飞快地说着，"我是李若颜啊！"

忽然，赵宁猛地把李若颜按在地上，挂断了她的电话……

4

"若颜！若颜！"

重生般的狂喜霎时间又变成黑漆漆的迷雾。客厅里回荡着徐猛绝望的呼喊。回应却只有"嘟嘟"的断线声。

他没有放弃，一遍遍回拨那个号码，然而跟以往一样，根本打不通。徐猛急得团团转，脸抽搐着，时而坐下，时而起来疯魔一样乱走。

过了不知多久，林云嵩忽然咳嗽了一声。

"我手机上收到一个推送新闻，可能，跟你说的这事有关系……"他举起双手，眼睛望向地上的遥控器。

徐猛点了点头。林云嵩捡起遥控器，打开电视。

画面上，正是新闻播报。那架飞机的照片放在大屏幕上，主持人正在连线警方。

"根据我们收到的消息，"警方发言人谨慎地措辞，"不久前有关部门就收到了失联飞机的信息。当时机组声称是机械故障，需要迫降。然而就在刚才，又有了另外的消息。这个消息指明飞机很可能被劫持。具体细节我们还不能透露，但是一系列事件表明，这些劫机者受过专业的……"

劫机？

徐猛目瞪口呆。

怎么会这样？

"他们刚才进来的时候，见人就杀，"林云嵩看徐猛脸色很不善，关掉了电视，"但是用枪指着我，却没有开枪。他们拉扯我，好像要把我带到哪里去……"

"他们要绑架你？"徐猛恍然大悟。

"应该是这样。我就纳闷，我这样的身份，就算绑架了，要赎金也不太方便吧？一个电话，起码招来全省一半的特警和武警，他们怎么拿着钱跑？"

"你是说……"一个从未想到的可能性令徐猛浑身微微战栗。

"兄弟，我当过兵，复员以后还干过一年半的刑警，"林云嵩终于恢复了一点平日的气势，在客厅里来回走动，"结合你说的，这个人不管是谁，他劫持飞机，又杀了所有知情人，又嫁祸曾凡，还想绑架我——他会不会是想用飞机和我来做交易呢？"

这时，手机又响了起来。

"李若颜！"徐猛一接起来就狂呼。然而回答的，却不是她。

"你是徐猛？"一个男人阴森森的声音传来。

赵宁也是内奸？！

一个念头在李若颜脑海里炸响，然而马上她就发现自己猜错了。一条光柱出现在前方，照亮了尸堆，又一具人影被扔了下来。

"尸体？"洞口再次被封闭，赵宁小声问。

"不一定……"李若颜小心地观察着。

不一会儿，那个"尸体"站了起来，手里拿着一个应急手电筒，四处寻找着什么。

"是卢立兴！"赵宁看清了那个人的脸，"我们在这儿！"她站起来朝他招手。

卢立兴一笑，蹒跚着朝这边走来。赵宁要去迎接他，李若颜却捷足先登，跑在前面。

"李若颜！"卢立兴惊喜万分，"你也活着……"

然而迎接他的却不是拥抱。李若颜抢过应急手电筒，迎头把他打倒在地。

"你……"赵宁目瞪口呆，"你疯了？！"

"压住他！"李若颜拼命用膝盖顶住卢立兴的腰，"他跟他们是一伙儿的！"

赵宁一时反应不过来，愣在咫尺之遥。然后她看到卢立兴猛地把李若颜掀开，而他的手里，拿着一把枪！

卢立兴真的是劫机者一伙的！他害死了李春，害死了郑俊红，害死了那么多乘客！

怒火给她带来了前所未有的勇气，使她忘记了害怕，奋不顾身地扑上去，把他压倒在地。

"打电话报警！"她抄起李若颜丢下的应急手电筒，狠狠砸着卢立兴的头，"要先拨 0086！"

赵宁的提醒是完全有必要的。

李若颜毕竟没有国外生活经验。她不会拨跨国长途，所以之前只能用重拨键呼叫徐猛。

"我是 QA931 航班的乘客，飞机被劫持！"李若颜飞快地拨通电话，"我重复一遍，飞机被劫持，而且有一颗炸弹！飞机在往机场飞！他们可能要……"

赵宁的惨叫打断了李若颜。回头一看，她已经被卢立兴甩到一旁。李若颜冲过去帮助赵宁，电话被卢立兴蛮力抢了过去。卢立兴刚要站起来，李若颜抱住他的腿用力一拉，又把他摔倒在地。洞口打开了，劫机者们一个个跳了下来。

李若颜见势不妙，抛下卢立兴就朝机尾跑去。

手电光刺眼，把她逼在角落里。卢立兴伸开手臂，挡住了同伙。他发现，李若颜手里拿着一把刀。

"是你！我装死的时候他们搜我的身找电话，我就意识到是你！"

卢立兴沉默着。

"是你，一直拖时间，给他们机会锯开舱板拿到枪！是你，假装反抗，给他们发暗号，通报我们的情况！他们计划仓促，人手不足以控制这么多乘客，是你，混在我们中间出主意，引出所有敢于反抗的人！是你，假装跟劫机者谈判，设下圈套，杀了他们！"李若颜长发乱飞，满脸是血，咬牙切齿，好像恨不得吃了卢立兴，"是我太傻！怎么没早看穿你这个狼心狗肺的东西！"

背后，赵宁被头目拖了过来。

"她报警了！"头目气急败坏，"她坏了大事！弄死她！"

劫机者们正要行动，卢立兴却示意先别急。他皱着眉头，看着卫星电话里的通话记录，说："刚才她没有打通。"

李若颜满脸震惊，劫机者倒是舒展眉目，笑了起来。

"她打过两个电话……我先看看她还打给谁了……"卢立兴选择了倒数第二个号码，按下重播键，等了一会儿，然后张口便道："徐猛。"

"李若颜在哪儿？"徐猛的声音狠得像狼。

"林云嵩呢？"

"他在我手里，"徐猛看了一眼林云嵩，"你想要活的死的？"

林云嵩哆嗦起来。

"活的！"

"好！"徐猛的觉得自己的心脏像一个几吨重的集装箱终于落地，"拿她来换！"

对方沉默了。几秒钟的时间像几年那么漫长。徐猛腮边的血一滴滴落在地上。

"好，"对方终于说话了，"我们会开车把她送过去，交换……"

"你们怎么出机场？"徐猛怀疑这人是在敷衍。

"放心吧，我们自有办法——晚上十点见。你记一个坐标……"

电话挂断了。

"这是哪……"徐猛抬头问林云嵩。然而看到的画面却使他浑身的血都变冷了：林云嵩正拿着一把手枪，指着自己。沙发上那把空枪还在，所以他肯定是从地上捡了一把。这把枪里有子弹！

时间好像在一瞬间凝固了。徐猛动不了，却可以做无数的思考。千言万语在脑海中一闪而过，最后留下的只有一句：他居然真的是幕后主使！我怎么这么大意！

"砰"的一声，林云嵩开枪了。

扑通！

徐猛睁开眼睛，发现自己还站着。带着难以置信的表情扭过头去，他看到一具尸体趴在门边。一个双腿被子弹打穿、腹部中了一枪的蒙面人居然没死，并且以坚强的毅力拿着枪一路爬到这里。

他又转头看着林云嵩。

"这下你该相信我了吧？"林云嵩识趣地把手枪掉转，放在沙发上。他走到徐猛面前，看了看他用血写在地上的坐标，面露微笑。

"你知道这里？"想起自己刚才怎么对他，徐猛有点不好意思。

"太知道了。"

7

布加迪跑车在公路上飞驰。林云嵩坐在副驾驶座上，紧紧抓着车门扶手。

"你开慢点，"他没仔细数，但是眼睛已经被超速闪光灯闪得有点发痛了，于是忍不住开口提醒，"我虽然不会开车，但是你这个开法……别到时候地方没到，先被交警查住……"

"你不会开车？"徐猛终于开始留意最高限速，"那你这么多好车干什么？"

"我有司机啊，"林云嵩微微一笑，"再说我这个身份，没有好车也会被人说闲话，比如说怀疑我生意不行了什么的……"

徐猛摇着头。对他来说，这些太难理解了。

"要去的地方，是个公园？"徐猛忽然想起了什么，"有多大？有没有楼？咱们怎么知道去哪里找？"

"你去了就知道了。"林云嵩随口一答，然后发现徐猛眼神不善地看着自己。

"我说，我这身份的人，不顾自己的危险，甚至没有先报警，而是帮你去救女朋友，你就不能对我友善一点？就算这都不论，我几十岁的人了，你一个小年轻，总该对我客气点吧？"林云嵩终于受不了他的态度，愤愤不平起来。

"她不是我女朋友。"跟以往一样，徐猛没有道歉，只岔开话题。

"小伙子，我也是过来人，你不用解释。嘴上说什么不算数，你骗不了你自己。"林云嵩嘿嘿一笑，"算了，我也不是那么无私——就算我不来，你也不肯，是吧？"

徐猛没有搭茬，默默开车。脸上和耳朵上的伤口又开始疼。

"你说，绑架你的人，跟劫持飞机的是一伙吗？"过了一会儿，他问道。

"我看差不离儿。"

"你觉得是谁？"

"说不好，但他们的目的我是清楚的。"林云嵩面色凝重。

"要钱？"徐猛觉得这太好猜了。

"最简单的当然是这个，"林云嵩轻松一笑，"都知道我有钱，不过通过绑票要钱……不是那么明智。说实话我的钱大部分不是现金，至于国内的现金，别说绑了我，就算我自己去，恐怕也没法全部取出来。所以我估计，如果要钱的话，他们的目标是我在美国的钱　　　"

"美国？"徐猛实在抑制不住好奇心，"你在美国有多少钱？"

"能动用的，三十亿美元。"

跑车猛地往旁边一蹿，然后被方向盘赶紧拉回来。

"这么多？！"徐猛被吓了一跳。

林云嵩哈哈大笑。

"那当然，集团在美国即将有大动作，所以准备了很多流动资金。"他的笑容渐渐收了起来，"不过我估计，他们搞这么大动作，恐怕动机不是要钱这么简单。"

"是什么？"

林云嵩没有立刻回答，而是叹了口气："混到我这个程度，想不得罪人是很难的。大部分情况下，我自己都没察觉，却已经被人恨得要死……"林云嵩的语气平平淡淡，"我觉得他们是想毁了我，要让我生不如死。所以，他们要弄死的，不是我，而是见岳集团。"

徐猛看了他一眼，没明白。

"下个月，集团就要在美国上市了。"

"上市？"徐猛皱了皱眉头，"你要卖了它？"

"差不多，"林云嵩被他的问题逗乐了，同时也明白了这个人的知识水平需要怎么解释才能明白，"不过呢，不是卖给某一个人，是拆成股票，卖给好多好多人。"

"那还不是卖？"徐猛不以为然，"还是零卖，我跟你说，废品生意我懂……"

"也有那么一点不同，"林云嵩耐心地解释，"比方说，我的集团现在，乱七八糟加起来，值十个亿——这是打比方啊——我拿出十分之一，一个亿，来发行股票。一百万股，每股一百块钱。全卖出去，我就算不赔不赚。但是，假如每股涨成两百块钱呢？我不就什么都不用做，赚了两倍的钱？"

徐猛从来没听过这么简单粗暴的生意，一时惊呆了。

"会有那么多的人买？"徐猛想了一会儿，自以为找到一个漏洞，"就是毒品也不敢保证想卖多少就卖多少啊……"

"我这个例子举得很不合理——也不是想拆成多少股就拆成多少股——但是你算是说到点子上了，"林云嵩像个大学教授一样循循善诱，"客户为什么要买？毒品是因为自己消费。股票呢，是为了客户自己赚钱。"

"这玩意儿怎么赚钱？"

"股票的价格不是固定的。上市以前，你公司的价值是实价，能卖多少钱就是多少钱，但是一旦上市，价格可就变成估价了。估的是什么？是你的公司未来赚钱的能力！我的集团生意越好，盈利越多，股票就越抢手，每股的价格就会越高。假如我们每年净挣五千万，按股市的估法，市值就是五千万乘以最少二十——后面这个二十叫市盈率，它是怎么算出来的我就先不讲了——最后赚多少？十亿！"

徐猛直接失语了。这种好事让他都有点动心了，不禁开始琢磨着自己的血会不会有人感兴趣。

"那怎么大家没有都上市？"

"也不是那么简单，"林云嵩哈哈大笑，轻轻拍着自己的大腿，好像在回忆IPO[1]一路来的艰辛，"实际上，这里头道道很多。首先上市就不容易，乱七八糟的各种指标、审查、资格……就算上市了，也不是你经营得越好股价就越贵那么简单……很多时候，其实就是看消息。你的公司老传出好消息，大家觉得你公司以后会更赚钱，都想买你的股票，那价格自然就高。你的公司老传出坏消息，大家觉得你的公司八成要倒闭，谁也不愿要你的股票，价格自然就低了。"

"哦……"徐猛终于明白了为什么之前顾大明和黎玉成推测炸飞机是为了压低麒麟航空的股价。

但是他马上又想到一个疑点："麒麟航空比你的公司规模小吧？怎么它早就上市了，你才上市？"

林云嵩哈哈大笑起来，笑声长得有点夸张。

"麒麟是纯民营企业啊，我不一样，"笑完了，他叹了口气，"年轻的时候，就想着钱这东西，越多越好——怕什么还能怕钱多吗？后来才知道，钱太多了，真的不是好事。"

"怎么不好？"

"我的集团，不是我自吹，说是能影响中国经济那不现实，但是影响一两个省还是没问题的。"林云嵩苦笑着，"我已经不是个纯粹的商人了。我也不能单纯从做生意的角度来决定一些事情，我说了不算。其实我挺羡慕曾凡的。"

"羡慕他？"徐猛笑起来，"他还不是没钱了，黑了心，搞这搞那，闹得命都没了……"

"他没钱了，至少还有处跑。"林云嵩打断了他，喟然长叹，"换成我，跑都

---

[1] 全称 Initial Public Offerings，首次公开募股的意思。

跑不了……说出来你可能都不信，我这个身份的人，出国都要往上报批。我要是跑了，就是全球红色通缉令，一辈子谁见了谁抓……"他不停地摇头。

"刚才说到哪儿了？"林云嵩过了一会儿才重新捡起话头，"对了，股价。这个人，劫持麒麟航空的飞机，又要绑架我。他显然是要把我们两家一起搞垮！嘿嘿，他们不用真的杀了我，只要让我失踪几天，上市的股价……"

"股票归根到底还是赚钱的事，对吧？"徐猛还是没完全弄懂，"你不赚，还有别的钱啊。"

"我跟你说实话吧，"林云嵩把头靠在座椅上，"我的钱啊，都是银行的。"

"银行？"

"对。我起家，是借银行的；我扩大经营业务，是借银行的；我收购，还是借的银行的。这年头，谁不一样？"林云嵩苦笑一声，"银行的钱不能永远不还，要是上市黄了……哎，到了！"

跑车猛地右转，在林云嵩的指挥下开了一会儿，停了下来。徐猛观察了一下周围环境，终于明白他那句"到了你就明白了"是什么意思：这里哪有一点公园的样子，全是大片的平地。

"这算什么公园？"徐猛又开始凶狠起来。他觉得林云嵩是在耍他。

林云嵩微微一笑，下了车。

"这是我的梦想。这是见岳集团的明天。"他靠在车身上，张开双臂，像是在做 PPT 演示。

徐猛跟着下了车，茫然地看着四周，越发怀疑自己上当了。这里太过平坦空旷，绝不是一个交换人质的好地点。

"你刚才问我的钱哪里去了？就在这里。"林云嵩跺了跺脚下的水泥地，"都在这里！我的未来，集团的未来，都在这里！"

"看到了吗？光是脚下这条主干道，就有 3500 米长！"他激动起来，手舞足蹈，指点江山，"这里，将要建起亚洲最大的影视制作基地！那里，要建起比迪士尼乐园还要大、还要先进的主题乐园！那里，将要建立世界上最大的室内水上世界！全亚洲的娱乐业，都是我的！那座山要整个凿空！那片湖，要被高档度假村包围！我把所有的钱、所有的希望，都押在这里！我用我所有的经验和知识，下了这个赌注！成，就流芳千古！败，就尸骨无存！"

徐猛被他的气势震住了。他第一次见识到了真正的有钱人是什么样子。

"你觉得怎么样？"林云嵩恢复了平静，回头笑着问徐猛。

"你真有钱！"徐猛想了半天，也只能由衷地说这么一句。

"呵呵，钱啊，本来就不够，这么一折腾，还是不够，"林云嵩长叹一声，"要想完成它，全看上市了。"

上市两个字提醒了徐猛今天的正事是什么。

"咱们得找个地方躲起来，不能在这儿干站着。"他举目四望，也没看到一个能隐蔽的地方。

"上车吧，"林云嵩打开车门，"往前开一阵，有一个小楼已经竣工了。没通电，在这看不见。"

8

货舱里，卢立兴挂了电话。

"行啦，你捡了一条命。"头目听完他的汇报，冷笑着对李若颜说，"上来，我不会杀你。"

"我不上去！"李若颜从刚才的通话里立刻就明白了是怎么回事，然后把刀架在自己喉咙上，"你要是强迫我，我就自杀！你们要的人也死定了！我保证徐猛见不到我，就会杀了他！"

卢立兴叹了口气。

"无所谓了，"他伸手制止了头目，"我留在这里看着她。"

"电话给我！"李若颜伸出手，"我不会乱打的，我只想确保你们没骗徐猛！"

"不可能！"头目冷哼一声。

"你不给，我就自杀！"她横下心，手一用力，脖子上出现一条血痕。

"这样吧，"卢立兴赶紧制止，"交换的时候，在地面上了，你用手机跟他联系就行。"

李若颜一愣。

"我当然知道。"卢立兴指着她的口袋，"我就是发现你的手机不见了，才猜到你是装死……"

"怎么样？卫星电话是不可能的。你真自杀了，我们只好骗他……"

李若颜喘着粗气琢磨了一会儿，点了点头。卢立兴举着双手退了回去。

"她也留下！"李若颜指了指赵宁。卢立兴跟头目交换了一下眼神，点了点头。劫机者们在头目的带领下，沿着梯子爬了上去。

货舱里，只剩下三个人。

9

未竣工的办公室里一片黑暗。除了微弱的月光和星光，只有两点火星在时亮时暗。该准备的都准备好了，除了等待和抽烟，他们无事可做。

"你这是什么烟？"徐猛抽了两口，忍不住拿出来想看看商标，可是根本看不清。

"秘密。"林云嵩微微一笑，"卷烟厂给我特制的，限量版。每年除了我这里，就专供北京。"

"厉害。"徐猛不住点头。

"接着。"一个纸盒砸到了徐猛。拿起来一看，林云嵩扔给他一包。

"等这事完了，我直接送你几箱。我留着也没用。"林云嵩挥挥手，"我跟你说，烟虽然好，可我平时抽着，都不知道是什么味儿。每天五点起床，健身、开会。吃早饭，开会。坐飞机，开会。一直到晚上十一点。天天如此，年年如此……"

"你拼命也没白拼啊，你赚到钱了。"徐猛笑了一声。

"嘿嘿，"林云嵩笑了，"可惜钱不是万能的。"

对这种耳熟能详的有钱人的抱怨，徐猛不以为然，没有说话。

"你知道我最想回到什么时候吗？"沉默了一会儿，林云嵩问。

"额……赚到……第一个一百万的时候？"

"不是。那时候开心是开心，但是已经不自由了。"林云嵩大口地吐着烟圈，"就想着赚第二个一百万……我真正开心的时候，是年轻的时候。你知道我年轻的时候干什么吗？"

"你当过兵对吧？"徐猛没忘记他说过的话。

"对，伞兵。我还打过仗。1979年的时候没用空军，我们伞兵就打散了混编到前线去了。我当了侦察兵……"

"1979年？打谁？"

徐猛的这种无知令林云嵩直接放弃了科普的打算："我和曾凡就是那时候认识的，我救过他的命，他认我当大哥。那时候啊，我们都没想过能不能活到战争结束……"

"你是说，你在部队的时候最开心？"徐猛摇着头，"你喜欢打仗？"

"打仗当然不怀念。部队嘛……他们后来把我开除了，也说不上怀念。再说了，在部队苦得要命，烟瘾就是那时候养成的，"林云嵩又点上一根烟，"我怀念的是那种生活，多单纯，多省心，听命令就行，吃穿不愁。还有啊，我喜欢跳伞。有的人害怕，但是我第一次跳就不用教官踹，自己跳下来。我跟你说，跟电影上可不一样，一开始的三五秒的确有点难受，但是只要达到了自由落体速度，你就什么都感觉不到了！你会觉得自己的身体都不存在了，就像只剩下灵魂，在蓝天白云里飞，又不用翅膀，耳边除了风声，什么都没有，那种自由的感觉……"

林云嵩来了兴致，喋喋不休地讲着跳伞的一些要领，怎么控制下降速度啊，怎么调整身体姿势啊，手里的烟头在空中优雅地划着弧形。徐猛看得出他有多么陶醉，虽然没跳过伞，但是林云嵩的声音里有一种巨大的感染力，令徐猛也不禁想知道那是一种什么感觉。

"我现在还经常跳伞，这可能算是我唯一剩下的爱好了——哎，对了，"林云嵩语气轻快，听上去仿佛年轻了好几岁，"这事完了，我带你跳伞怎么样？"

这话令徐猛居然有一点感动。

这事完了……这事完了……

他不禁真的畅想，假如李若颜安全了，自己能开心地玩点什么。

"我……我没钱……"

"嘻，"林云嵩哑然失笑，"你救了我，你以后还能缺钱？这么说吧，今天我提到的事，我跟谁都没说过。你这年轻人啊，虽然有时候……直接了点，但你是我见过的为数不多的单纯的人。这年头，没有什么比单纯更可贵。人啊，都是贪，就连曾凡，过命的兄弟，也变了……"

徐猛又看看手机，犹豫着是要出去等还是继续在这里。

"对了，年轻人，你叫什么？"

徐猛沉默了，没有回答。

"你不愿说就算了。你是哪里人？"

徐猛还是没有回答。

"得，得，"林云嵩苦笑着摇摇头，"那有什么你能跟我说的呢？以后有什么打算？"

"以后？"徐猛叹了口气，"我也不知道。"

"你平时都干什么？"林云嵩还是不死心。

徐猛不得不承认，林云嵩跟他见过的所有人不同。他平易近人、和蔼可亲，说话很有感染力和说服力。一想到全国最有钱的人之一对自己这么客气，他的心里就有种前所未有的自豪和满足。这种感觉继而变成感动。他觉得自己再不说点什么，就太不够意思了。

"我叫徐猛。"徐猛扔掉烟头，"我有时候是学生，有时候是送快递的，有时候是打扫卫生的，有时候是坐办公室的，你懂了吗？"

"打零工？"林云嵩显然理解偏了。

徐猛嘿嘿笑了起来，久违的童心像是被从箱底翻出来一样。

"我要是说，我每次睡着，就会变成另一个人，你能懂吗？"

徐猛简单介绍了一下自己的情况，然后憋着笑，想看林云嵩吓坏的反应。

对方好久没说话。

"怎么？"徐猛嘿嘿一笑，"觉得我是神经病吧？"

林云嵩咂了一下嘴，手里的烟头停在空中。

"那个大夫叫什么？搞病毒的那个。"他认真地问。

"刘兴继。"徐猛的声音悠长。他又回忆起当初跟李若颜一起出生入死的日子。

"我知道这个人，你说的高铁的事情我当然也听说过……不过照你这么说，要是你扎一针变成一个人，变成另外一个人再扎第三个人，只要时间够用，全世界都会成为你？"

这个角度徐猛还真没想过。不过略一思索，他摇了摇头。

"那不行。我试过，只有直接输进我原来身体里的血才能传播——输过我原来的血的人，算真货，真货再输血给别人，别人就算二手货。二手货再给别人输血就不管用了。"

徐猛知道这个还是因为当初给李若颜凑钱，扎了一个富二代之后等了好久他才失望地接受了现实。

林云嵩"哦"了一声，又陷入了沉默。

"行啦，"徐猛不愿再折腾他，"你不用担心我这个疯子会抓着你不放。只要救出李若颜，我就送你去警察局。"

听了这话，林云嵩却笑了起来。

"小兄弟，要是有人说，他想研究长生不老，你觉得他是疯子吗？"

"那当然。"徐猛毫不迟疑。

"要是有人研究心灵感应呢？"

"我看也是疯子吧？"这个词他听李若颜提过。

"要是研究用思想挪动物体呢？"

徐猛直接笑了起来。然而林云嵩却没有笑。

"我跟你说，这些真的有人研究过，或者说，有机构研究过。研究长生不老的，是世界最大的公司之一，谷歌。研究另外两个的，是中央情报局。"

徐猛愣住了。他不知道林云嵩想说什么。

"我的意思是，很多普通人看来匪夷所思的事，在有钱的人或者机构看来，是价值！是市场！"林云嵩的语气里没有一点戏谑的成分，"你刚才要是跟我开玩笑，那无所谓。如果你说的是真的，我建议你以后一定要来找我，我可以让咱们一起成为世界上最有钱的人！"

徐猛浑身一震。他从未想过，自己的身世还能向除了李若颜以外的人坦承，坦承之后还被当真。

"钱？"

"对啊，赚钱！我没理解错的话，只要能准备好足够的血，找到足够的躯体，你这就是不死之身啊！长生不老谁不想？！再说，体验不同的人生，不同年龄、不同身份的人生，是多少人的梦想啊！就算是再有钱的人，也会想尝试一下啊！"

"可是……那就变不回来了……"徐猛突然怕他真干这事，有点结结巴巴的。

"可以研究啊！"林云嵩好像真的当真了，站起来侃侃而谈，"我牵头，全世界最顶尖的人才都可以招来研究这种病毒，实力不比刘兴继那个江湖大夫强多了？到时候，别的不说，首先你自己就能从中受益——你看中一种人生，不想变了，那就不变了！你可以跟你的小女朋友永远在一起，过开心的日子！"

徐猛的心跳猛然加速，血液似乎都沸腾起来。是啊，可以不变了，可以跟李若颜……

他简直不敢想下去，怕自己那颗伤痕累累的心脏承受不住这种幸福。

"你要是不想那样，想继续这种刺激的生活，更好！"林云嵩看他没有回答，以为自己猜错了，"你想想，有我的财力和技术支持，你可以成为美国电影里的超级英雄，想当谁就当谁！想劫富济贫？想行侠仗义？我来帮你！我给你提供钱，给你提供装备。你当007，我当你的Q先生！那样的生活，比赚钱更有意思！甚至比回到我年轻的时候更有意思！"

林云嵩哈哈大笑起来。这种笑毫无掩饰，发自内心，令徐猛都跟着高兴起来。虽然不知道007和Q先生是谁，但是一种前所未有的憧憬和希望瞬间充满了身躯。

"你说的这……"他激动地站了起来，但是话只说了半句，他的脸色骤变，跑过去把林云嵩的脖子一按，让他弯下腰。

林云嵩抬头一看，窗户远处有一辆车开着灯急速驶来。

第十二章

冰释前嫌的女人

雨滴落在枪口，被高温蒸发，霎时化为一股烟雾，向上，向上。徐猛怒目圆睁，低头看着胸口的血洞，难以置信地抬起头。

李若颜和赵宁相互依偎着坐在货舱后边。洞口尸堆旁是把玩着手枪的卢立兴。这么长时间，不管两人怎么骂，卢立兴都一言不发，最后干脆躲得远远的。她们骂累了，终于闭口不言，干脆当他不存在。

"你没事吧？"过了不知多久，赵宁感到李若颜在颤抖，连忙摸了摸她的头，"你发烧了？"

"没事，"李若颜蜷缩着，可刀还是放在自己的脖子上，"我要是晕了，你就继续用刀顶着我的喉咙……要不，咱俩都会没命……"

赵宁看着这个比自己小十岁的女孩，说不出话来。

"对不起，"她抽泣起来，"我之前对你……"

"没事！赵姐，"李若颜想起这些事，恍如隔世，不禁笑了，"我理解你。不过我还是得说明白，我跟张明水真的没有……"

"我知道，"赵宁苦笑了一声，"我其实都知道，是我控制不住自己胡思乱想。你是他的患者，他跟你朝夕相处，我却见不着他，我就……唉，我以前不想承认，其实我们分手，八成是因为我这个臭脾气……"

"赵姐，我问点事，你别生气啊，"李若颜沉默了一会儿，终于鼓起勇气，"张明水……他……是怎么死的？"

"交通事故。"赵宁叹了口气。

"这个我知道，"李若颜小心地措辞，"我是说，他当时在哪儿？要去干什么？"

"他啊，早上上班过马路的时候……"赵宁摇着头，"撞他的女司机，拿驾照才不到两个月，油门刹车都分不清，还穿着高跟鞋……"

李若颜听了，很久没有说话，然后她忽然哭出了声。

"你怎么了？"赵宁急忙安慰她，"他都走了那么久了，你别……"

"张医生是个好人，我为他哭过了……"李若颜仍旧哭得不能自已，"我因为这事冤枉了一个最关心我的人。赵姐，我……我误会了他，他怎么解释我都不信……他对我那么好，可是我……"

她哭倒在赵宁怀里。赵宁抚摸着她的长发。

"是那个你打电话的人吧？"过了一会儿，赵宁问。

李若颜点了点头。

"你男朋友？"

李若颜迟疑了一下，摇了摇头。

"从你上飞机，他就在下边为你拼命，要说他不爱你，我可不信。"赵宁微笑着摇头，"你呢，刚才拿着电话，第一个联系的只有他，你要说你不爱他，我也不信……"

"赵姐你别说了……"李若颜擦着眼泪，直起身子。

赵宁看着她，轻轻叹了口气："你还年轻，很多事不懂。我作为过来人跟你说一句吧：这回你要是能活下来，可别再自己骗自己了。人啊，就能活那么点时间……"

她说不下去了。

李若颜默默地听着，良久才再次开口："赵姐，"她的声音虚弱而无助，第一次听起来有些像这个年龄的女孩，"我真的不知道该怎么办……我对他……我自己也知道……可是……"她又哽咽了起来。

"我之前的男朋友叫李经武，他很爱我，我们在一起很开心……可那时候我就发现自己的感觉不对。"她的声音低得几乎听不到，"我发现我依赖的人竟然是徐猛，见不到他，我就心神不宁……我知道这是不对的，我也知道我对不起经武……所以我就跟经武提了分手……"

"后来呢？"赵宁轻声道。

"分手后没两天，经武就死了……"李若颜抽泣着，"他死了之后，徐猛来安慰我，看着他我忽然意识到，我当初跟李经武好，就是因为……因为看到他的时候，就能想起徐猛……"

李若颜捂着嘴说不下去了。过了好一会儿她才能继续说话："就是那时候，我才发现自己是怎么样一个人……我骗了我自己，也骗了李经武，我对他没有死心塌地。他只剩几天好活的时候，我跟他分手……你说他死的时候想到我，是什么感觉？！他死了，我还在跟徐猛不清不楚……我意识到这一点的时候，真是连照镜子都觉得自己恶心……你说，我要是跟徐猛在一起，我还是个人吗？我真是不知廉耻，我谁也对不起……"

她再也控制不住，扑倒在赵宁怀里痛哭不止。

"妹妹啊，人这一辈子就这么短，没有那么多时间跟自己过不去……"赵宁抚摸着她的背，过了好久才长叹一声。

"你知道，张明水走之前对我说了什么吗？"她忽然说了这么一句。

李若颜抬起头，擦着眼泪摇了摇头。

"他被撞了之后，在医院醒过一次。他握着我的手说，对不起啊，我现在才发现你有多好……"赵宁把头靠在舱壁上，"他说，你一定要找到一个真心对你好的人，一定要幸福。只有这样，我才能安心……"

说到最后，赵宁捂着嘴哭了起来。李若颜看着她，愣了好久好久。最终，两人都停止了哭泣。她们就这么互相依偎着，静静地回忆着已不可追的往昔。

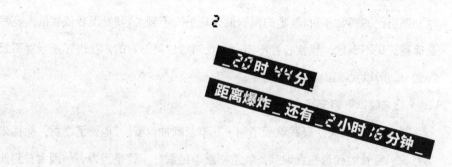

广桥机场。

空管中心里，所有指挥部的人都在紧张地注视着雷达屏幕。QA931 要求在广桥降落的时候，当然不可能得到百分之百的信任——没有任何理智的飞行员会在国境线上磨蹭那么多个小时才飞回机场——按照预案，机场已经有一定的反劫机准备，所有的力量都被动员起来。医疗、消防车辆都整装待发，随时准备应付各种紧急状况。反劫机特种部队已经埋伏在 QA931 即将使用的 18 号跑道附近。

"各小组汇报。"特种装备车里，特种部队的负责人在无线电里最后检查着情况。

"狙击红队就位，距离 700，风速 2……"

"狙击蓝队就位，距离 150……"

"突击 1 队就位。阻轮器就位。"

"突击 2 队就位……"

……

空管中心里，一个秘书接到电话，跟楼市长耳语两句。

"特种部队准备好了，"楼市长转头面向空管主任，"你确定它降落位置不会太远吧？"

"不会的，它只能在那儿转弯。"

楼市长点了点头。沉吟片刻，他开始跟身边公安厅的人商量："如果真有情况，谈判一定要把握好节奏。不管他们提什么要求，都以保护人质为先……"

"市长放心，派去的是最有经验的专家……"

"好，"把每个细节都确认了之后，楼市长点点头，大手一挥，"开始吧。"

空管主任点了点头，开始通话："QA931，广桥进场，雷达已经识别，预计使用跑道 18 左落地，目前继续保持。"

"QA931，请求雷达引导，目前继续保持……"对方回复得很快。

"请下到标压 4500，右转航向 020，继续下修压 2700，修正海压 1013，调表速 220……左转 160，建立 18 左盲降报……"

空管主任亲自发布着进场指令，每说一句，对方就跟着重复一句作为确认回应。

一切都很顺利，雷达上显示，这架飞机越来越近。

"塔台，QA931 已建立 18 左盲降……"无线电里的汇报让所有技术人员神经紧绷。

"广桥塔台，继续进近……"

主任的眼睛死盯着窗外。夜空里，一组航灯已经隐约可见，看到这架飞机的时间已经可以按秒计算了。

"QA931，落地跑道 18 左，地面风 160，7 米，脱离后报……"

"2 分钟内将停机。"跑道旁，特种部队总指挥的声音在所有战士的耳机里回荡，"各单位准备……"

所有人都抬起头，看着那只金属造就的巨型飞鸟以优雅的姿势俯冲、抬头。

"准备……"总指挥的手心微微出汗。所有人都在等待起落架落地的那一瞬间。

一声巨响，起落架的轮胎狠狠地砸在跑道上，整架飞机随之微微一震。

"速度太快了！"空管主任大叫一声。

"复飞！复飞！"与此同时，喊叫声从无线电里传出来。

波音 777 巨大的机身缓慢拉起，再次冲向夜空。所有人都愣了。大家做了应对各种可能的准备，唯独没想到飞机居然会降落失败！

"QA931！"空管主任大声呼叫着，"报告情况！"

"QA931 高速 1200！"对方显然也很激动，"我在左转进三边拉……我要再绕一圈，让其他飞机避让！"

"QA931，你的位置太过靠右……QA931……请回话……"

空管主任一次次的呼应都不再有回答。夜空里，大家眼睁睁看着这架飞机在夜空里盘旋着，绕着大圈，然后忽然在视野里消失。它掠过广桥机场，朝内地飞去。

3

"得罪了。"楼门口，徐猛先跟林云嵩道了歉，准备依计划而行。

"先等会儿，"林云嵩掏出一个无线耳机戴上，"我们保持通话，万一咱们被分开，能随时了解对方情况……"

徐猛看着这个神奇的装置，惊讶了一会儿，然后用枪顶着林云嵩的太阳穴，两人像个奇怪的四足动物一样，缓缓走出小楼。

一般来说，挟持人质不会把枪摆在那里，因为太容易被摆脱。但徐猛这么做是故意的，他要来接应的人看见自己的枪。

"待会儿你别说话，我来问。"徐猛叮嘱林云嵩。

"他们有枪吗？"林云嵩有点紧张。

"有枪也不会打你。要不在别墅早就开枪了。"

那辆车慢慢近了，车灯扫到了两人。徐猛隐约看清，这是一辆造型非常奇怪的大车，外形有点像消防车又有点像垃圾车。他觉得自己在哪里见过这种车，又一时想不起来。

"停车！"徐猛也不管对方听不听得见，一次次大声地吼着，"停车！"

汽车骤然减速，最终停了下来。双方隔着大约三十米的距离对峙着。

"怎么还不下车？"林云嵩问。

"可能是在试探有没有埋伏……"徐猛小声说。

话音刚落，副驾驶侧的车门打开了。一个男人下了车，举着双手，朝这边走了过来。

"行了，"徐猛看他走到大约十米的地方，急忙喊停，"别往前走了。"

那人顺从地停下。

"怎么就你一个？"他朝徐猛喊话。

"就我一个！"徐猛大声说，"你们答应用来换林云嵩的人呢？！"

话音刚落，那人一愣，然后手枪闪电般被抓在手里，指着徐猛。

"你是谁？！"他大吼着，"你不是路军！你到底是谁？！"

广阔如西部平原的空旷地上，一眼望不到头的宽阔水泥路上，两个人持枪对峙。

心脏紧张得像是蒸汽锤，血液被泵得到处乱顶，徐猛觉得太阳穴鼓得难受。他当然没有指望对方会干脆利落地换人，他以为对方会耍花招、布置什么陷阱，然后自己还得威胁他们说要杀死林云嵩。他以为双方会互相试探底线，用各种办法进行意志的对抗，一来二去，闹个半天才能有一方服软。然而对方直接翻脸，实在是出乎意料。

"你怎么回事？！"徐猛扯着嗓子喊着，"我明明跟你们飞机上的人说好了！林云嵩在我手里，我要拿他换一个人！你们飞机上的人都答应了！他们告诉我来这里换人的！"

没有回应。

"飞机是你们劫的吧？"抛出这个问题，徐猛的声音微微打颤，"QA931 航班，在你们手里吧？飞机上有炸弹，有你们的人，对吧？"

长久的沉默。

徐猛的手心全是汗。他要是否认就全完了。最终，对方点了点头。徐猛的心猛地跳了一下，然而接下来对方的回答又出人意料。

"你们真说好了？"那人一手举枪，一手从后腰掏东西，"我怎么不知道这事……"

那人掏出的东西外形很像手机，但这年头已经看不到这么大这么厚的手机了。

"那是卫星电话！"林云嵩小声说。

徐猛轻轻捅了他一下，林云嵩心领神会，慢慢挪动脚步。双方的距离一步步地缩小。

"你要干什么？给谁打电话？！"

"这个事啊，我说了也不算。我得请示一下。"

4

"到时间了，"卢立兴出现在两人面前，"上去吧。"

李若颜警惕地用刀顶着自己的脖子，在赵宁的搀扶下站了起来。卢立兴走到洞口，抬起梯子，顶开堵着洞口的舱板。

"你先上去。"他对赵宁说。

"没事的……"赵宁推开了李若颜的手，留下一个笑容，爬了上去。李若颜侧耳倾听，没有什么动静，然后自己也爬了上去。客舱里亮眼的灯令她睁不开眼。她的手紧紧地握着刀，过了一会儿才看清赵宁坐在座位上，身边几个劫机者正虎视眈眈地看着自己。

"行了，"卢立兴也爬了上来，"你的刀就放下吧，待会儿就带你去见徐猛……"

李若颜没有放下刀。她朝着赵宁走去。赵宁朝她挤出一个微笑，她身后，遮阳板打开着，窗外的景物在漆黑中一闪而过。

李若颜刚刚坐下，马上触电似地跳了起来："不对！"

叫喊声刚刚出口，一个劫机者就猛扑上来，抓住她持刀的手往椅背上一撞，刀子掉在地上。李若颜二话不说，膝盖朝他两腿之间一顶，那人立刻惨叫一声，蹲了下去。她捡起刀，掏出手机，按下重播键。

卢立兴扑上来，把她狠狠撞在舱壁上。刀子和手机都滑到座位下边，她像一头拼死保护幼崽的母狮，疯狂地手脚并用，抵抗着卢立兴，不让他拿到手机。

同时，她放声呼唤着徐猛……

5

徐猛之前对这场生死交易做过很多设想，唯独没想到它会很沉闷。双方开始了一场漫长的对话，或者说是传话——徐猛说一句，那人用卫星电话向飞机上的劫机者请示一句。对方提出问题，再通过这个人问徐猛，而他们的问题让徐猛觉得这伙人弄不好没有控制飞机。

"李若颜？哪个若？哪个颜？"

"男的女的？多大岁数？"

"你有照片吗？"

"你跟这人什么关系？"

徐猛每次回答，对方都要再转述一遍，有时候还表示听不清，让徐猛再说一遍。要不是时间在徐猛这边，他可能早就开枪打死这人了——既然新闻上都播了，警察肯定不会看不见这架飞机。他们应该一会儿就到。

"兄弟，给你钱行不行？"那人又捂着话筒转达条件，"你说个数。"

"我不要钱！"徐猛失去了耐心，"我就要李若颜！你不把人给我，我就杀了林云嵩，杀了你！你们什么都捞不到！"

他用枪指着那人。对方连忙举起双手。

"你别急，"他的语气倒是不慌不忙，"我死了，这句话飞机上就听不到了对

-268-

吧？你让我说完。"

徐猛强忍着怒火，把枪又放回林云嵩脑袋上。

"他们看来是要我活着啊，"林云嵩小声安慰徐猛，"要不然早开枪了。我看交易有戏……"

对方把徐猛的话传达之后，也在不耐烦地等着，漫不经心地用脚踢路上的小石子。过了好一会儿，他才专心起来，看样子有了指示。

"哦……嗯……嗯……什么？哦……行，知道了。"他举枪的手臂放松了下来，挂了电话，收到后腰。

"那什么，头说啊，没问题……"

徐猛终于松了一口气，放下了枪。林云嵩擦了把汗，走开两步，敞开领子扇着风。

"先这么着……"那人语气像个居委会的老大爷，"咱们先在这儿等着，待会儿呢……"

砰！

那人毫无征兆地举枪就射，枪火在徐猛视网膜里留下一个斑点。

"不好！"徐猛反应神速，当即压着林云嵩卧倒，然后举枪还击。枪声在旷野里传得好远，然后好像遇到了无形的墙壁，又被弹了回来，来来去去，互相重叠，不肯消散。水泥路上火星四溅。徐猛的手被卧倒的林云嵩压住一只，无法双手射击，开了几枪都没有命中，然后他就发现对方在边开枪边朝车里跑。

难道……一个可怕的设想把他吓住了，他连忙把林云嵩翻过来。

"林云嵩！你说话！你回答我！"徐猛慌了，双手在他身上寻找弹孔，"你没事吧？"

"没事……"林云嵩终于出声，让徐猛的心落了地，"没打中我……"

徐猛一抬头，发现那人已经上了车。他正要追，却发现一件怪事。那人是从驾驶座的一侧上车的。司机哪里去了？

"趴下！"徐猛回身大吼着。

他一把将刚刚爬起来的林云嵩推到一边，同时屈膝半跪，双手握枪，瞄准了刚才他们藏身的小楼。模糊的视线里，一个人影正从门里迅速地闪出来，朝这边举起了枪。徐猛连发五枪，那个身影惨叫着倒下。再回头时，汽车已经不见踪影。

"他在拖时间！"徐猛气地直跺脚，"那个司机绕进楼里都干了什么？"

话音未落，就像是给他回答，"砰"的一声，强光耀眼。

徐猛发现，路两旁的地面上，一对地灯亮了起来！

还没来得及发问，又是"砰砰砰"一连串声响，地灯像是多米诺骨牌一样沿着路边延伸出去，给3500多米的水泥路勾勒出闪耀的轮廓。

徐猛下意识地跟着灯猛跑，他这才发现，路不止一条。远到几乎看不到的尽头，灯光转了一个弯，变成一条几百米长的细线，然后往右一转，又画出一条几乎一样长的光河。

"这是……"徐猛跑得手都哆嗦了，终于茫然停下。他不知道对方用意何在，但直觉告诉他，绝不是什么好事。

"楼里还有什么？"他转头朝跟着跑过来的林云嵩喊着。

"有个电机组，控制着地灯……"林云嵩看着这壮观的景象，也一副摸不着头脑的样子。

"他们要干什么？"徐猛忽然对所有人都不再信任，上前抓住了林云嵩的领子，"你为什么早不告诉我？！你到底还有什么瞒着我？！"

枪顶住了林云嵩的下巴。

林云嵩一惊，说不出话来。

"你骗我？！"徐猛双眼发红，咬牙切齿，手指搭在扳机上。就在这时，一阵悦耳的铃声传来，打断了他的暴怒。徐猛的手颤抖着伸进衣兜，抓着手机拿了出来。

是李若颜！

"你……你怎么样？！"徐猛按下接听键，迫不及待地问。

"徐猛！"李若颜的声音颤抖着，"是圈套！飞机！飞机越飞越低了……"

"你说什么？"他从来不知道，心急会让人这么难受。头痛欲裂，耳鸣不止，令他听不清东西。

"飞机……在快速下降！"李若颜的声音像是一根被强行拽直的绳子，不自然地紧绷着，"他们……要把飞机坠毁！"

徐猛脑子里像是响了一个炸雷。他手脚冰凉，耳朵里的声音像万马奔腾，令他完全无法思考。

"不可能！"他怒吼起来，"我抓住了他们要的人！"

"徐猛，"李若颜呜咽着，任她再要强，也终于抵挡不住对死亡的恐惧，"真的，我都看到地面了……"

徐猛的神经要绷断了。

"若颜！"耳朵里的杂音越来越尖厉，他语无伦次，自己都听不见自己在说什么，"我一定想办法！我一定救你！我……"

"徐猛！"李若颜哭了起来，"永别了！"

眼前的一切都好像停止了。徐猛整个人好像变成了石头，一动也不能动。耳朵里的声音像是死神的坐骑，带着凄厉而诡异呼啸，直冲过来，把他的躯体撕碎，令他的脑子像一锅粥一样沸腾起来，令他无法去想到底发生了什么。他无法接受，自己用尽全力，居然在最后一刻，再次失去了她。

背后一阵没来由的风推动了他。他非常肯定，这风来自阴间。他发现自己的身躯像纸一样轻，被风轻轻地一推就是一个趔趄，跪倒在地。

"啊——"他用不似人类能够发出的凄惨声音，向夜空长啸着。也就是在这时，他看到林云嵩没命地从身边跑过。他傻傻地愣着，反应不过来自己该干什么。林云嵩一边跑一边回头，脸上的恐惧表情让徐猛终于木木地回过头去。

他看到的，就是波音飞机巨大的机头，带着骇人的飓风，朝他直冲过来……

飞机花了好久才停稳。机长松了一口气，浑身瘫软。听到要在哪里降落的时候，他争辩了好久，试图让劫机者相信这是自杀——要知道，这个大小的飞机降落，最少也需要 3500 米的跑道，他不相信哪里有这么长的路——但是脑袋后边的枪口顶着，只好拼命一试。好在这个跑道够长，够宽，也有灯，降落起来跟正规机场也差不多。

"成了！"收到驾驶舱同伙的消息，劫机者头目长出一口气，"开机舱门！"

机舱门缓缓打开。远处，一辆登机车从远方的黑幕中开出来，停好，升起巨大的梯子，与舱门连接。

"头儿，可以了！"开登机车的人朝舱门喊着，同时警惕地掏出枪看着周围。他刚才用望远镜看到飞机几乎擦着徐猛的头降下来，巨大的风把他裹着甩了出去，但是他不确定徐猛死了没有。

一个劫机者走出舱门，伸了个懒腰。

"林云嵩呢？"他问。

"应该不远，还在这儿。"

"行，问题不大。"劫机者说着，迈步走下第一级舷梯。突然，枪声大作。血从这个倒霉蛋身上冒出来。他从舷梯侧面翻了下来，狠狠砸在地上。他身边躺着的，是胸前几个血洞的登机车司机。其他劫机者赶紧把身体藏在舱门后边，偷偷观察外面。他们看到林云嵩就站在离舷梯不远的地方，而他的身后，一个身影拖着瘸腿，一边开枪一边蹒跚而来。他以最快的速度站在林云嵩身后，用枪指着他的太阳穴。

"我×××，"也不知是一路跑过来的疲劳，还是看到李若颜再次死里逃生的喜悦令他喘息不止，脸上的表情分不清是哭还是笑，"终于又从头开始了！"

7

星星不知什么时候隐身不见了，天空中亮了几下，然后响起几个闷雷。雨滴零星落下来，慢慢变得密集，最终成了一快厚实的塑料布，把一切罩在一片模糊里。徐猛和林云嵩站在跑道上，跟舱门内的劫机者对峙着。

扫码收听
精彩音频

"李——若——颜！"徐猛声嘶力竭，努力让声音冲破雨幕，"拿她来交换林云嵩！"

"你放下枪！"声音从机舱里传来。

"你少废话！"徐猛确信，时间在自己这边，"再磨蹭警察就来了！"

这话点中了对方的死穴。舱门没有了动静。雨滴敲打机身的细碎声音中，徐猛纹丝不动，等待着，期盼着。

终于，一个声音传来。

"别开枪！"

然后，舱门口一个白色的影子像利箭般穿透了徐猛的心。

那头乌黑的头发，纤瘦的身形，还有那张令徐猛魂牵梦绕的脸。

是她！

真的是她！

李若颜还活着！

17 个小时的奔跑、追击、搏杀，数不清的鲜血和汗水，为的就是这一刻！

"徐猛？！"她惊喜地叫起来，"真的是你吗？！"

这个声音撞击着徐猛的胸口，他抬起头，狂喜的笑声跟呜咽一起破土而出，脸上的水流掺进了东西，霎时变得滚烫，好像一个刚赢得比赛的孩子，在痛快地冲热水澡。

"你把林云嵩送过来！"一个劫机者用胳膊勒住李若颜的脖子，枪口顶着她的脑袋。徐猛发誓，待会儿要把这人的胳膊卸下来。

"这样，"林云嵩察觉到他的失态，小声出主意，"你说，人质同时往前走，谁也别跟着，这样比较安全……"

"你……"徐猛愣了，"你真要换？我能打中。"

"你别闹了，"林云嵩笑了笑，"我也当过兵，手枪这东西，这距离靠得住吗？再说你还这么激动……"

徐猛心里一阵暖意，嘴角抽搐了一下。

"我……我不能让你……"他几乎要哭了。

"孩子，"林云嵩的声音慈祥而空灵，"我这辈子，什么都经历过，什么钱都赚腻了，但是人命，我还没救过……"

"跟你相识的这几个小时，是我这辈子最刺激、最充实的一段，"他转过头来，冲徐猛一笑，"记着啊，要是这事了了，咱们都还活着，你来找我。你当007，我当 Q 先生，哈哈……"

他的手在徐猛的手背上轻轻拍着，每拍一下，徐猛都感觉到心脏在震动。徐猛从未想到，自己会被一个如此重要的人这样坦诚相待。从小就死抓着他不放的自卑似乎在一瞬间烟消云散，剩下的，只有感动。他感谢这场雨，让人看不到自己被一个刚认识几个小时的人弄得当众流泪。

"计划修改一下，"徐猛强迫自己冷静下来，把捡来的枪悄悄塞给林云嵩，

"你跟她错身的时候，抱着她往左跳，趴下，我会开枪封住舱门……"

"放心吧，"林云嵩冷静地说，"我会用身体保护她。枪上膛了吗？我可以从下面往上开枪……"

徐猛深吸一口气，跟林云嵩紧紧握了一下手。林云嵩感觉到，手里多了一个东西。

"如果……如果不成的话，"徐猛哽咽着，"把这个交给她。就说……我让她仔细看看我的心……拜托了！"

林云嵩点了点头，把东西装进口袋。

"好，交换！"徐猛声嘶力竭，"人质往前走，谁也别跟着！"

又是一个闪电，把一切照得恍如白昼。徐猛松了手。林云嵩往前迈了一步。劫机者也松了手，李若颜回头看了一下，哆嗦着走出舱门。

雨越下越大，似乎天上所有的水滴都落下来，见证这场惊心动魄的冒险的结局。高级皮鞋踩在跑道上，溅起一圈水花。白色的旅游鞋被淋湿，在金属舷梯上打了一下滑。

两个人一寸寸地接近，每一步都令徐猛的心悸动不已。

"稳住，稳住……"徐猛不停地对自己说。

林云嵩和李若颜的距离一寸寸接近，终于，两人面对面在舷梯底部汇合。

"三！"徐猛开始在心里倒计时。

他们不约而同地转头，看着对方的脸。

"二！"

徐猛的眼睛瞪得比乒乓球还大，目光透过雨帘，食指紧紧扣住扳机，等待着决定命运的一刻。

"孩子，"林云嵩伸手在李若颜肩头拍了一下，"回去吧……"

"一！"

林云嵩动了！他闪电般用手臂把李若颜拉进自己的怀抱，同时转身，背对着舱门，背对着劫机者的枪口！

"不好！"徐猛心里大叫一声。林云嵩的动作慢了，他没有立刻往旁边跳！

每一根肌肉都骤然绷紧，他的手臂抬高，枪口对着舱门口的劫机者。

而他看到，对方的枪口也转了过来，正对着林云嵩和李若颜。

"若颜——"徐猛嘶声大喊。

枪响了。

雨滴落在枪口，被高温蒸发，霎时化为一股烟雾，向上，向上。徐猛怒目圆睁，低头看着胸口的血洞，难以置信地抬起头。

开枪的，是林云嵩。

他干脆利落地击中了徐猛。

"徐猛！"李若颜尖叫着，挣扎着，却挣不开林云嵩的手臂。一个劫机者从舷梯上飞奔下来，连拉带扯，把她拉上舷梯。而徐猛只能朝她的背影绝望地伸出手，他想叫她的名字，一张嘴，却被涌出的鲜血呛到。

他倒下了。倒在冰冷的跑道上，任全世界的雨滴无情地淋着。

徐猛在抽搐着。他无法挪动身体，眼前渐渐黑了下来，可脑海里一片光明。一个阴谋的所有细节都像暴晒在正午阳光下那般清晰：

张泉是赵友军的棋子，赵友军是曾凡的棋子，而所有人都是林云嵩的棋子！让曾凡去搞炸弹、造枪、谋划劫机的，是他。让路军雇了一群缅甸人的，是他。

他把雇来的人分成两队，一队用来混进机场、混上飞机、安装炸弹，再劫持飞机飞回来；另一队用来杀掉老钱、王青、张泉、曾凡……不难推测，赵友军如果没跳楼，早晚也是这个下场。所有知情人都处理之后，这队人马再去别墅假装绑架他来到这个公园。什么主题公园，什么集团的明天，一切都是阴谋！他早就把路修成了跑道！

飞机在这里降落，他在这里登上飞机，从此人间蒸发，而所有人都会以为他失踪是因为被绑架！

第十三章

赤子之心

「准备！」他喊着，「真正的好戏要开场了！」

飞机开始缓缓滑行。李若颜知道，飞机又要起飞了。虽然不知道这些人有什么阴谋，但她知道，这次离开地面，恐怕没有那么容易再回来。她呆坐在地板上，看着劫机者们围住林云嵩，弹冠相庆、谈笑风生。

"老板，我听老六说情况棘手，还真是捏了一把汗，"说话的是劫机者的头目，他指着被抬上来的尸体，"幸亏您随机应变，哈哈……"

"别提了！"林云嵩哈哈大笑，"在别墅里，我被他用枪指着，好不容易盼来一个没死透的自己人，哎，可惜他两条腿都被打断了！我又不会开车，你说说……我只好把他一枪打死，骗那个人把我带来……"

"老板一身都是胆啊！"一阵阿谀之声。

"老六和小徐的功劳，"林云嵩谦虚地摆摆手，"要不是他们一个拖时间，另一个打开跑道灯，那才是一切都完了……"

"老板，交换人质的时候我真的紧张死了，差点开枪。幸亏你给我打手势……"

"我也是没办法，"林云嵩双手一摊，"那个人啊，我死活都跑不出他的枪口，只好拼一下……"

"那小子跟这丫头差点坏了大事！"一个人一把抓起李若颜的头发，令她尖叫一声，"她报了警，结果警察有了戒备，没法直接越过广桥朝这里飞。只好假装复飞，在空中绕圈子，然后冷不防飞过来……耽误了不少时间……弄死她算了……"

林云嵩摆摆手阻止了他。那人放开手，恨恨地看了李若颜一眼，退到一旁。林云嵩缓缓蹲在李若颜面前，用一种不带感情色彩的眼神端详着她。

"我还以为是个倾国倾城的美人呢，让他那么拼命……"他笑着微微摇头，"不过，我确实有点感动。一辈子能有一个人为了你这么奋不顾身，就算值了。你说呢？"

李若颜整理着自己的头发，避开他的目光。

"你知道我是谁吗？"他问。

李若颜点了点头。

"也是啊，满大街都是我的照片，你应该见过……"林云嵩自言自语，"我最大的苦恼，就是认识我的人太多了……"

李若颜轻蔑地看了他一眼。

"你这小丫头，真不简单，"林云嵩眯着眼睛，替她把一缕乱发整理到脑后，"那帮人我虽然没有亲自一一面试，但绝对是精挑细选的。就拿那小子来说吧，身手、头脑、反应，都是一流，明明懂中文，却也能装得一句不会，那么长时间没人察觉，啧啧……这样一个人才，居然能为了你背叛我，厉害……"

飞机的速度越来越快，林云嵩还在好整以暇地鼓掌。李若颜咬着嘴唇，用余光瞥向舷窗。闪烁的警灯越来越近，李若颜在心里暗暗为他们加油，希望他们能够赶上飞机，阻止起飞。

"来吧……要起飞了……"林云嵩伸出手把她拉起来，很绅士地引导她一起走到飞机中段，在一张座椅上坐下。一个劫机者要跟过来，林云嵩朝他摆了摆手。

"别担心，"林云嵩给李若颜系上安全带，"这趟不会飞很久……"

忽然，他的表情僵住了。

"你还没死？"林云嵩发现无线耳机忘了摘下来，笑吟吟地问，"真该打你的头！"

李若颜猛地转头。她意识到，跟林云嵩通话的是徐猛。

"你！一直是你！"徐猛虚弱的声音从耳机里漏出来。

"计划精彩吗？"林云嵩语气轻松，"其实，我明明白白说过的啊：我经商没有退路。我必须成功。现在集团的困境是无可挽回的了，我不跑还能怎么办？"

"你跑不了！"飞机越来越快，耳机里开始出现"噼啪"的杂音，"你忘了……你跑出去，也会被全球通缉……"

"这个嘛，你就不必操心了……"林云嵩神秘一笑，把手机调成免提，"你的女朋友就在我身边，你要不要跟她说句话？"

"徐猛！"李若颜猛地喊道，"我能听见！我能听见你说话……"

发动机的轰鸣声骤然增大，机身倾斜起来，徐猛的声音也被这噪声淹没。隐隐约约传来的，只有模糊不清的字眼。在乘客此起彼伏的惊叫声中，飞机再次起飞。信号断了。林云嵩把手机收起。

李若颜眼圈红了。

"其实，有一点咱们是一样的。咱们都是幸运的人。"林云嵩不理会她的仇恨的目光，把手伸到怀里，"我这辈子，最大的骄傲不是钱，而是这么一帮肯为了我冒生命危险的朋友……"

他拿出一张合影，用手摩挲着。

李若颜看到，上面有四个穿着军装的男人。

飞机平稳了，一个人忽然走过来，朝林云嵩肩膀上一拍。李若颜看过去，发现竟是麒麟航空的老总杜应龙。林云嵩满面笑容地伸出手，跟他紧紧相握。

"我没必要演下去了吧？"杜应龙递给林云嵩一支雪茄，"现在大局已定。"

"还没有啊，"林云嵩接过雪茄，放在鼻子下一闻，连连点头，"还差最后一步呢……"

杜应龙看到他手里的照片，伸手要过来。

"那时候咱们真年轻啊……"他感慨不已。

林云嵩听到他的感叹，抬手打了个响指。一个手下拿过来一瓶洋酒和两个杯子。他把酒斟满，递给杜应龙一杯。两人相视一笑，一饮而尽。

"真不敢相信，居然这么多年了……"杜应龙把照片还给林云嵩，"可惜友军和曾凡……"

"他们俩毕竟跟咱们不是一类人，"林云嵩惋惜地摇头，"友军格局太小，曾凡又患了绝症……咱们也算是送他一程……"

"友军也是在那个楼底下……"杜应龙有点不忍地轻声问。

"没来得及送他，他自己跳楼的，"林云嵩缓缓掏出雪茄钳，"大概是听说了飞机的事情，害怕了……当然，也可能是发现咱们骗他，万念俱灰吧……可是你说说，就他这个胆量、这个气魄，我不告诉他也是理所应当吧……"

"那是，那是……退一万步讲，他的命也是咱哥们儿救的，这回也不算欠他……"杜应龙附和着，帮林云嵩把雪茄点燃，"大哥啊，兄弟几个还是你最厉害啊！这个主意也只有你想得出来……"

"不对，最关键的其实还是你。"林云嵩笑指着杜应龙，"没有你这个个体户，我的钱怎么转得出去？咱们下了飞机，难道去要饭吗？"

两人哈哈大笑。

李若颜心头一震——她已经隐隐猜出要发生什么。

"可惜啊，"杜应龙还是有点遗憾，"动作要是快点，不止能转出去三十亿……"

"可以啦，"林云嵩摆摆手，"人啊，要知足。再说有了这笔钱，以后想干什么，可以再做计划嘛……"

"对！"杜应龙一拍大腿，解开安全带，站了起来，"该干正事了！"

林云嵩也站了起来。

"哦，对了，"他从口袋里掏出一样东西，递给李若颜，"他让我交给你的。死人的遗愿，总是要尊重的……"

李若颜惊讶地看到，是那条项链——那条徐猛想要送给自己，却被自己拒绝的项链。

"他还说，让你仔细看看他的心……"林云嵩终于用完了所有的同情心，在李若颜肩头拍了两下，跟杜应龙一起走向后舱。

"准备！"他喊着，"真正的好戏要开场了！"

李若颜紧紧抓着项链，把它放在胸口，捂着嘴无声地哭泣着。无数看不见的尖刺从手心生长出来，穿过皮肉，刺着那颗伤痕累累的心。她涕泪连连地把手一次次张开，可是每次看到的东西，都只能让她哭得更加凄惨。

那颗晶莹剔透的红色的心似乎在提醒着她，错过一生的遗憾是什么滋味。

她把那颗心放在脸颊边上摩挲着，似乎这样就能跟它永不分离。她哭了又哭，总是停不下来。直到她看到，一颗气泡从那颗心底部冒上来……

_22时15分_

距离爆炸 _还有_ 45分钟_

卢立兴走了过来，在一旁逡巡不前，最后还是在李若颜身边坐了下来。

"你不过去吗？"李若颜冷冷地说。

卢立兴没有看李若颜，也没有动。他摩挲着双膝，低头不语。

李若颜看着他，觉得浑身不自在，一把拿起林云嵩扔在这里的威士忌灌了两口，立刻被呛得剧烈咳嗽起来。卢立兴赶紧给她拍背。良久，她才平静下来。她把身体放松，靠在椅背上。她的脸颊不知是因为咳嗽还是酒精，开始微微发红。

"我早该想到的，"李若颜自嘲地一笑，"你的卫星电话是航空公司配的，为什么地面上的人找不到飞机，却没有拨打过那个号码……当然是你搞的鬼……"

"我其实什么也没干，"卢立兴的目光散漫地投向前方，声音低沉，"我的那个给了下面看守炸弹的人，杜总给我配了一个没注册的，就这么简单……"

"什么也没干？飞机失联是你搞的鬼吧？"她又没头没尾地甩出这么个技术性问题，"怎么那么巧，你进去报告抓住我，仪器就都失灵了？"

"我假装系鞋带，打开了墙角的干扰器开关……"卢立兴无从辩驳，只能叹了口气，"不过那个东西早就在那里了，不是我装的……"

"当然不是你了，"李若颜冷笑一声，"杜应龙嘛……飞机改装就是为了这个吧？"

"是，"他叹了口气，"这也是其中一部分……"

"你一开始表示相信我，要跟徐猛通话，是为了搞清楚他的消息来源吧？你几次跟他们打起来，也都是演戏吧？"李若颜看样子真的上头了，说到这里忽然"噗嗤"一声笑了出来，"你是不是趁着那些空当，给他们发暗号汇报情况了？"

"按原计划，一切都要在八小时内完成的……发现你在洗手间里写的字的时候，本来就要动手劫机了。不成功的话，八小时的倒计时可不是吓唬人的……"卢立兴沉默的时间之长，让李若颜以为他不打算回答了，"可是你突然出现，我不得不汇报上去……大老板亲自修改了计划……"

他的声音没有起伏，可是眼睛却死活不看李若颜。

"还有那次，你自告奋勇！"她笑得东倒西歪，"去跟劫机头目谈判，我还纳闷儿你怎么活着回来了，我真傻……"

她笑了好一阵才想起自己的处境，慢慢把笑容收了起来。

"我真傻，明明一切都不对劲……"李若颜不停摇头，"看守怎么可能那么松，还能让咱们在一块儿商量……我作死那么多次，怎么还可能活那么久……还不是因为我预报有炸弹，你们想监视我，好追踪消息来源……"

卢立兴长久地沉默着。

"我说什么你都会恨我，"过了一会儿，他抬头盯着舱顶，叹了口气，"可我确实是没办法……"

"还不是为了钱？"李若颜冷笑一声，"林云嵩没法把所有资产都转移，可也弄出去不少吧？你们跑到国外，拿着几十亿美元去过快乐逍遥的日子，多好啊……"

"不是！"卢立兴激动起来，"不是你想的那样！"

"那是怎么样？！"

"林云嵩是我爸！"他的声音颤抖着，"我妈跟他离婚，带着我去了国外。我跟我妈姓，但是这么多年，我吃的喝的穿的用的都是他的钱！我妈已经死了，他是我唯一的亲人！我没有别的选择！"

李若颜看着他，过了好久，终于叹了一口气。

"我还想问你一件事，"她的脸已经被酒精醺得通红，眼神也变得迷离起来，

"那两次……有人拿着刀冲我来的那两次，你给我挡刀，是不是也是演戏？是你们商量好的？"

卢立兴看着她的眼睛，摇了摇头。

"是因为留着我有用吗？"

卢立兴又摇了摇头："不是……"

李若颜看着他，愣了一会儿，然后露出一个无所谓的微笑。

"算了，都到这份儿上了，我跟你计较什么呢……"她擦了一下眼角，"你能不能看在相识一场的分儿上，帮我一个忙？"

卢立兴立刻避开了她的目光。

"你还不明白吗？"他摇着头，"一个幸存者也不能有，否则我们这辈子跑到哪里都不得安宁……"

"你想到哪儿去了，"李若颜嗤笑一声，"我没指望你给我留活路……"

卢立兴不解地看着她。

"我只想要我的化妆包……"李若颜指着自己满是污渍血痕的脸，"我才 19 岁，我不想这副鬼样子去死……"

她看到卢立兴的眼睛有点发红。

卢立兴站起身来，走向后排。回来的时候，他把手提包递给李若颜，还附赠了一块湿毛巾。

看着卢立兴的身影消失在经济舱，李若颜立刻忙起来。

她飞快地在手提包里翻着。

——徐猛啊，我老说你是傻瓜，其实我才是！

——你这种木头怎么会知道心形挂坠是什么意思？里边装的是你的血啊！

眼影、粉底、眉笔、口红……

笔、便笺、发卡、纸巾……

怎么尽是没用的东西？我需要一个针头！

她心急如焚。

你好不容易送到我手里，可我却找不出东西来用它！

忽然，她愣了一下，把手从包里拿出来，看着手指上的墨迹若有所思……

不一会儿，卢立兴又走了过来，发现李若颜坐在那里，什么也没干。

"你还来干什么？"她冷冷地问。

"化完了？"卢立兴看她拿着口红发呆，可是嘴唇并没有涂。他当然以为她是吓的，可也找不出别的话来安慰她。

"化完了，"李若颜把头转向他，"好看吗？"

"好看。"卢立兴低声说。他其实没有看到——他不敢看她的脸。

"我刚把脸擦干净，还没化呢……"李若颜强笑一声，指着自己的脸颊，"这可能是喝酒上脸了……"

卢立兴努力了两次，没能成功地跟着笑出来。他像被磁铁吸引，又在她身边坐了下来。

"你是想来陪我一会儿吧？"李若颜看了他一眼。

卢立兴尴尬地左顾右盼。

"谢谢。"

肩头一阵温热，随之而来的就是香水的气味。李若颜依偎在他身上。

"我这一辈子啊，"李若颜的声音平静而空灵，好像在说一件跟自己无关的事，"被爹妈扔来扔去，然后被车撞，昏迷了两年，好不容易走上正轨，以为可以正常生活了，又要死了……"

"若颜……"卢立兴觉得自己再不挣脱，心里只会更难受。

"我好害怕……真的好害怕……"她的声音像一只被大雨淋透的猫,"陪我一会儿吧,就一会儿……"

卢立兴觉得时间好像静止了。除了心跳,一切都慢了下来,而自己还希望时间能够更慢,好让这一刻长久下去。他不由自主地伸出手,抚摸着她柔软的长发,却看到李若颜正抬头看着自己。她的嘴唇半合半闭,眼睛里好像含着全天下的涟漪。他觉得自己一身的力气都不知去向,手臂不由自主地搂住她的脖子,把嘴唇贴上去……

卢立兴并没有看到,李若颜的另一只手此时在忙些什么:口红的盖子被打开,慢慢移上来,里边插着的半截钢笔悄悄抵住他的脖子。手指旋转,螺旋推进,墨囊被挤压,血液往笔尖涌去。

她狠狠把笔尖插进他的颈动脉。

"你!"卢立兴迟了一秒才感觉到疼痛,一把把她推开,"你干什么?!"

"也没什么,"李若颜擦了一把嘴唇,啐了一口,然后笑吟吟地看着他,"就是召唤一个老朋友……"

卢立兴一屁股坐在地上。

"立兴!"杜应龙跑了过来,关切地拍着他的脸,"你怎么了?她干了什么?!"

他扭头看着李若颜,后者肩膀一耸,做了一个事不关己的姿势。内心深处,她其实紧张得要命。徐猛最后说的那两个字是什么她猜出来了——"麻醉"。卢立兴的眼睛刚才似乎闭上了一会儿,但她又不能确定。

她屏住呼吸看着卢立兴,不知道徐猛在血液里兑的麻醉剂够不够。杜应龙摸了摸卢立兴的脖子,又扒开他的眼皮。

"我没事,我没事……"卢立兴咳嗽着站了起来,"刚才有点晕……"

李若颜心里一沉。

"没事就好,"杜应龙又看了李若颜一眼,最终决定不理,"走吧,到前边去吧,倒计时要结束了,趁着空军的飞机还没赶来,要抓紧了……"

他搀扶着卢立兴往前走。

李若颜双拳紧握，紧张地看着他们。两人走到经济舱门口，卢立兴掀开帘子，让杜应龙走进去，然后自己也走了进去。

"失败了？！"李若颜脑子里"嗡"的一声，"他没昏过去？"

3

_22时 35分_

距离爆炸 _还有 _25分钟_

飞机尾部，经济舱最后几排一片狼藉。座椅被拆得歪七扭八，地板被切开一个一米见方的洞。

定时炸弹被两个劫机者看守着。倒计时只剩 15 分钟。

卢立兴沿着梯子爬了下去，血腥气扑鼻。

他看到货舱里灯火通明，所有的货柜都被移到两侧。林云嵩和几个劫机者聚在舱尾。几个大箱子被打开，里边是一个个背包。一个劫机者正在仔细地数着背包的数量。

"来了。"林云嵩看到卢立兴，迎了上来，拍了拍他的肩膀。一个背包扔了过来，林云嵩接住，转手塞给他。

"背上吧，空军快来了。"

卢立兴接过背包，没说什么。

"怎么，"林云嵩看出他神色不对，"有你舍不得的人？"

卢立兴看了看他，点了点头。

"那个空姐还是……"林云嵩扭过头去，询问杜应龙。回答他的是一个诡异的笑。林云嵩恍然大悟。

"孩子，"林云嵩搂着他的肩膀，"你不小了，有些事你也该懂得了。咱们这样的人，不能用普通人的眼光来看这个世界。咱们跟他们不同。有些人，生来就是要做大事的。想做大事，心不狠不行。只要离开这架飞机，三十亿美元在等着咱们，自由的世界在等着咱们，崭新的人生在等着咱们！"

卢立兴目光一凛，怔怔地看着他。

"你看上的人，"林云嵩微微一笑，"要是换个时间，我自然会给你搞到手。但是今天就权且放一放吧！我保证，以后一定会补偿你。今天，有些东西，必须割舍！"

又一个背包扔了过来，林云嵩接过来打开，把包扔掉。

卢立兴看到，他拿在手里的，是一个降落伞！

"背上吧。"林云嵩催促他说。

"怎么……你要怎么……"卢立兴结巴了。

"哦，放心吧，"林云嵩笑了笑，"小岛的坐标我一直没跟你说，但是再飞五分钟，就到了。"

"不会被发现吧？"卢立兴问。

"放心吧，跳下去之后一分钟，定时炸弹就会爆炸。空军那时候也就刚刚赶到，根本看不到咱们……"

"炸弹呢？"杜应龙走了过来，"别待会咱们都跳了再有人给拆了……"

"在上边，我去拿。"劫机者头目应声答道。

"我去吧。"卢立兴赶紧叫住他，掉头朝洞口跑去。

"也好，"林云嵩对儿子的责任心很满意，"拿下来，跟那些尸体捆在一起，别跟着咱们掉下去。一定要制造所有人都在爆炸中死亡的假象。这是咱们自由的关键！"

机身猛地倾斜，巨大的力量把李若颜狠狠压在椅背上。她透过舷窗往下望，若有若无的灯火渐渐被灰色的云朵所代替。

扫码收听
精彩音频

"他们在爬升！"她马上就反应过来，"他们就要跳伞了！"

"徐猛，我尽力了……"虽然今天已经两次经历生死，可此刻她还是控制不住地泪流不止，"我没法亲自向你道歉。我只希望，你能忘了我，好好活下去……"

忽然，巨大的枪声在身后响起，李若颜下意识地趴在座位上。可她马上就意识到，躲避是没有意义的，于是拼命解开安全带，探出头，观察着后边的情形。

枪声停止了，帘子被解开，卢立兴的脸露出来。他的脚下，是一地的尸体。

他左右搜寻，终于看到了李若颜。

四目相对，他朝她眨了一下眼睛。

"徐猛！"李若颜跳起来，朝着他奔去。她看不到他身后的尸体和血污，顾不上正在左右倾斜的飞机，忘记了自己接下来生死未卜的处境，用尽全身力气撞进他怀里。

两个年轻人紧紧拥抱在一起！

"傻瓜！"她这次再也控制不住，呜呜地哭着，"你终于来了！"

徐猛的双臂几乎要把她勒死，可她却不愿他松开一丝一毫。似乎一年多的等待，就是为了这一刻！

忽然，一声巨响传来，飞机猛烈晃动。乘客的叫声尖利刺耳。一阵不知从何处而来的劲风贴着地板，把所有东西往洞口里拉。

"机舱失压！"机长的叫声从敞着门的驾驶舱里传来。

"这是……"徐猛摸不着头脑。

"坏了，"李若颜恍然大悟，"快看看下边！"

徐猛把李若颜按在座位上，系好安全带，自己跑到洞口探头往下看。

一个惊人的画面出现在眼前。

货舱尾部，一扇门正在缓缓打开！

"有扇门！"徐猛朝着李若颜大叫，"机尾有扇门！"

"杜应龙改装飞机就是为了这个啊！"李若颜猜到了真相。

风越来越大，飞机的警报声越来越响。徐猛略一思索，抱起装着炸弹的箱子，就要往洞口里跳。

"徐猛！"李若颜解开安全带，跑过去一把抓住他的手，紧紧抱住他。

"你要去哪儿？"李若颜忍住哭腔，大声喊着，"别离开我！"

"若颜，我必须下去！"徐猛指了指洞口，又指向炸弹，"要不然，谁也活不了！"

李若颜看到，倒计时只剩 6 分钟！

徐猛喘息着，看着她的眼睛。一瞬间，答案在两个人心中清晰无比。

"答应我，来找我！"李若颜又抱住他，"我需要你！"

徐猛双手捧着她的脸，注视着她满是泪水的眼睛。从她眸子里的倒影，他知道自己也是一样。此刻他有千言万语要说，时间却不允许他说出来。一股热流霎时流遍全身，令他抛却一切恐惧、回忆和顾虑，对准她的嘴唇，狠狠吻了下去。

"下边见！"

他推开李若颜，抱起手提箱，跳了下去。

李若颜费劲地搬动金属板，把洞口遮住，然后抹着眼泪跑进驾驶舱。

5

眼前一黑，一亮。

徐猛发现自己已经置身于货舱。冷风刺骨，一股巨大的力量把他往前吸去，前方的舱门已经开了半米。他不得不紧紧抓住舱壁上的栅格，慢慢往前挪。

"上边怎么了？"迎上来的是杜应龙。

回答他的是一声枪响。他脖子喷血，倒了下去。

几个劫机者惊恐地回头，徐猛没有给他们机会，一口气把子弹打光。几具尸体霎时间被吸了出去，变成天空中的黑点。

有人看出不对，开始冲着他开枪。徐猛数着子弹，等到弹夹打空，双腿一蹬，身体在高空狂风的帮助下横飞起来，直冲过去，狠狠撞在那人怀里。两人抓在一起，齐齐摔倒。徐猛拔刀刺去，胳膊被架住。那人身体一滚，把他压在身下，手臂紧紧压着他的脖子。

这就是看守炸弹的那个人！

徐猛的脸上青筋暴露，眼前开始出现金星。他用尽全身力气，却发现自己不是这人的对手！

"去死吧！"那人怒吼着。

徐猛咬紧牙关，手中的刀慢慢移上来，狠命一刺。那人低头看去，却发现自己毫发无伤。徐猛抓住机会，蜷起膝盖全力一蹬。那人飞到空中，然后骤然悬停，被直接吸了出去，伴随着惨叫消失在白云间。

徐猛割断的，是降落伞带子！

徐猛坐起来，抱着炸弹，拼命抓住舱壁上的绳子，缓慢前行。他看到，舱门口只剩下同样用绳子固定自己身体的林云嵩。

"你……你怎么……"林云嵩目瞪口呆地看着他。

"去死！"徐猛大叫一声，双手一松，朝着林云嵩扑过去。林云嵩一闪身，徐猛撞在门框上。

巨大的吸力仿佛要把他的身体撕成两半。

他的视线扭曲着，翘起的开关把手就在眼前，胳膊却抬不起来。

"你是……难道……"林云嵩拼命抓着舱门不肯撒手，恍然大悟地看着他，"你说的，竟然是真的？！"

他的眼中闪烁着泪光和不舍。

"儿子啊！"

徐猛却没有搭理他，咬着牙拼尽全力挪动右手，去够开关。他的手抓住了开关，用力地往下一拉。刺耳的噪声中，门开始关闭。林云嵩知道再也不能犹豫了。他双手一松，跳了下去。徐猛愣了一下，随即就以前所未有的勇气飞身一跃，抱着炸弹跟着跳进了云层中！

天地间的一切都在旋转。耳边除了呼啸的风声，什么都听不见。一种强大的力量使他目眩，使他恶心，使他每根骨头都要破碎。徐猛觉得浑身的血都在蒸发，都要从胃里喷出来。

"我不行了……我要死了……"一个念头在徐猛耳中回荡。

然而就在这时，他的身体稳住了。

他愣了片刻就立刻明白，果然如同林云嵩所说，只要达到了自由落体速度，就像在飞!

他振奋起来，眼睛扫视着周围。漆黑的夜空里，林云嵩降落伞上的信号灯如启明星一般显眼。

"收拢手臂，就能下降得更快，追上队友……"林云嵩在小楼里传授的技巧此刻全部回忆起来。

他并拢双臂双腿，控制体态，像一颗导弹一样直冲林云嵩飞去。

"我来了!"他用自己也听不见的声音在怒吼着，"Q 先生!"

空中，两个黑影碰撞在一起，然后变成一体，飞速下落。直到爆炸，降落伞始终没有打开。

6

"May day! May day!"驾驶舱里，机长在通信频道里狂喊着。

"不行!"副机长脸色蜡黄，"再失压飞机就要坠毁了!"

他们身后，李若颜和赵宁已经面无血色。

"全力下降!"机长拼命地控制着飞机，"赵宁! 布置迫降!"

赵宁连忙点头，可她刚转身，副机长绝望的叫喊又令她不由自主一个趔趄:"下降太快了!"

忽然，前方亮光一闪，一个影子鬼魅般出现。

"是空军!"副机长叫起来，"歼 - 10 战斗机!"

"QA931，"无线电呼叫声传来，"这里是中国空军。请马上将航向改为 2-0，立即跟随我机!"

机长一扭头，左右窗户外，两架战斗机如影随形。

"这里是 QA931，"机长控制着自己发抖的声音，"我机急剧失压！必须马上迫降！我重复一遍，必须……"

他的声音忽然停住了。仪表上，压力的指数稳住了。

"失压停止了！"副机长简直不敢相信自己的眼睛，兴奋地挥动拳头。

"这下有希望了！"机长一瞬间振作起来，"这里是 QA931，请引导我机前往最近的机场！"

驾驶舱里，三个人兴奋得大呼小叫。

而他们身后的李若颜，却捂着嘴，泪流不止。

"女士们，先生们，我是本架飞机的机长，飞机将采取陆地迫降。我们已与救援单位取得联系，现在请听从乘务员的指挥，在各自的位置上坐好，系好安全带……"

客舱里，惊魂未定的乘客们都已经坐回座位，抱着头准备迫降。幸存的空乘们来回穿梭，检查安全带，提醒乘客们脱下皮鞋、手表和首饰。一切完成之后，她们向乘务长赵宁做出 OK 的手势。

"客舱准备完毕！"赵宁通过电话大声报告。

"明白，乘务员各就各位！"

空乘们迅速回到自己的座位，准备迎接可能的冲撞。机长紧张地注视着前方的地面。如控制台所说，一条跑道出现在那里。

"看到机场灯了！"副机长的声音微微颤抖。

头等舱前的空乘座位上，赵宁系好安全带，脱下鞋，深吸一口气，做好防撞姿势。一扭头，她对着坐在身边的李若颜微微一笑："没事，放心吧。一定会平安降落的……"

李若颜也对她一笑，两只手紧紧相握。

"赵姐……"李若颜抓住脖子上垂下来的项链，"这个也算首饰吗？"

"算！"赵宁的声音颤抖着，"摘下来吧！"

"我能不能留着？"李若颜不好意思地一吐舌头，"就剩一个链子了，不会扎着我的。"

赵宁被她逗乐了，点了点头。

飞机急剧下降，晃动越来越剧烈。乘客们心神俱疲，大多依偎在亲人的怀中哭泣着。其他胆子大的人，也都面色凝重，闭眼默念着什么。对他们来说，这次航行经历实在太可怕了。

又是一次剧烈的颠簸，几乎所有人都被从座椅上抛起来，连赵宁都面无血色。

"我说，"赵宁挤出笑容，转头看着李若颜，半是问她，半是分散自己的注意力，"这时候了还臭美……谁……谁送的啊……"

"注意高度！"机长冷静地发着指令。

"地面消防车、救护车准备！"塔台的声音传来。两人全神贯注，操作着巨大的客机开始最后的俯冲。

听到赵宁的问话，李若颜嫣然一笑，明艳照人。

"一个……我要爱一辈子的人！"

尾声

现在的时间是 22 时 59 分。

距李若颜登上飞机，17 小时 59 分钟;

距李若颜和我相识，是 1330 天。

我们即将一起度过的日子还有多少……

我不知道。

我希望是个永远数不到头的数字。

因为我希望能永远把我们的故事讲下去。

你呢?

（全文完）

后记

　　我是从 2015 年开始类型小说创作的，这是我的第四部长篇小说，也是写得最快的一部。

　　熟悉的人可能知道，我的写作条件一向只能用恶劣来形容，不过这本书却是一个例外。感谢我的家人，让我在暑假有了个独处的机会，第一次得以连贯地把十几万字写完。那几周我的生活非常规律，除了上下班、做饭吃饭，就是抽着烟在电脑前码字。当时我并没有一个很详细的大纲，有时候打开 Word 还不知道今天的情节要怎么发展。但是写上一段之后，故事就会自己引导着我走下去。

　　盛夏的夜里，地下室烟雾缭绕，显示器的白光和跳动的字让人对闷热和困倦浑然不觉。用五周的时间写完了这本书很累，但感受到的是轻松和满足。这种专心写作的机会以后未必会再有，但是这种专注和投入的感觉能够体验一次，也是人生乐事。

　　这个故事的灵感来自于一次深夜无聊抽烟的经历，乱七八糟的画面在脑子里一闪而过，唯有一个留了下来：开场主人公被困在机舱里，面对一颗定时炸弹。上本小说结尾时，对于男女主角的安排，很多读者颇有微词。所以这回也交代一下来龙去脉，以及他们以后的路。不过我也知道，不管怎么安排，令所有人满意是做不到的，生活如此，写小说也是如此。

　　我要特别鸣谢易航网（http://www.helieasy.com）的创始人兼 CEO 吴清

先生，他以自己丰富的航空知识与人脉，在本书策划阶段为我提供了大量的咨询和帮助。强烈建议需要买飞机的朋友联系他。

最后附上作品交流微信号：Liangke_writing，欢迎读者与我沟通，提供建议和批评。

谢谢大家。下本书再见。

图书在版编目（CIP）数据

暗夜之奔 / 梁柯著 . -- 北京：北京联合出版公司，
2019.7
ISBN 978-7-5596-3272-2

Ⅰ . ①暗… Ⅱ . ①梁… Ⅲ . ①长篇小说—中国—当代
Ⅳ . ① I247.5

中国版本图书馆 CIP 数据核字（2019）第 104225 号

暗夜之奔

作　　者：梁　柯
选题策划：一未文化
版权统筹：吴凤未
监　　制：魏　童
责任编辑：郑晓斌　徐　樟
封面设计：苏艾设计
内文排版：大观世纪

北京联合出版公司出版
（北京市西城区德外大街 83 号楼 9 层　100088）
北京联合天畅文化传播公司发行
天津中印联印务有限公司印刷　新华书店经销
字数 272 千字　710 毫米 ×1000 毫米　1/16　19.5 印张
2019 年 7 月第 1 版　2019 年 7 月第 1 次印刷
ISBN 978-7-5596-3272-2
定价：49.80 元